小世界
LITTLE WORLD

汪一洋 ○ 著

北京联合出版公司
Beijing United Publishing Co.,Ltd.

一未文化　　非同凡响

北京一未文化传媒有限公司
www.bjyiwei.com
出品

世界微尘里，吾宁爱与憎。

目 录

上卷

赌气放弃房产	002
不付费的"酒店"	007
才子佳人的婚姻破裂	016
洛杉矶的模范老公	023
三个女人三台戏	033
妮娜·虹的理想	039
地球这么小	043
少年	046
张总的美人	051
疑窦丛生	057
人生若只如初见	065
美国，美国	075
回国陪你	081
"临时的"日子	085
林紫苏的妈妈是叶太太	089
蓝怡的前世今生	095
蔷薇事件	105
岳子君累了	115
追求	126
许青卿的酒会	130
坍塌	134
兵不血刃	143

CONTENTS

○ 下卷

归来	152
合作	160
姐妹相易	167
接风	175
KJ项目	180
北京病人	191
重生	199
故土	206
清明	218
营造	226
紫苏的逃亡	236
动了谁的奶酪	247
鸿门宴	254
老金丝雀和老女生	258
两辈人的努力	267
莺莺燕燕	276
各自花落	285
无声告别	293
慕白的选择	299
小世界	303
你若愿来,我定等你	314

从小到大,"聪明"就像一只水晶球,被她捏在手里,上上下下地来回抛弄。她以为自己是一个技法高超的魔术师,可以随心所欲地掌控水晶球的方向和节奏,可事实上,水晶球经常掉下来,砸了她自己的脚。

现在,显然地,水晶球失控了,她玩砸了。砸的不仅是脚,还有整个安宁完整的世界。

赌气放弃房产

"你真的知道这文件上写的是什么吗?"

"知道。"

"你真的要签?"

"是的。"

办事的老美蹙紧了眉头。这个女人不像文盲,也不像精神有问题。可是,她居然主动签字放弃她丈夫在美国洛杉矶新购进的房产——一栋价值上百万美金的房子。

老美寻思半天,还是不敢做主。少顷,换了一个中国人,五十来岁,一口地道京腔。他手里抖搂着那页纸,焦急地问:"姑娘,这种文件你也敢签?"他的焦急是真心实意的,带着一种娘家舅舅般的实诚——尽管地处北京,可这里是美国大使馆,属于美国人的势力范围。咱中国人都是娘家人,自己家姑娘,可别被美国骗子坑了。

颜玺嘴角微微一动,勉强算是一笑。她怎么不知道?那是一栋半山上的大房子,站在后院,可以俯瞰万家灯火,观赏彩霞满天。岳子君说,将来要在院子里立一块牌子,上书"虫二"——效仿乾隆,"风月无边"。

"你真的想好了?告诉你,这玩意儿你一签字,就落地生根了,房子就再和你没关系了。以后连官司都没法打。好多姑娘因为不懂英文，稀里糊涂被骗签了字，后来反应过来，回到这里哭天抢地，后悔莫及。没用！这就是法律！这种事我可见多了啊。""娘家舅舅"还在努力。

"我懂英文。我想好了。"颜玺一脸平静。

"娘家舅舅"摇头，叹气。如果真是自家姑娘，他恨不能一个耳刮子扇过去——人家挖个坑，她非要欢欢喜喜往里跳！拉都拉不回。

"这里，签字！"

颜玺端端正正签上"XI YAN"。她想自己真是一个愚顽固执的人，拿了美国绿卡数年，却连个正儿八经的英文名都没有，真是土到家了。

颜玺对着光，看了看自己的签名，想着这比阿Q的要画得圆吧，不由得苦笑了一声。

走出大楼，眼见排队等待美国签证的中国同胞排成了蜿蜒的长龙，直排到了大使馆的大门外。这些人，个个衣履光鲜，气度不凡，若在平时，怕都是走VIP(贵宾)通道的主儿，如今纡尊降贵，手捧材料，挤挤搡搡，伸长了脖子眼巴巴地张望，一脸的兴奋，一脸的焦急，一脸的忐忑——只为了一纸美国签证。

这里面的人，除却极少部分公派出国或探亲旅游的，大概绝大多数人都打的是到美国安营扎寨的主意。

几年前，自己不也是这样？拿到一纸美国签证，欢天喜地，当晚便收拾行装，连一天都不肯多待，便奔向天堂一般奔赴美国。

十年一觉美国梦。没想到，拿到绿卡几年之后，她本可顺理成章转成美国公民，却犟着不肯转，如今还死活赖在中国的土地上不肯走,直至收到这纸檄文——这是最后通牒吗?

这是一个信号。

山雨欲来风满楼。颜玺站在使馆门外的大街上时,才感觉到无力、虚脱。天灰蒙蒙的,是传说中的雾霾天。她抬头看看天,看看身后的大使馆,再看看拥挤的街道、人群。她想,我要把这一切记住。

记住。

直觉告诉她,这是一个历史性的时刻。心里有什么东西在坍塌。这种坍塌,远比失去一栋房子更严重。

到三里屯下了车,颜玺站在街上,有些茫然。究竟发生了什么?刚才在大使馆的"冷静",类似于手术后还未消退的麻醉。现在,她开始疼了。是的,她大笔一挥,放弃了一栋房子——她的签名还从来没有这样值钱过。

颜玺的签字其实有点赌气的成分,是要让岳子君内疚。就像孩子和父母赌气,故意不吃饭,或是穿了单衣跑到雪地里受冻——虐待自己,是为了让父母内疚、心疼——你怎么可以这样对待我呢?

这栋房子一直说要买,只是美国经济危机后房价一直在往下跌,岳子君说等跌到最低谷时再买,否则太吃亏。如此一等数年。直到几天前,岳子君打电话说终于可以下手了。这本是一个好消息,可是他彬彬有礼地提出了一个要求:"玺儿,跟你商量一下。最近现金不够周转,买这房需要部分贷款,这两年你没有在美国的纳税记录,必须签字放弃,才能贷到款。所以,我发一个文件给你,你去美国大使馆签字暂时放弃,我这边好把房子先买下来。只要现金周转过来,我立马把贷款还清,把你的名字加回去。"

颜玺有点儿蒙了。虽说她对美国法律一窍不通,但就算用脚指头想也知道，哪个国家也不该有这样无理的要求——夫妻共同财产，竟然要妻子放弃才有资格贷款，仅仅因为她没有美国的纳税记录！颜玺说出了自己的疑惑，语气甚至有点强势。岳子君连声安慰道："好，好，你不愿签字没关系，我再想想别的办法。你别担心，啊？"他的声音一如既往的温和、亲切，令人闻之如沐春风。颜玺舒了一口气。岳子君总是这样，从不会拂颜玺的意。颜玺永远是对的，颜玺的要求永远是正当的。他对颜玺的宠爱或者说溺爱几乎到了无原则无节制无底线的地步，世上最溺爱女儿的父亲也比不上他。

深夜，床头的电话铃声尖锐地响起。颜玺以为是骚扰电话，不耐烦地翻了个身，用被子捂住耳朵。没过一会儿，铃声就再一次响起，不依不饶。在这寂静的深夜，铃声尖厉得如同警报。颜玺只得挣扎着从被窝里伸出手去抓起话筒，迷迷糊糊地放到耳边，只听话筒里一阵尖厉的嘶叫："你为什么不签？啊？为什么？你到底是为什么……"

这声音如此激动、尖厉、歇斯底里，几乎接近女人的声音，颜玺一时竟没听出是谁。

"颜玺，我一直以为你是一个不势利不拜金的女人，没想到仅仅让你签个字，你竟然是这种态度！斤斤计较，锱铢必较。这么多年，我是怎么对你的，你还不知道吗？我的人品怎么样，你还不知道吗？我的女人竟然是这个样子，真让我失望！莫非你真的像别人说的，只认钱？只看重我的钱？现在，我就在大街上，我恨不能立即开车出去撞死……"

天哪！这声音竟然是岳子君的！天哪！他的嗓子居然会发出这样的声音，他居然会这样声色俱厉！认识岳子君这么多年，颜玺从没见岳子君如此失态过，更没听他如此严厉地谴责过自己！

颜玺有点吓蒙了。这声音是如此高亢、尖厉，完全失真，像个又哭又闹的泼妇。她怕的不是对方的凶悍。如果他本就是一个流氓，怎么样发飙，甚至拿刀砍人，都不足为奇。她怕的是，一个儒雅深情的谦谦君子，突然之间会变成另外一个人，一个她完全不认识的泼妇般的男人。就像小时候看电影《画皮》，美女的皮一揭，竟是一个形容枯槁的魔鬼。更何况，这是她心目中的谦谦君子、道德楷模，是她同床共枕的丈夫！

颜玺实在不敢面对他的"变脸"——虽然仅仅听到了声音，她也对自己的判断产生了怀疑：他如此激愤，莫不是真有一腔委屈？毕竟，一栋房子，对他而言不说是九牛一毛，也只是财产中的一小部分，他有必要如此失态吗？

不知是出于害怕面对可能的真相，还是相信他确实情非得已，还是要证明自己不是拜金女，颜玺唯一的回应只能是："好，那我签。"

"嗯，这才是我的玺儿。"对方的声音一下子和缓下来，"好好睡觉啊，明天去给自己买几件衣服。"岳子君的声音又奇迹般地恢复了常态，亲切、温柔、体贴，颜玺被这声音感动得热泪盈眶。

当然，就只得去签了。

不付费的"酒店"

站在美国海关的入关通道上,旅途的困倦袭来,颜玺感觉一阵虚脱无力。

"下一个!"颜玺快步走到窗口,递上护照和绿卡,顺便递上一个讪讪的笑容。美国的海关移民官大多是黑人,总是黑着脸。一见到这黑脸,颜玺就会无端地紧张,就像做了什么亏心事。当然,在飞机上蜷缩了十二个小时,想笑得灿烂也难。

老美移民官蹙着眉头,翻看着颜玺的护照,问:"你离开美国多久了?"

颜玺表面维持着谦谨的笑容,心里却翻了个白眼——这才是颜玺紧张的主要原因。

所谓美国绿卡,通俗点说,是指外国人在美国的永久合法居留权。拥有绿卡除了要有资格,你还得有必要、有诚意待在美国。所以美国法律规定,持有美国绿卡者一次性离开美国不能超过半年,否则美国海关会质疑你有没有留在美国的必要,有权取消你的绿卡拥有权。

一般说来,持有绿卡五年以上,且五年当中在美国住满两年半、通过简单考试即可转为美国公民。颜玺已经拿永久性绿卡超过五年了，却死活不愿转成美国公民，最近一两年更是频繁回中国，一待就是四五个月，虽然没有超过法律规定的权限，但每次都会被海关移民官盘问半天："为什么要在中国待那么久？什么理由？"

通常颜玺总是回答，我是一个建筑师，正好在中国做个项目，这次回美国就不走了云云。一般移民官警告几句，最多再打开行李箱翻检一遍，也就放行了。但今天的移民官不知是否心情不好，检查分外严苛。他哗哗翻动护照，查看着颜玺的出入境记录，紧皱眉头，最后摇摇头说："你看看你！总是一去中国就是好几个月，看起来，你根本就不需要绿卡！"

"不，我需要绿卡，我的家在美国，我丈夫正在美国等我呢！"颜玺急急解释，脸上堆出一个慌张的笑容。这种表情是移民官最不喜的，它通常会出现在偷渡客、潜逃者、骗取绿卡者……总之种种有问题的人脸上。他们以为那叫作笑，其实该叫"心虚"！只有心虚的人才这样笑！

"什么丈夫！没用！没用！你的家不在美国！你只喜欢中国，你的家在中国！"移民官斩钉截铁地说。

宛如当头棒喝！颜玺呆立当地，再也说不出一句话，冷汗从后背冒出来，背心湿了，寒津津的，彻骨的凉。

移民官又教训了她一些什么，颜玺全没听见。她惊愕在刚刚被提示的真相里：什么丈夫！没用！没用！你的家不在美国！你只喜欢中国，你的家在中国！

移民官挥挥手，黑着脸放行了。这些狡猾的中国人总是在危险的边缘徘徊，却又总是不越出界外，法律一时拿她没办法。

颜玺晕乎乎地走出海关，去传送带取了行李放在行李车上，又晕乎乎地走出通道，一路神思恍惚。她从来没有仔细想过她的家在哪里。家是什么？婚姻？丈夫？房子？车子？这些理所当然是在美国。但是，移民官从另一个维度给出了另一个答案：那些都没用！你喜欢待的地方才是家。

颜玺这才恍然发现，自己晃荡在中国的时间实在是太久了。婚姻早已变成了一具华丽的空壳，完全没有实质的内容。

莫非这是真的？

岳子君站在迎客的人群里向颜玺挥着手，笑容一如既往的亲切和温暖。这熟悉的笑容让颜玺心头一热，在半空中悠悠打转的心一下子落了地。谁说她的家不在美国？这不就是她的丈夫？实实在在，看得见，摸得着。

颜玺暗自嘲笑着自己的神经过敏，心情愉快地推着车朝岳子君走去。

"玺儿，辛苦了，辛苦了！来，喝杯热咖啡解解乏。"岳子君搂过颜玺的肩膀，把手中准备好的一杯热咖啡递到颜玺手里，殷勤地接过颜玺的推车，俩人朝停车场走去。

颜玺喝着热咖啡，一路偷眼看岳子君。她欣喜地发现，岳子君在外貌上有了惊人的变化——他减肥了！是的，岳子君中年发福，想尽一切办法也减不了的肥，这短短几个月居然成功了！腹部平坦了，腰身纤瘦了，整个人都清爽了许多。在有钱男人里，岳子君衣着算得上朴素。毕竟有钱而低调，是一种美德。帅，肯定算不上，岳子君朴实、憨厚、一身正气，有时还有点傻呵呵的、手足无措的拘谨。气质也不倜傥，有点像一个土里刨食的农民，又有点像一个专心做学问的大学老师，总之不像一个"土豪"。虽然现在"土豪"已不再是贬义词，反而像是一种夸耀，但颜玺从审美上还是无法接受土豪。

"玺儿，我们先去聚会，为你接风洗尘，然后再回家，好吗？"刚坐上车，岳子君便提议。

"啊？刚下飞机就聚会？太夸张了吧？我不想去。"颜玺吃了一惊：洗尘？是的，她蓬头垢面，疲惫欲死，她需要真正的洗尘——赶紧回家洗澡睡觉。

"你看，你都几个月没有回来了，你的一众粉丝都等着见你呢！你不去，让粉丝们情何以堪？没事，随便抹一抹就行，你怎么样都是最美的！"岳子君音量极低，语气宠溺，但仍有一种威慑力，让颜玺不敢违抗。无论岳子君提议什么，颜玺都是习惯性地认同和遵守。

"什么粉丝，我又不是明星……"颜玺嘴里嘟囔着，还是手忙脚乱地从行李箱里翻出化妆包。历经十数个小时的长途飞行，脸上黏答答、脏兮兮的，颜玺也顾不得了，直接掏出粉底开抹，倒也把一张脸抹得红是红，白是白。

岳子君扭头看看她，说："不错嘛！很鲜亮。"

颜玺照照镜子，撇撇嘴，心里暗嘲，真像是驴粪蛋子上下了霜。

到了餐馆，一张桌子已经坐了十来个人，竟有五六个是颜玺不认识的。

"啊！我的偶像到了！亲爱的，想死你了！"一个穿着抹胸长裙的女人从席间起身，欢天喜地地走过来。是妮娜。颜玺暗暗松了一口气，在一众新面孔里，总算还有妮娜·虹夫妇这两个熟人。

"各位，这就是岳先生的夫人，我们的大美女建筑师颜玺！看她这么漂亮，不像个建筑师对吧？颜玺可是清华毕业的高才生，建筑作品获过很多奖哦！是我和杰克共同的偶像！"妮娜每次都是这样，见到颜玺便一通猛夸。众人也附和着，恭维之声四起。

"岳先生，你当真是艳福不浅啊！"一个气度雍容的中年男子出声赞叹。

"就是啊！为了见美女建筑师，连杨先生都出动了。平时，杨先生可是很难走出他的城堡的哟。"妮娜打蛇随棍上。

这个杨姓男人出身神秘，据说他父亲在中国是一个通天大人物。杨先生平日总幽居在一栋价值数千万美金的顶级豪宅里，深居简出，从不参加华人圈的任何活动。可是，只要有颜玺的聚会，他总是场场不落。

"嗯……经理，上菜吧，边吃边聊，大家都……嗷嗷待哺了。"岳子君此言一出，大家脑中浮现出小鸟在窝里张着小嘴等待喂食的样子，全笑了。

菜上了，酒开了，颜玺自然成了中心，回答着众人的提问：关于中国的，关于建筑的，关于怎么养生怎么护肤的……活像是在开新闻发布会。颜玺在酒精的刺激下兴奋起来，也忘了困和累，一通指手画脚，挥斥方遒，而岳子君一语不发，只顾着给颜玺夹菜、剥虾、续茶、倒酒……一个张扬一个低调，相映成趣。

"哎呀！我发现呀，岳先生什么都没吃，一直都在照顾太太。我数了数，岳先生给太太剥了五只虾了！啧啧！不是说你们已经结婚了吗？怎么好像还是在追求阶段，岳先生还在争表现呢？"一个上海腔调的女人惊呼。这个女人颜玺今晚是第一次见，据岳子君刚才介绍，是个律师太太。

"人家结婚可都好几年了呢！"妮娜抢过话头。颜玺瞥了岳子君一眼,是啊,这么些年,岳子君对颜玺一直是小心呵护、殷勤备至的,不过,今晚的殷勤似乎还加了倍。

上海女人说:"啊呀!我们洛杉矶的中国男人虽说也要学习一点西方的绅士风度,也就是拉拉椅子,挂挂衣服,走走形式。像岳先生这样对老婆这么体贴周到,我长这么大,从来没见过。我看呀,洛杉矶要是评选模范老公,岳先生当属第一。"她转身掐着自己老公的胳膊:"亨利,你倒是学着点儿呀!"

"我说得没错吧?岳先生可一直是这样,把颜玺宠得像公主。算了算了,安吉娜,我们也不要羡慕嫉妒了,谁让我们不是美女建筑师呢!"妮娜插科打诨。

岳子君也不答言,拎起醒酒器又给颜玺倒了一杯酒,说:"多喝两杯酒,回家好倒时差。"

杰克打趣道:"老岳,你把女人这么宠着,这世界还了得?你们莫不是要竞选模范夫妻,像在国内似的,让居委会发一个'五好家庭'的牌匾贴在大门上?"

在众人半真半假的恭维和羡慕中,接风晚宴终于热热闹闹地结束了。

岳子君的宾利车在半山上一路盘旋,上天入地的,绕得颜玺几乎晕了方向。终于,车身左转,驶入了一座宽大的宅院。院子很大,中心有一座池塘,带喷泉和假山。

岳子君把车停在房子门口,说:"欢迎回家。"

打开房门,迎接颜玺的是一个宽大的客厅,从左手的落地玻璃门向外望,可以看到门外碧绿的草地、高大的树木,再远望,是无垠的天空。

这就是传说中颜玺的家了!

回到客厅坐下,俩人一时无语,气氛一下子冷寂下来。"玺儿,我休息一下。"岳子君半躺在沙发上,微闭着眼睛,竟似累瘫了。昏暗的灯光下,只见他皮肤松弛,眼下两个大大的黑眼圈,老倦之态毕现。颜玺这才发现,岳子君虽说减了肥,但状态并不好,憔悴了许多。过了半个小时,岳子君才挣扎着起身,故作轻快地说:"好了,玺儿,我们上楼,早些休息吧!"她本想问问房子的事,却无论如何也开不了口。

洗漱后,躺在宽大的床上,颜玺有些神思恍惚。房子是陌生的,床是陌生的,人呢?人总该不是陌生的吧?岳子君的手探过来,搂住颜玺的肩,慢慢往下滑……颜玺的身体蓦然僵直了,就像小动物遭遇袭击时那种本能的抗拒。岳子君识趣地停了下来,手缩了回去。颜玺一阵讪讪。和岳子君分开几个月了,长久缺乏爱抚的肌肤如何不饥渴?如何不期盼?可不知为何,刚才她就像是遭遇强奸犯一般,那样地抵触。颜玺又是自责又是不解。

"没事,好几个月不见,你对我感觉陌生了,不怪你,这很正常。"岳子君体贴地安慰,"玺儿,今天你累了,早点休息吧。晚安。"说罢转过身去睡下了。

岳子君总是这般善解人意。颜玺心里既轻松,又隐隐感觉遗憾。她也未必不渴望亲热。只要岳子君稍稍耐心一点,努力一点,她肯定会放松下来,柔软下来,可他并没有。久别重逢的夫妻,第一晚就这样规规矩矩、相安无事地各自睡去。

本是疲倦欲死,头挨着枕头,颜玺却愈加清醒,在黑暗里大睁着眼睛,脑子里犹如千军万马奔腾而过。她绝望地想:完了!她一直有失眠的痼疾，今夜，失眠跨越太平洋，追随到了洛杉矶，靠自己是甩不掉了。颜玺轻手轻脚地起身，从挎包里掏出艾司唑仑片[1]，取出两粒吞下，强迫自己进入梦乡。一睡解千愁。

当清晨的阳光洒进屋里时，颜玺迷迷糊糊睁开眼睛，好一阵茫然，不知自己置身何处。良久，意识慢慢回归，才反应过来自己已经回到了洛杉矶的"家"中。身边的床空着，岳子君早已出门上班。岳子君是一个特别勤勉的人，不分周末和节假日，每天清晨六点准时起床工作，雷打不动。

颜玺懒洋洋地起身，洗漱，下楼。穿过客厅，打开落地玻璃门，一股冷冽的山风拂过，带着花和草的清香，颜玺混沌的头脑仿佛一下子清醒了。

眼前，湛蓝的游泳池清澈见底，满园碧绿的草地，高大的不知名的树木盛开着繁郁的花朵，美得不像话。这栋半山上的房子周遭还有一大片树林，都是私人领地。

颜玺心中暗暗涌起惊叹，这栋房子如此有风情，她不得不佩服岳子君的眼光。房子本身奢华与否不是重点，颜玺喜欢的是风景和环境。来自贵州山区的颜玺，从小生活在群山环绕的B城，像一只快乐的小动物，和花花草草、蝴蝶蜻蜓一起长大，所以对山怀有别样的情感。

作为一名建筑师，她很喜欢美国建筑大师赖特的作品"落水山庄"。这栋山庄坐落在远离尘嚣的宾夕法尼亚州山间，借山石落水，

---

[1] 抗焦虑药。

浑然天成，一泓奔泻而下的落水，被创造性地融入建筑设计之内，人在室内朝外望去，瀑布声则"可闻不可见"。正如赖特所言，建筑应与环境融为一体，美化环境，而非破坏环境。"落水山庄"完美地诠释了这个理念，因而被美国建筑师协会评为"美国建筑史上最伟大之作"。

拥有一栋"长在大自然中的房子"，是很多建筑师的梦想。颜玺也不例外。尤其洛杉矶四季如春，土地肥沃，种什么长什么，植物色彩极为丰富，一年四季都适合坐在户外。她曾对岳子君说过，最理想的房子应该在山上，成为大自然的一部分。而眼前的这栋房子，虽没有室内那一泓瀑布，却颇得"落水山庄"之妙，房子与环境完美融合，互为补充，不管坐在室内还是室外，都像是置身于大自然。

是的，颜玺多年的梦想，岳子君终于帮她实现了！完美的实现？准确一点说，是99%的完美，唯一的瑕疵——岳子君要求她到大使馆签字放弃拥有权。可仅仅是这1%的瑕疵，让99%的完美像多米诺骨牌一样，第一张倒下后，后面跟着稀里哗啦，全部坍塌为零。

是的，这完美的房子，不是她的。

颜玺站在院子里，望着满天朝霞：如此迷人的胜境，应该爱它还是恨它？

才子佳人的婚姻破裂

红章一敲，两本离婚证摆在面前，一切就都结束了。

并排走出民政局大厅，林紫苏看着慕白的侧影，隐隐有些不舍。转念一想，心又硬了。蓦然转身，决绝而去。

林紫苏十岁时，她的母亲蓝怡抛夫弃女，追随一个美籍华人跑了。父亲林沪生心灰意冷，从上海远赴贵州B城，准备了此残生。贵州女人梅碧云以她的善良热情征服了林沪生，于是，林沪生带着林紫苏"入赘"梅碧云家。十七岁的林紫苏又有了一个妈，还多了一个毫无血缘关系的姐姐——颜玺。

最初来到新家，林紫苏处处感觉不自在。她意识到父亲是"入赘"，自己就是一个拖油瓶，所以尽量"收缩"着自己，蹑手蹑脚，敛息屏气，与这个新家保持着足够的距离。梅碧云的热情也无法真正感染到她。而颜玺呢，便是传说中"别人家的孩子"。颜玺那么优秀，玩玩闹闹就能考第一，紫苏却是一做功课就头疼；颜玺兴趣广泛，唱歌、朗诵、书法，样样在行，紫苏呢，唱歌跑调，普通话分不清平翘舌，没有一样能上台面。总之，颜玺就像一棵大树，迎着阳光自然舒展地生长，而紫苏就是大树阴影底下一棵卑微的小草。

有一天，紫苏在书桌上看到一张纸，是颜玺的笔迹，横七竖八写满了一个名字：慕白！有的地方由于过于用力，纸都划破了。紫苏猛然醒悟到：原来颜玺喜欢慕白！

慕白也是学霸，长相清秀，吉他也弹得好，那个时候，女生流行看琼瑶小说，慕白正是琼瑶笔下白马王子那一款。怎么，连慕白也将是颜玺的吗？紫苏有些不服。她知道自己样样不及颜玺，但她有一个撒手锏：样貌！相比于颜玺，她优雅、柔弱、娇怯，更讨男生喜欢！而且，颜玺在理科班，而自己和慕白都在文科班，近水楼台。

林紫苏从此留了心，制造各种机会与慕白接近。她功课念得不好，爱情小说却读了不少，在慕白身上实践了很多小说里学来的技巧：书里夹上题了古诗的玫瑰花瓣啊，把照片上自己的一对眼睛剪下来贴在贺卡上啊……慕白哪里见过这种调调，很快就沦陷了。

当颜玺知道紫苏和慕白谈恋爱时，惊得脸色煞白。紫苏佯装不知颜玺暗恋慕白，却有一种难以名状的畅快：至少在爱情上，她打败了颜玺，她胜利了！

后来，颜玺考上清华，慕白考上北大，紫苏却名落孙山。看到两人即将双双去往北京读大学，紫苏心里不是滋味，更担忧这次处于近水楼台的是颜玺。临行前的一个夜晚，紫苏对颜玺哭诉了自己的担忧，当然，她只说担忧慕白到了北京就会变心，就会把自己甩了。见紫苏哭得梨花带雨，颜玺侠义之心顿起，发誓到了北京后一定替紫苏把慕白看得牢牢的，绝不让别的小妖情抢走。紫苏舒了一口气，终于笑了。其实，她担忧的从来只有一个人。让"小妖情"自己看着自己，比什么都安全。看到颜玺那副义薄云天的模样，紫苏觉得颜玺真是一个缺心眼的好人，用上海话说，就是个"十三点""阿缺西"。虽然心里有过那么一点点的愧疚，然而看到川流不息到家里庆贺颜玺金榜题名的人，这点愧疚也被稀释得一干二净。

四年的异地恋，在紫苏的努力和颜玺的"看守"下安全度过。慕白被分配到一家文学杂志社做编辑，紫苏也追到了北京，先是在北京某大学读了一个交钱就能读的"研修班"，毕业之后上蹿下跳，终于在一家区级电视台做了一个小编导。至此，俩人的爱情长跑也修成正果。婚礼上，男的儒雅清俊，女的娇媚可人，果真是一对璧人。紫苏特意要求颜玺当伴娘，心里满是自得——她已经成就了才子佳人的童话，而颜玺还傻乎乎的，连个男朋友都没有。

起初的日子还算甜蜜。慕白频频在纯文学期刊发表文章，又出版了两部专著，终于如愿以偿当了专职作家。谁想后来文学日渐式微，文学期刊萎缩，文学书籍也卖不动。辛辛苦苦写一年甚至更长时间，出版社起印个一万册就算不错，版税总共几万元，还要扣个人所得税，拿到手上的，基本不超过三四万元。一年三四万元是什么概念？比不上工地上搬砖的民工，也比不上门口卖煎饼的小贩。北京这种地方，东四环一套破败的一居室，租金就能占掉收入的一半。再加上每月的伙食费、水电费、交通费……都让她疲于应付，天天晚上在灯下算账。紫苏已经三十大几，连孩子都不敢生。生下来你让他住在哪里？客厅吗？还有孩子的奶粉费、托儿费、将来上学的学费……想也不敢想。据说三十五岁是女人最佳生育年龄的最后期限，紫苏每每想起，便是一阵的心慌。

就在紫苏为生活疲于奔命时，颜玺遇到了岳子君。

那一年，岳子君与颜玺那场著名的婚礼轰动了整个家族，十年来一直被亲友们口耳相传，简直有惊世骇俗的意味。

当时岳子君包下了一家私人会所性质的五星级酒店，体量不算大，但品位不凡。岳子君在两家亲友间广发"英雄帖"，邀请全国各地的亲戚朋友奔赴北京，所有的机票路费通通报销。

那一天，在作为新房的总统套房里，颜玺坐在一堆叽叽喳喳围着新嫁娘的女人堆里，美艳不可方物。紫苏混在这帮女人当中，就像一个簇拥着明星的粉丝。有人提出要欣赏颜玺的钻戒，颜玺打开一个精美的首饰盒，闪亮的钻石高高地立在戒托上，像是站在皇冠上。女宾们发出一阵惊呼！有人问，多少克拉？颜玺回答：不清楚。但紫苏知道，这枚钻戒要值好几十万！

婚礼上，颜玺穿着一袭白色的婚纱，长长的头纱披泻下来，宛如被轻烟薄雾笼罩；岳子君一身黑西服，也是笔挺清爽。讽刺的是，颜玺也请了紫苏做伴娘，慕白做伴郎。站在流光溢彩的颜玺身边，紫苏连身上这套礼服还是找颜玺借的，心里当真是别扭死了。

婚礼过后，紫苏心里彻底失衡了。她终于醒悟到，自己过得实在是太穷了，除了爱情一无所有。此后紫苏和慕白说话，三句不离"岳子君"。"你看人家岳子君如何如何"，"你看岳子君又给颜玺买了什么什么"，"你说你也是北大毕业的，为什么就不能学学岳子君呢？"……

慕白被紫苏念叨得满心愧疚。是啊，紫苏这么一个千娇百媚的大美人，跟着自己这穷书生过着寒酸窘迫的日子，尤其有颜玺的成功夫婿作对比，更加映衬出自身的寒碜与不堪。

慕白终于决定下海，和朋友合伙做生意。看看周围那些暴发户，十个有九个胸无点墨，他们都能挣到钱，他不相信自己堂堂一个北大才子，还挣不到钱？

那个晚上，在凌乱不堪的小屋里，俩人畅饮红酒，畅想未来。慕白的脸喝得红红的，激情满怀地说："紫苏，我们一定要在这座城市钉下一根钉子！我一定要让你过上好的生活，比颜玺还要好的生活！"紫苏爱慕地望着慕白，眸子里放着光。是的，她需要有品质的生活。她渴望住上属于自己的宽敞的房子；渴望坐在高级的餐馆里优雅地进餐；渴望用高级的护肤品、穿美丽的服饰；她更渴望生一个漂亮的宝宝，给他喝进口奶粉，读最好的学校……然而这一切的一切，都需要钱，大把大把的金钱。但是，为了钱而放弃自己心爱的男人，委身于一个自己不喜欢的土豪，她又做不到。她每晚都在那个古老的问题里挣扎：要爱情还是要面包？她向往着面包，又舍不得爱情。她越来越迷茫和困顿。现在好了，她的爱情终于要为她去挣面包了！

每天清晨，看着慕白穿上西装出门打拼，紫苏内心里都会升腾起模糊的希望：仿佛看见一张一张的人民币在满世界飘荡，慕白的任务便是走出门去，像捕小鸟一样把它们捕回来，把紫苏宠成一个养尊处优的太太。

一年过去，两年过去，慕白的生意却未见有什么起色，反而做什么亏什么。紫苏不得已，工作之余，四处寻找干零活儿的机会：倒卖点红酒，帮一些小广告公司策划些小节目，主持婚礼之类不上台面的小活动……倒不时能挣个万儿八千的，可这些，依然填不满生活那个大窟窿。

有一次，紫苏为了挣一笔小钱，陪一帮大老爷们儿喝酒应酬。席间有一个姓王的拍着胸脯说一定照顾紫苏，帮她玉成此事云云。酒席结束后，姓王的让司机开车一起送紫苏回家，到了紫苏家楼下，姓王的突然拉住紫苏的手，一张嘴硬凑上来，把紫苏熏得几欲作呕。紫苏愤然挣脱，姓王的趁着酒劲拉住不放，正在推搡之际，站在窗户边"望妻心切"的慕白看见这一幕，立即飞奔下楼，一把扯开俩人，上来就给了姓王的一拳。司机下车加入混战，几个回合之后，司机掩护着姓王的上车溜之大吉，紫苏回家后和慕白抱头痛哭。慕白说："以后你再也不要出去做这些丢人的生意了。"紫苏边哭边委屈地说："但是，不做生意怎么办？家里处处都需要钱呀！"慕白红着眼睛说："我来想办法！"

几天之后，当慕白把一沓钞票交到紫苏手里时，紫苏又惊又喜，兴奋地搂住慕白亲了一口，以至于忘记问慕白怎么忽然赚钱了。此后，每当家里需要花销，只要紫苏开了口，慕白总会低头沉吟半响后闷闷地说，我来想办法。过不了几天，总是能把钱如数交到紫苏手里。紫苏发现，慕白仿佛是台不大灵光的提款机，蔫蔫巴巴的，主动给钱没有，压着压着却总能压出钱来。紫苏既纳闷又欣慰，习惯了开口，也本能地不愿意去追究慕白的钱都是怎么来的。

直到一天傍晚，慕白回来时带着满头满脸的伤，紫苏才似乎明白了什么，在她几次三番的逼问下，慕白才支支吾吾地道出原委——原来这两年所谓的做生意，一直是做什么亏什么，一点钱都没赚到。他一沓一沓交到紫苏手上的那些钞票，都是向高利贷借来的！那一次揍了姓王的之后，他承诺钱的事他来想办法。他无法容忍紫苏为了一点小钱出去"卖笑"，受人羞辱。可他又能有什么办法？最后唯一能想到的办法，竟然是——借高利贷。看到紫苏接到钱后那灿烂的笑脸，慕白的心在那一瞬间得到满足。为了那一瞬间的虚荣，慕白铤而走险，从最初的两万、五万，到后来的十万、二十万，他越借越惊恐，越惊恐越借，就像是奔走在悬崖边上，越是知道危险，越是控制不了自己。一两年下来利滚利，竟然背了一百万的债！今晚，就是被放高利贷的人追债，才带了满头满脸的伤回家。

　　一百万！这简直是恐怖的天文数字！紫苏感觉自己整个人都要被压垮了！她难以相信慕白竟然干出这等愚蠢又荒唐的事情！慕白说，是，我又愚蠢又荒唐，但是我发誓，我所借的一百万，没有一分钱用在我自己身上，全部都给了你！紫苏一愣！是的，慕白从未给他自己花过一分钱，吃穿用度都极尽节俭。这一百万，换来了租住的两居室，换来了自己的新车，换来了高级餐厅的浪漫，换来了身上的鲜亮服饰……自己怎么变成了这样一个虚荣的女人？逼着丈夫去借债来供自己高消费？现在，拿什么去还呢？难道要像《项链》里的玛蒂尔德一样，打十年苦工还债吗？她已经快四十岁了，拖着一屁股的债，还怎么生孩子？

　　紫苏也不去埋怨慕白，只是自己哭，天天晚上哭，哭得天地日月都失了颜色，哭得亲热都没了力气。如此，哭了一个星期。

　　终于，这天清晨，紫苏说："慕白，我们离婚吧。"

洛杉矶的模范老公

黄昏是洛杉矶一天中最美的时刻。夜色将至未至，天空的颜色诡谲丰富，橘红、冰蓝、灰紫、浅黑……层层叠加、层层晕染，犹如一幅绝美的抽象画。在暮色的掩映下，山峦、远处的房屋、穿着礼服端着酒杯的宾客……都被涂抹上一层幸福的金色，幸福得几乎有些失真。

为了欢迎颜玺的妹妹林紫苏到美国探亲旅游，岳子君周末在家中举办了盛大的聚会。

这是林紫苏第一次来美国，之前总是想着和慕白一起来，谁知慕白竟连路费都凑不齐。这次听闻紫苏离婚的"噩耗"，颜玺迅速给紫苏买了国际往返机票，让紫苏到美国来散心。

如此，便也就来了。

第一天，在颜玺的"导游"下，紫苏参观了颜玺的新房子。房子分两层，楼下有厨房、家庭影院、酒吧、书房，楼上是几个大卧房。结构如此复杂，中间又做了许多花哨的连通，紫苏几乎迷路。她一边看，一边暗自咋舌，想这颜玺当真是好命，嫁了这么豪富的老公。

下午时分，客人已陆陆续续到了三四十位。在洛杉矶，岳子君的朋友实在多，但很不固定，"知己"级别的一个也没有，连能称为

"哥们儿"的朋友也不多。哪个阶段拥有哪种类型的朋友,完全取决于此时岳子君在做什么事、需要见什么类型的人。颜玺发现,每次回来,岳子君的朋友都会换一茬,都是新面孔。但不管怎么换,岳子君都能迅速接近,迅速让关系升温,仿佛已结识多年。且不管人数多少,他都能成为中心。

真是铁打的岳子君,流水的朋友。

餐是找广东餐馆订的自助餐,各种冷热菜齐备,咖啡、红酒、香槟均摆在厨房,客人用盘子自行拿取,客厅、厨房、院子……四散在各处食用。

颜玺和紫苏各自端了一盘食物,取了一杯红酒,坐在后院靠墙的椅子上,望着繁星满天,喝酒聊天。

由于颜玺是女主人,不断有人过来打招呼,聊几句又走开。这种聚会,人和人的交往都是蜻蜓点水式的,忙碌着和各色人等打招呼,脸对着这个,眼睛盯着另一个,不会有谁对谁专心。

"姐姐,你这个房子真是漂亮啊!姐夫真的太宠你了!"紫苏由衷地赞叹道。

颜玺苦笑,没有作答。紫苏还不知这漂亮的房子其实并不真正属于颜玺。当然,颜玺也没打算告诉她。这么些天,她一直想问岳子君房子的事,可自从回了美国,岳子君天天忙着为她安排各种聚会,一回到家就累得瘫倒,颜玺一直找不到机会问。

颜玺见紫苏瘦了不少,脸色也憔悴,眼睛四周的皱纹像刀刻的一样,不禁有些心疼道:"最近都没休息好吧?事已至此,想开点吧,别太苦着自己了。"

"我很丑了是吗?"紫苏摸摸自己的脸,"辛劳的日子让女人憔悴！这些斑点和皱纹，就是生活碾轧过的痕迹，就是嫁了一个穷人的代价！我真是受够了！"

颜玺说："欠一百万，当然不是小数字，不过，好像也没那么可怕吧？至于因为一百万毁掉一桩美满的婚姻吗？不要忘了，你们可是才子佳人的最佳范本，有多少人羡慕着你们！"

紫苏苦笑，说："姐姐，一百万对于你和我，完全是不同的概念。你运气好，嫁了岳子君这么一个有钱的老公。你当然不知道没钱的苦、挣钱的难哪！一百万对于你，也许就意味着换一辆好车，可一百万对于我，就是天文数字，足以把我压垮！"

颜玺听罢很不是滋味，心中陡然生出一个念头：帮他们把这一百万还了如何？在颜玺看来，一百万确实不是什么了不起的大数目，岳子君的资产数以亿计，一百万也就算一根比较茁壮的毛。但是真要想拿出这一百万，颜玺才发现，也许并不是那么容易的事。钱财的事，颜玺一向马马虎虎，可细一想，除了工资，卡上的现金来来去去也就是几十万，而且这么多年来，自己又从没有过存钱的概念——反正岳子君的钱都是自己的。现在，问题来了，怎么凑够这一百万？

钱财的事，颜玺总觉得只要自己开口，岳子君一定会慷慨解囊。问题是这么多年，她从未向岳子君开过口——因为她从来也没出现过需要一次性花一百万的时候。现在当真到了危急时分，她却开不了口了。经历了房产事件，她和岳子君产生出微妙的罅隙，她不愿向岳子君开口要钱，不愿被他看成是拜金的女人。想来想去，颜玺到底是没敢托大，换了个问法："假设……这一百万还上了，不管是怎么还的，你和慕白，可以重归于好吗？"

紫苏喝了一口酒，茫然地说："我也不知道。说实话，我和他之间也不完全是这一百万的问题,我真的对他有些失望。他有才华,却不合时宜,一个大男人,连养家的本事都没有。和他在一起,太累了。这些年,我每天都在焦虑、紧张、失望中度过,一看到手机里的催款账单就心悸。压力大得时时想哭。现在落得一身病,心慌,肾亏,连月经都不准时了,我甚至怀疑自己早更了。而且,他现在敢欠一百万,谁知今后还会欠多少?要是欠上几百上千万,我们这辈子就全毁了!"

颜玺叹了一口气。当年的慕白才华横溢,潇洒俊逸,是多少女生暗恋的对象,自己就是其中之一,看到慕白倾心于紫苏,还曾心碎神伤,暗地里偷偷哭过好几回。她不知道是紫苏"蓄意夺爱",只以为是自己不够美,以为自己落花有意,慕白却流水无情。这段还未开始便已结束的"暗恋",给颜玺的成长造成了巨大的缺失,即使后来生活得如何美满,颜玺始终觉得自己是一个没有青春的人。如果说,青春意味着觉醒,意味着一场懵懂又纯粹的恋爱,那么这种缺失造成的自卑感几乎影响了颜玺的小半生。

如今时代变了,慕白的才华"不合时宜","一无是处"的慕白被紫苏无情地抛弃了。

当真是造化弄人呢!

"嗨!亲爱的,原来你躲在这儿呢!"

一个穿粉蓝色抹胸长裙的女人欢天喜地过来了,不由分说地一屁股坐在颜玺旁边。是妮娜·虹!

颜玺给二人做了介绍。妮娜·虹惊呼:"哇,原来是偶像的妹妹呀!啧啧,我以为颜玺够美了,没想到妹妹更惊艳!"

这种感叹，姐妹俩已经听了几十年，早就习惯了。颜玺虽也自负美貌，但在紫苏面前，还是自觉略逊一筹。

紫苏对妮娜的相貌却是一番惊疑。只见妮娜长卷发染成金黄色，像是烫焦了，且碎乱得没有章法，在头顶夸张地膨胀开来，颇具金庸笔下"金毛狮王"之情态。妮娜的五官也是暧昧不清的一团。化妆更是奇特，胡乱一阵抹，越抹越糊涂。紫苏在电视台工作，习惯性地首先用外貌来判断人。她以为美籍华人应该很洋气，就算不是很漂亮，至少应该像颜玺这样，品位不俗，有气质。可是，妮娜·虹的形象当真是让人无语。不爱打扮不要紧，不化妆不打扮的人多了去了，但妮娜显然是精心打扮过，却打扮出这种效果，还真是挺不可思议的。紫苏嘴上不说，内心却暗暗有些鄙薄。

"亲爱的，这房子真不错啊，风景真美。"妮娜举着一杯红酒，夸张地赞叹道。

"是啊，我觉得这个房子简直就是人间仙境！"紫苏由衷地附和道。

"哪有，人家妮娜是谦虚，你还当真了。妮娜家的房子，从房价、地段到装修、设计，都称得上是豪宅。装修都是请的知名设计师亲自设计的……"颜玺一聊到设计就有点收不住。

"哦，是吗？"紫苏讪讪作答，心里却是惊疑。妮娜在紫苏心中的位置一下子产生了极大变化。

"就这几天，我请你们姐妹俩一起去我家做客啊！"妮娜热情地发出邀请。

"好的，好的，谢谢。"紫苏一下子也热络了起来。

妮娜发现了颜玺手腕上的卡地亚手表。前几天吃饭，妮娜戴了这款手表，颜玺感觉款式别致，就借过来把玩了一下，岳子君看在眼里，第二天便买了同款送给颜玺，不能不说是用心良苦了。

妮娜再次惊呼起来："哎呀！颜玺，你老公真的就给你买了！啧啧啧！真是万里挑一的好老公啊！真是让人羡慕嫉妒啊。"

妮娜语气真诚，似乎全然忘了自己手腕上也有一块。颜玺笑着提醒说："拜托！你自己手上不就有一块吗？"

"是啊。"妮娜伸出手来，和颜玺的手并排放在一起，夜色里，两块手表莹莹闪亮。妮娜满意地说："嗯，这下子，我和美女建筑师同款了！哇！好荣幸啊！好开心！"

紫苏暗自好笑。明明是颜玺"追随"妮娜买的，妮娜还是把自己搞得像个粉丝。这个妮娜，在颜玺面前伏小卖乖，让人不喜欢都不行。颜玺也不客气，人家给她高帽子戴，她竟也就受了，谁叫她自大惯了。紫苏觉得妮娜这人确实精明、情商高。而颜玺呢，确实是个"阿缺西""十三点"。

"妮娜，你瘦了。"颜玺想了半天，终于憋出这么一句干巴巴的恭维话，不过对妮娜来说确实很适用。妮娜最大的烦恼就是总能吃得香睡得着，前凸后翘，只可惜凸翘的部位略微不妥，凸翘在了腰腹处。她又老是爱穿紧身衣，侧面看过去，腰腹处前后各自鼓出一座小山包。

"哎呀！我真想瘦啊！哪像你啊，身材保持得这么完美，该胖的地方胖，该瘦的地方瘦。怪不得男人都被迷死了！你说，你到底是怎么保持的？只要不说是天生丽质，我都可以照办！"

"怎么保持啊？每天加班，做方案，熬夜，一趟趟出差考察，经常被甲方折磨得像孙子，外加焦虑失眠……嗯，自然就保持了。"颜玺半戏谑半认真地说。

"哇，说得那么可怕，我才不信呢！看看你这个样子，打死我也不相信你在北京真的是天天在工作、加班、熬夜！熬夜的不都是黄脸婆吗？看看你这张脸，哪里像是受过折磨的？"妮娜撇嘴表示不信。

"嗬，你当真以为我天天都在聚会、喝酒、作乐？建筑师是个熬心熬身的职业，既要有艺术家的创意，又要有工程师的严谨，还要有商人的机敏，到了工地上，还要和包工头斗智斗勇，经常熬得心神枯焦，就差真的吐血了！"颜玺是个要强的人，信奉沧桑要写在心里，不要写在脸上。尽管在家里总是蓬头垢面，出门聚会却一定是以光鲜形象示人，尤其是在岳子君的朋友面前，更不能让他丢脸。只有早生的华发泄露了她的辛劳，一个月不焗油便白发丛生，丝丝缕缕，触目惊心。

"太夸张了吧！你一走几个月，把你的老公扔在洛杉矶，谁相信你是去辛苦工作的？说吧，北京的年轻帅哥是不是很多？哈哈。"妮娜促狭地打趣道。

"帅哥？我们的甲方不是大老板就是政府官员，年轻帅哥？半个都没见过。"颜玺摇头苦笑。除了她的工作伙伴，没人相信她是个工作狂，就连在飞机上她都在修改方案呢。

"好吧好吧，我信我信。"妮娜嘴里说着"我信"，表情却出卖了她。颜玺也懒得解释。

大家似乎对颜玺的工作并不感兴趣，妮娜见状开始天南海北地聊听来的八卦。妮娜是个包打听，对别人的故事相当感兴趣，又极有表达能力，每次颜玺回来，都能听到一大堆奇闻逸事。

"你们聊，我去弄点酒来。"颜玺听得无趣，借机想溜掉。

"不不不，我去我去。顺便上个洗手间。"紫苏连忙站了起来。身在别人家里，总得有点眼力见儿，不好总被人伺候。

"好吧，那辛苦你了。"颜玺望着紫苏离开的背影，无奈地笑了笑。不过，生活中她确实是能偷懒就偷懒。

紫苏走了，颜玺心念一动，旁敲侧击地问妮娜："美国法律有规定，夫妻之间若有一方在美国暂时没有收入，没有纳税证明，买房的时候就必须要签字放弃房产才能贷款吗？"

妮娜笑起来："美国哪会有这门子的法律？美国女人不工作、没收入的多了去了，买房怎么可能要签字放弃？房产可是夫妻间最重要的共同财产呀！这人谁呀？是刚从大陆来的吗？文盲吗？怎么连这点常识都不懂啊？"妮娜完全没有怀疑到颜玺本人身上来。也难怪，堂堂大建筑师颜玺，怎么可能干出这种蠢事？

颜玺一颗心悠悠地悬了起来，尴尬地笑笑，说："嗯，嗯……那，如果已经签字放弃了，还有什么补救的办法吗？"

"有啊，很简单，可以到律师楼办个文件，要求她的先生把她的名字加回去就可以了。在美国，不用法律武器保护自己是不行的。尤其是我们女人，本就处于弱势地位，一定要争取到自己的合法权益，寸土必争，一分都不能少！"妮娜的头脑绝不像她平时表现出来的那么简单娇憨。只要牵涉到重大事情，她都思路清晰，逻辑性强。每当这个时候，颜玺就会觉得，其实妮娜骨子里是个女强人，她不过是习惯性示弱，以柔克刚。用贵州话来说，"装憨得顿饱"。

夜深了，客人们四散离去，紫苏也回房间倒时差去了，剩下岳子君和颜玺泡在游泳池里解乏，有一搭没一搭地聊天。

颜玺想起妮娜的话，心里就像压了一块石头，怎么也开心不起来，越想越别扭。

和岳子君的千变万化正好相反，颜玺只有一张脸，美国人叫

"One Face"：心里想什么，脸上便忠实地表现出来，一点没有修饰、遮掩。

岳子君注意到颜玺从刚才便一直沉着一张脸，体贴地问："玺儿，你不开心吗？"

"没有！"颜玺烦躁地回答。

"不，你有心事。玺儿，我不是跟你说过，有什么烦恼的事、不开心的事都要告诉我，交给我来处理吗？"

岳子君抚摸着颜玺的头发，声音那般温柔，颜玺几乎要落下泪来。她越想越委屈，终于忍不住，直截了当地质问道："你为什么要让我签字放弃这栋房子的拥有权？美国法律明明没有这个规定，你为什么要骗我？"

"哦？是吗？你听谁说的？"岳子君坐直了身子。

"这你不用管！反正是个美国律师！而且，就算放弃了，也可以到律师楼把名字加回去的！"颜玺语气很是刁蛮委屈，像个对父亲撒娇的小女孩。

"好，我马上打电话给陈律师问问！"岳子君立即从水里起身，湿淋淋地便去抓放在椅子上的手机。颜玺倒有些不好意思了，说："明天再问嘛。"

"不，现在就问。否则疑问放在你心里，会把你憋坏的。我可舍不得。"岳子君拿起电话，当着颜玺的面，拨通了陈律师的电话，完全是一副君子坦荡荡的模样，不回避不遮掩，显然无不可告人之处。

电话里一番简单交涉，岳子君挂了电话，一脸歉意地对颜玺说："玺儿，你说得对，确实可以再把名字加回去。明天一早我们就去陈律师那里办理手续。"

颜玺惊诧得张大了嘴,半天说不出话来。她本以为岳子君会百般狡辩,甚至勃然大怒,没想到他第一时间便着手处理此事,并马上答应把她的名字加回去。而且陈律师她也很熟,长着一张正直坦荡的脸。他们一起吃过不下十次饭,还一同主持过活动,在洛杉矶这种地方,就算是朋友了。去他那里办理手续,绝对错不了。

那么,岳子君是真的不知情,被卖房子的忽悠了?他那么坦荡,心底无私天地宽。而自己差点冤枉了他!自己怎么这样势利呢?居然去怀疑岳子君这样的好人!

颜玺心里一阵自责,羞愧得几乎要钻到水里去。

岳子君揽过她的肩,用十分肯定的语气对她说:"玺儿,没想到这些天你心里还藏着这么大的秘密和疑问,真是委屈你了!今后,有什么事都不要放在心里,通通告诉我,我都能替你解决。当年追求你的时候我就跟你说过,我绝不会骗你,更不会害你,这话终生有效,相信我好吗?"

颜玺感激地点点头,不好意思地笑了。深蓝色的夜空中,一轮皎洁的月亮泛着静静的清辉,微风轻柔地拂过面颊,带着醉人的花草香。

岳子君对自己的一片心,就如这轮皓月,天地可鉴。

三个女人三台戏

一大清早，在妮娜的盛情相邀下，颜玺和林紫苏姐妹俩驱车去往妮娜家。

车子越走越僻静，越走越清幽，最终停在了山脚下一栋欧式建筑前，这，就是妮娜的家了。

下了车，走进房子，林紫苏有些发蒙：这房子是一家三口人住的吗？三十个人住也足够了吧？颜玺家的房子和这比起来，简直小巫见大巫了！当真是贫穷限制了想象力。林紫苏表面竭力维持着平静，内心里却似万马奔腾。是的，妮娜的模样让她见之发笑，可当真见到妮娜的房子，她突然发现，该被嘲笑的是自己。

三个人坐在厨房里喝茶。虽是厨房，也极为宽敞。桌上果盘里放着车厘子、蓝莓、红提等水果，颜玺和妮娜叽叽呱呱聊着天，林紫苏却神思恍惚。颜玺以为她还在为离婚的事伤心着，谁知她伤心的是，在这三个人当中，她是最美的，可只有她嫁了一个穷人，现在已经快四十岁了，却还是如此寒酸。颜玺也就罢了，毕竟她也算是美女，还是学霸，可是妮娜呢？按照紫苏的标准，她的相貌连及格都算不上，可是，看看这栋房子，紫苏在梦里都没敢想过！

聊到中午时分，妮娜提议出去吃饭。

来到阿罕布拉的 VALLEY 主街，林紫苏感觉像是回到了国内，四处都是花花绿绿的招牌，写着粗粗细细的繁体字，中餐馆、茶室、中文打印、洗脚按摩、发廊、中国商品小商店……十足的一个中国城。

在一家广东餐馆里，三个女人点了龙虾、海参、避风塘炒蟹……满满一大桌。看见妮娜如此破费，紫苏很是过意不去。据颜玺说，除了刚通过投资移民渠道来到洛杉矶的富豪们出手阔绰，一掷千金——那是在国内挣的钱，纯粹在洛杉矶打拼的华人挣钱都不易，像妮娜这样大方的人不多。

几杯酒下肚，妮娜的脸红了，有点不大开心地说："颜玺，今晚我能不能带着女儿去你家里挤挤？"

"当然，欢迎啊！"嘴里虽说着欢迎，颜玺心里还是有点奇怪，妮娜自己家那么大房子，干吗要到别人家挤呢？

"怎么了，老公出差了？怕寂寞？"颜玺打趣道。

"不是，他呀，今晚要带女人回来，又要把我和女儿赶出去住。"妮娜喝了口酒，一向喜气洋洋的面孔破天荒地罩上了一层阴霾。

"什么？"紫苏一口酒险些喷出来！她用餐巾捂住嘴，咳嗽半天，两眼惊恐地望着妮娜。老公带女人回家？颜玺也蒙了，诧异地问："你说什么？你老公……带女人回家？"

"是啊，他那个色鬼，一天不做就难受。也是他的专业没选好，偏偏是在妇产科，专为女人生孩子时做麻醉，天天目睹各种各样的一丝不挂的女人下体，还要经常探下头去女人私处打望，看宫口开了几指。做这种工作的男医生，大多对女人身体都麻木了，看来看去都是器官，任何女人都是一回事，没有秘密也就没有了诱惑和刺激，有的医生甚至会患上性冷淡。但杰克是个异数。杰克在工作中只要看了女人的下体，就会亢奋，就会荷尔蒙爆棚，必须得找女人发泄，否则就会憋死。所以，对杰克来说，性是唯一的，也是最重要的人生乐趣。"妮娜解说得头头是道，完全不像是在说自己的老公。颜玺听得惊诧莫名，与紫苏数度交换疑惑神色。杰克是耶鲁大学医学博士，现在洛杉矶一家有名的医院做麻醉师，年薪高达一百多万美金，按理说算是华人里的精英了，颜玺平日里见到的他还算挺正常的，没想到竟会是个性瘾症患者？

颜玺有点想不通："你老公就算天天有要求……也不算过分，难道，你满足不了他吗？还是说，你……不够有技巧？"

妮娜说："他呀！就算是专业的也应付不了他。因为面对同一个女人，再厉害也不行，他必须要不停地换，要有新鲜感，有时候一天就要换几个！"妮娜快人快语，半分没有不好意思，颜玺倒是有些羞涩，她还从未与人探讨男女隐私到如此深入的地步。

颜玺半打趣半认真地问："你老公最多一天找过几个？"

"最高纪录，一天八个！"

这个数字把颜玺姐妹俩都惊到了！八个！颜玺惊呼："天哪！他身体这么好啊？他不是也五十多岁了吗？"

"他呢，自己是学医的，很会保健。当然了，他的秘密武器还是蓝色小药丸！"妮娜撇着嘴，看不出是讽刺还是表扬，也看不出是愤怒还是伤心还是麻木。

"那……你还和他做吗？"紫苏的好奇心战胜了羞涩，问得单刀直入。

"当然要啊。有时候他在外面做了，回家和我还要再来一次，要比较一下老婆和外面女人的区别。"妮娜说得无所谓。

颜玺却像个没见过世面的女人，几乎快晕了："妮娜，他找这么多女人……你再和他一起，不觉得……恶心吗？"

"有什么好恶心的？"妮娜指着桌上的餐具，说，"你看看，现在你们用的盘子、叉子，哪一样不是被别人千百次反复用过的？你们还不照样吃得挺香，对吧？这种事，想通了就好。"

颜玺和紫苏面面相觑，面前的龙虾生蚝都吃不下去了，胃里翻涌着，恨不能都吐出来。

颜玺喝了一口红酒，咽下翻涌的恶心，说："妮娜，你老公这样做，你不担心婚姻会破裂？"

妮娜脸上浮起一抹莫衷一是的微笑，说："他一般都是在网上找女人，单身的寂寞女人。我们约定的，这些女人必须比我老，其次，每个女人只能搞一次。这样，就威胁不到我们的婚姻。他也说了，玩归玩，还是以家庭为重嘛！"

颜玺和紫苏面面相觑。妮娜对自己并不存在的美貌不担心，唯一担心的是年纪。因为美貌是没有衡量标准的，她自己认为美，别人也没辙。但是，年纪可是硬指标，她恐惧衰老甚于死亡。所以，只要是年纪比她大的"老女人"，她觉得都构不成威胁。

颜玺说："说是这样说，怎么能保证就不会威胁婚姻呢？"

妮娜傲然说："就算是离婚，也没什么可怕的。他的所有资产、财产都在我掌控中。我很清楚离婚我能分到多少钱，几百万美金！一分我都不会退让！拿了钱我就找小白脸，有什么了不起？"

说来说去，不像是两口子要离婚，好像是合伙人分公司呢！

颜玺说："好吧，你们两口子的事，我们管不了。只要你不吃亏就好。不过，我不能理解的是，就算是他要在外面找女人，为什么自己不出去住酒店，却要把女人公然带回家里，把自己的老婆和女儿赶出去住酒店？"

"杰克五十多岁了，长得那个恶心样，我看了都想吐。他为什么能骗那么多女人？还不是因为他是个医生，有高年薪。怎么在女人面前证明他的实力呢？他又不能公然带女人去他的医院，当然是带到家里那套大房子，只有见了那套房子，女人才会心甘情愿被他玩弄。所以，每次都是我带着女儿出来，给他腾地方。"

天哪！那所房子看似豪华富丽，却藏污纳垢，深埋着妮娜多少的屈辱？这个发现把紫苏惊得目瞪口呆。

颜玺却是愤愤然。想起自己家里的钟点工有一次感慨说，以前很羡慕她做工的那些豪宅里的女人，后来发现，那些豪宅里从来都只有一个女人，最多有一个孩子陪着，从来没有见过她们的男人！所以她不羡慕了。自己在外面劳累一天，回家后至少还有老公嘘寒问暖，贴心贴肺。

"杰克……真不是个东西啊！"颜玺愤慨，深为妮娜不平。

"唉！男人嘛，都是这样，没有一个好东西！找到谁都一样！至少杰克还养着我，让我住豪宅，开名车，也不错。那些女人，他又没花钱。"妮娜倒似一脸无所谓。

每次听到妮娜这番论调，颜玺都会本能地加以驳斥："拜托！你不要打击一大片好吗？男人怎么会没有一个好东西？我爸呢？岳子君呢？……"

妮娜说："好好好，你的岳子君是另类，是天下唯一的最好的男人。谁叫你又漂亮又有才呢？我们这些又无才又无貌的女人，靠自己过不了好的生活，只好靠男人。当你依赖一个男人的时候，当然要乖一点，懂事一点，当然不能像你那么强势。"

"可是，我也依赖岳子君啊。"颜玺不服气。

妮娜脸上扫过一抹阴霾，黯然地说："你不知道，经济上的依赖和纯粹情感上的依赖不同。得罪了这个男人，你马上就会被扫地出门，今天住豪宅，明天恨不能就睡大街，就算分到一点钱，未来也不知在哪里。而且，年纪越大，嫁有钱人的概率就越来越小了。你们别看杰克比我大二十岁，他经常说，要找到比我年轻貌美的女人容易得很，洛杉矶有的是年轻女人排着队等着和他一起住大房子。而我呢？前途只有几条，要么带着那点离婚费嫁一个穷鬼，要么嫁一个更老的老头儿，要么孤独终老……所以，还不如跟着他混算了。我认了。"

颜玺仍不肯罢休："我觉得，这和经济独立不独立没关系，这是道德品质问题，是夫妻间的情感问题。妮娜你又不是没有工作能力，你是正牌的美国大学毕业生，英文也不错，又这么年轻，口才也好，怎么就不能自己出去工作，自己挣钱养活自己和女儿了？为什么非要依赖着杰克，要忍受这种非人的屈辱呢？"

"行了行了，我知道了。你是不知道在美国挣钱的苦啊！以我这样的学历和水平，去了大公司，也就是干点打杂的工作，一个月挣个三千两千的，有什么用？我知道，我是一丁点儿苦都吃不了的！我承认我很势利，看上杰克完全是因为他有钱，如果杰克没钱了，我肯定一脚踢开，让他能滚多远滚多远，自己赶快找小白脸去，有什么了不起！"妮娜半真半假地抱怨着，愤愤地喝光了杯中酒。颜玺还想劝什么，紫苏赶快扯扯她，打圆场说："来来来，喝酒喝酒。"

临了妮娜也没去颜玺家挤，而是带着女儿去了酒店。

妮娜·虹的理想

妮娜·虹其实是有理想的。她的理想说来奇特——当小老婆。对，不仅是"老婆"，而且还得是"小老婆"。

妮娜小时候看电影，当大老婆的都又老又丑，辛苦还被嫌弃。小老婆多受宠。她觉得，阿诗玛、白毛女之类的女人都蠢得要死。老爷说，你要天上的星星我去给你摘，你要水里的月亮我去给你捞，嫁给我以后，吃的是山珍海味，穿的是绫罗绸缎……这多好啊！阿诗玛赶快从了就是，干吗要去跟那个穷光蛋农民阿黑哥，活活变成一块石头！白毛女就更蠢了，黄世仁一个大地主，嫁过去当小老婆多好，干吗要躲到山洞里，生生把自己逼成白毛女？童年的妮娜着实想不通，甚至替那些"不识时务"的女人着急。

妮娜在洛杉矶好歹混到大学毕业，目标就锁定为找个有钱人。当她遇到杰克时，尽管杰克比她大了二十岁，家中有老婆，她也不怕。她明确告诉杰克，愿意做他的外室。她的目的很简单，无非是锦衣玉食的生活，不会威胁到杰克的工作和婚姻。二十来岁的妮娜，虽谈不上美貌，毕竟有货真价实的青春，在年近五十的杰克眼里也是鲜嫩多汁。妮娜如愿以偿，成功当上了"小老婆"。杰克在美国洛杉矶，家里红旗不倒，外面彩旗飘飘，坐享"齐人之福"。

妮娜本没有要扶正的野心,她的理念仍和童年时一样——既然男人都不可能只有一个女人,她宁可做那个小的。她不怕杰克家里那个"老黄脸婆",她怕的是外面那些比她更加年轻貌美的"小妖精"。与其让"小妖精"夺了杰克的人和心,不如让"老黄脸婆"把他拖着。不想却是杰克的"老黄脸婆"不干了,坚决不愿与妮娜共存,决绝地与杰克离了婚,带着两个女儿远赴纽约,眼不见心不烦。

于是,一心只想做小老婆的妮娜,竟稀里糊涂扶了正,后又生下一个女儿,在外人看起来,当真是功德圆满。

妮娜初识颜玺是在两年前,当地的华文杂志刊登了对颜玺的一篇专访,上面配有大幅照片。杰克回家把杂志摊在妮娜面前,说:"这就是你们女人的榜样。看看你自己,拿着一张美国大学文凭,什么都不会!"

妮娜接过杂志,颜玺的照片映入眼帘——这个女建筑师竟然长了一张明星脸,不由得一怔,脱口而出:"哇!这个女建筑师这么漂亮啊!"

"是啊!明明可以靠颜值,偏偏还有才华!这个女人,啧啧!"杰克一脸垂涎。

妮娜瞥了瞥杰克,暗想:哼,什么榜样,不过是看上人家的姿色!这话她当然没说出口,反而用一种欢天喜地的语调说:"嗯,我老公的眼光就是好!这个颜玺,确实有气质又有才华,她就是我的偶像!"

妮娜在杰克面前永远没心没肺,从来不会忤逆杰克的意愿,永远恭维着杰克,连声音都比和别人说话时更甜糯娇柔。这一点,杰克很是受用。旁人觉得妮娜不够漂亮,但旁人不知,妮娜会伺候男人哪!

杰克就像一个酒鬼，妮娜就是一瓶满盈的酒。酒的质量姑且不论，关键是——随时能喝。对于酒鬼来说，随时能醉就是好酒。妮娜还懂事大度。家里的酒喝腻了，换个牌子她也不吃醋。杰克对妮娜是基本满意的——又贱又听话，怎么不是好女人？不好的是又生了个女儿，若再给他生个儿子，也就圆满了。

过了几天，在一个聚会上，妮娜和杰克当真碰到了颜玺。那时岳子君为了拓展颜玺在洛杉矶的人脉，经常带着她四处活动，顺便结交朋友。妮娜主动上前打招呼，说："美女建筑师，你可是我们夫妻俩共同的偶像呢！"后来又在几次聚会上频频碰到。这不奇怪，在洛杉矶的有些圈子，永远是同一拨人在活动，很容易碰上。妮娜对颜玺异常热情，一晚上下来，阿谀奉承之词总是灌了满耳朵。千穿万穿马屁不穿。这一招对颜玺同样适用。颜玺看妮娜，也是越看越顺眼了，之后便是逛街吃饭喝咖啡，自然而然成为朋友。两对夫妇经常四人小聚会，杰克的兴趣点都在颜玺身上，情绪高涨，话多且幽默；妮娜是以杰克的快乐为快乐，顺着杰克恭维颜玺；而岳子君，宠妻早已成习惯。四个人的聚会，三个人一起吹捧颜玺，气氛既古怪又融洽。

妮娜对颜玺的感情其实相当复杂。看到杰克对颜玺那副口水滴答的模样，说不吃醋是假的。但颜玺不同，杰克得不了手。再说，与其让杰克千方百计单独去接近颜玺，不如自己主动上，和颜玺混成了闺密，反而更安全。

对颜玺这种女人，妮娜是陌生的。看到她在岳子君和杰克面前高谈阔论，一点没有温柔顺从的小女人态，妮娜感觉惶恐不安。怎么会有这种女人？凌驾于男人之上？但是，她又隐隐感觉解气和羡慕。所以她把颜玺称为"偶像"，也不全然是假的。

妮娜的确实现了她的理想——当小老婆。可小老婆意外扶正,是幸运亦是灾难。果然如她所料,杰克闲不住了,开始在外面大把找女人。最近更是过火,直接把野女人带进家,把她和女儿赶出门来住酒店。妮娜恨得咬牙切齿,在酒店里点了最贵的酒和餐,和女儿大吃大喝,借以浇灭心中的妒火和怒火,明天回家面对杰克,还得继续扮演"傻白甜"。

地球这么小

紫苏来美国一趟不容易,岳子君安排了一个华人旅游团,让颜玺陪紫苏去美国东部旅游一圈,开开眼界,散散心。

颜玺去前台办理入住手续,紫苏独自坐在沙发上,守着两个大箱子。左侧沙发上一个男子不住地盯着紫苏看。对于被盯着看,紫苏从十五六岁开始就习惯了,早已有了免疫力。不过这人盯得如此明目张胆,还是在异国他乡,未免有点儿胆大妄为。

紫苏偏过头,给了男人一个白眼警告。

这男的倒开口了:"小姐,你好面熟啊!"

紫苏不禁愕然:都什么年代了!还用上个世纪八九十年代的搭讪方法?不过这口音倒是真耳熟,普通话中夹杂着浓重的贵州口音。贵州人的口音和口味一样固执,很多贵州人不管在外漂泊多少年,一开口,一股浓浓的折耳根味儿便扑面而来。

贵州老乡?难道在美国洛杉矶碰到了贵州老乡?"贵州"二字让紫苏不敢怠慢,转过身细打量:眼前这个男人短短小小,圆嘟嘟,胖乎乎,黑T恤黑长裤,像是爱马仕,腰腹间隆起幅度偏大,用一根爱马仕的皮带紧紧缚住,行李箱是LV的,手拿包也是爱马仕的。看来是个一线品牌的忠实拥趸。年龄不详,估计在三十到五十岁之间,应该是个中年大款。

"林……紫苏?你是林紫苏吗?"看清了林紫苏的正面,男子惊喜地叫出了声。

天哪!他果然认识自己!但这是谁呢?紫苏蹙紧眉头,寻思老半天,脑子里却空空荡荡,从不曾存储过这号人物。

紫苏的茫然没有抵挡住男子的兴奋,他眉飞色舞地说:"林紫苏!你连老同学都不记得了?张天明!我是张天明!"

张天明!这名字振聋发聩,当年由他引发出的那一场大风波累及多人,几乎把紫苏打入十八层地狱,她怎么能忘?但是,张天明怎么会是这副模样?记忆中的张天明又瘦又小,干巴巴的,又正巧排行老三,很多人叫他"猴三儿"[1]。因家境贫寒,衣服都是捡两个哥哥的,常年破衣烂衫。这个一身名牌、挺着"将军肚"的中年大款怎么会是张天明?他又怎么会出现在美国?

紫苏惊愕着,怎么也反应不过来。

颜玺手拿入住卡走过来,远远地就看见紫苏和一个中年男人四目相对,微张着嘴,一脸如堕梦中的神情,颜玺不禁愕然,快步走到紫苏身边,警惕地瞪着男人,护犊子似的搂着紫苏的肩膀,说:"入住卡办好了,我们上去吧!"

紫苏这才回过神来,指着男人,有点惊慌失措地说:"姐姐,他……他说他是张天明!"

颜玺果然也惊了一跳。这个男的怎么可能是张天明?

---

[1] 猴三儿:贵州方言,猴子的意思。

自称为张天明的男子却已惊呼出声:"颜玺!天哪!你是颜玺?完全不敢认了!天哪!你瘦了这么多?眼镜也不戴了?天哪!孙悟空的火眼金睛都认不出你是颜玺呀!这身材,这气质,啧啧,天哪!颜玺怎么出落成大美女了?……"

男子一口一个"天哪天哪",却说得言之凿凿——颜玺的老底全被他给掀出来了。这确实是张天明,颜玺和紫苏在 B 城时的高中同学张天明!

张天明这个名字曾经让林紫苏深恶痛绝。多少年过去了,大家渐渐相忘于江湖,仇恨也好,厌恶也罢,都慢慢淡了。可张天明蓦地出现令所有的往事瞬间涌上心头,竟那样鲜活,历历在目。而且,从 B 城绕了那么一大圈,几乎是地球上最远的距离,跑到美国来"偶遇",真是够"有缘"的!

地球这么小啊?

少年

时间回到二十年前。

三月,B城。红花岗剧场。后台一派兵荒马乱。

一长排梳妆镜前,一溜年轻姑娘在化妆,其中就有林紫苏——时年十八岁的林紫苏被当地公关协会选中参加"时装表演"。

那天的时装秀,简直就是林紫苏的个人秀。她不属于20世纪,不属于B城,她属于唐诗宋词,属于《红楼梦》,属于《洛神赋》,她又具体又抽象,既活色生香,又缥缈迷幻,她在台上款款走着,观众们痴迷了,沸腾了。

台下,颜玺和慕白等人也看得心襟荡漾,神思恍惚。她那样高贵、妩媚、美艳不可方物,慕白竟微微有些瑟缩了,他感觉到哀怆、卑微,也嗅到了危险。但紫苏是他的美人儿!他又被幸福膨胀得不能呼吸。

更加自卑的是颜玺。那时的颜玺还不会也不屑于打扮,穿着宽大的格子衬衫、牛仔裤,一头短发乱糟糟的。此刻在林紫苏的映衬下,她第一次为自己的粗陋而自卑。台上的林紫苏宛如童话里的白天鹅,相比之下,自己就是一只不折不扣的丑小鸭!颜玺侧脸看看身边的慕白,这家伙激动得面部肌肉痉挛,颜玺心中又是痛楚又似有一种模糊的解脱。她想,自己真的不必再挣扎了。这之前,她还隐隐有些不甘,觉得还有争取慕白的机会。现在,她彻底折服,彻底俯首称臣。绝望的泪水静悄悄地从颜玺的眼里涌出来,幸好没有人注意到她的失态——每一个人都沉浸在自己的失态里。

剧场的后侧还有几个人也和台上的林紫苏有着丝丝缕缕的关联。张天明胳膊一挥,就像一个将军在解读着作战计划,遥指着台上的林紫苏,说:"这个姑娘钉不钉[1]?以后,她就是你们的大嫂!"

几个小喽啰笑得轻浮又轻蔑:"哈哈哈,大嫂?大哥,你是在说梦话吗?"

"喊!不相信?老子情书都给她写过好多封了!老子……就快要得手了!"

"哈哈,大哥你这么酸吗?还情书,那些字你认得全不?"这帮龟儿子依然笑得前仰后合,完全不相信张天明的痴人说梦。

"你不懂!哄姑娘嘛!姑娘就喜欢这套!情书,老子不会写还不会抄啊?"

看到众弟兄还是一副不相信的模样,张天明心一横,说:"老子给你们说,一哈哈散了场,老子就带你们去见大嫂!"

"真……真的?大哥你,真的认得她?"

"喊!蒸的煮的?过一哈哈你们就晓得了!"众喽啰敬畏地望着张天明,这眼神让张天明甚是受用。张天明善于享受众人的崇拜,这说明他有做大事的潜力。他粗声大气地说:"学着点儿!臭小子们!"

---

[1] 钉:贵州小混混方言,极漂亮的姑娘叫"钉子",一看就钉在眼睛里拔不出来的意思。

"是是是!"众喽啰点头哈腰。张天明满意地看着眼前这一切——这正是他想要的生活:台上有美人儿投怀送抱——虽然只是他的臆想,台下有众兄弟追随。

时装表演结束后,颜玺和慕白及几个同学去后台迎了林紫苏往外走。林紫苏抱着花,看上去俨然是一个大明星。颜玺仍迈着她吊儿郎当的步子,懒洋洋的,脸也垮着。甜蜜的是林紫苏和慕白。俩人并肩在前面走着,不断看向对方,目光碰到一起,便没来由地笑,两只手竟悄悄地握在了一起,青春的脸庞在月光下泛着光。

远处,张天明一伙正虎视眈眈地盯着这一幕。看到林紫苏与慕白这般勾勾搭搭,傻子也看出来关系不一般。有人打趣张天明:"哥,你不是说带我们见嫂子噻?怎么嫂子和那小子牵在一起了?哈哈哈……"

张天明脸一下子黑了。他本来想让喽啰们和紫苏碰一面,打个招呼,证明他们确实认识,也就有了面子。谁想慕白这小子胆大包天,竟敢拉着紫苏的手!这下子人丢大了!

张天明叼着一根烟,抱着双臂,一副又漠然又冷酷的表情,这是他从港台剧里学来的,但任他的样子摆得再像,也抵不住喽啰们的嘲笑:"算啰!姑娘都是人家的媳妇儿啰!你看看人家,长得好像黎明,姑娘都喜欢噻!……"

一股恶气从张天明的胸膛里蹿出来。张天明把烟狠狠地往地上一扔:"呸!老子的人也敢惹!找他算账!"

这帮半大小子正是无事也想生非的年纪,当下簇拥着张天明浩浩荡荡地朝慕白等人冲过去。

见到张天明一伙挡在面前,慕白等人一愣,看这伙人气势汹汹,不像善类。慕白开口了:"张天明,你们想搞啷个?"

张天明说:"慕白,你龟儿拉着林紫苏搞啷个?"

慕白一听,有点心慌,本能地把紫苏的手松开。转念一想觉得不对,又重新拉住,说:"我拉不拉,关你啷个事?"

"你不晓得吗?林紫苏是老子的人!老子都给她写了好多情书,颜玺都帮老子送过信嘞。林紫苏你说是不是?"

慕白惊愕地望望颜玺,又望望紫苏。没想到还有这一出。颜玺本该站出来说点什么,但她却像哑巴一样,不开口。

林紫苏急了。她不想让慕白有一丁点的误会。虽然张天明一伙气势汹汹,但在她看来,张天明只是一个喜欢她、追求她的男生。所有的漂亮姑娘天生就懂得欺负喜欢她的男生,尤其是对待自己不在乎的男生。

林紫苏瞥了张天明一眼,说:"你写的信,都扔了!一封没看!"

"为啷个?"

"因为——我可能不是天鹅,但是,你,不折不扣,确实是一只癞蛤蟆!"

"哈哈哈……"众喽啰全哄笑起来。这帮家伙是没有什么原则的,谁丢了脸他们都高兴。

张天明脸都气歪了,还没来得及说什么,慕白倒开口了:"张天明,林紫苏不会喜欢你,你不要再纠缠她了……"

话音未落,张天明的拳头已经挥了过去——他的拳头比脑子和嘴巴都快。慕白肩头挨了一记,本能地出手还击,俩人迅速扭打在一起。

那帮小喽啰晓得他们是同学,都在一旁抱臂旁观。做惯了好学生的慕白哪里是张天明的对手，频频挨揍，嘴角也流血了。

颜玺看傻了，她没想到事态会演变成这样，张天明竟然会真的动手！林紫苏在一旁拼命尖叫，哭着说："别打了！有话好好说，别打了！"

张天明新仇旧恨一时涌上心头，他把这所有的仇恨凝聚到右臂上，用尽全力挥出去，这是要置人于死地的力量——所有人都惊呼起来！

一阵剧痛从右手传来，张天明吃惊地看到，大拇指竟已扭曲成麻花——他用力过猛，竟然把自己的手打骨折了！

众喽啰见真惹了事，赶快四散奔逃。

慕白倒在地上，双眼紧闭，鲜血糊了满脸。林紫苏和颜玺扑到慕白身边，林紫苏尖厉地哭喊起来："慕白，慕白，你怎么了……"

几个同学手忙脚乱扶着慕白，把他送往医院。颜玺扭头对张天明厉喝道："慕白有什么事，我和你没完！"

张天明失神地望着几人的背影，嘴里喃喃："林紫苏是我的，总有一天，林紫苏会是我的，我的……"

张总的美人

站在著名的纽约曼哈顿第五大道，紫苏有些惊异。在少年紫苏的心中，最向往踏上的两条大街，一是巴黎香榭丽舍大街，第二，便是曼哈顿第五大道了。

紫苏惊异的倒不是它的繁华，而是拥挤。她没想到，这一条条井字格的小街如此狭窄，远不如她想象中宽敞气派。就像同样著名的时代广场，她以为会像天安门广场那样浩大无边，结果，像一个霓虹灯过分闪烁的大夜场。张天明一个劲儿说没找着广场在哪里。

颜玺在一旁解释，城市街道必须短、窄，才适合人步行的尺度。欧美的城市规划都是一百米一个出口，这样人才愿意选择步行，车也容易分流，不易造成交通拥堵。步行的人多，街面两侧的商铺提升了人气，也繁荣了商业。而国内通行的城市规划，一个路口就是三百米，看起来气派，却只适合身高三米的"长腿人"步行。

城市规划什么的，紫苏倒是不懂。她只是觉得著名的第五大道没想象中那般宽敞气派。不过，细细看来，街道的品质确实耐人寻味。转角的咖啡店，一块砖的颜色，一盏吊灯，一个咖啡杯……品质就在那点点滴滴的细节当中。

紫苏本想放弃这段旅程。当年时装表演之后的那场斗殴，张天明打伤了慕白,令慕白险些失明,他自己也骨折住进了医院,影响极坏。学校竟怪罪到紫苏头上,要将紫苏劝退!虽在梅碧云的苦苦哀求下,勉强将紫苏留了下来,可紫苏的情绪和学习大受影响,患了一场大病,对张天明的怨恨至今难以消解。

颜玺只好劝着,好不容易安排这么一次旅行,就算不心疼钱,也不能辜负了岳子君的一番美意。若因为张天明而放弃了旅程,那岂不是过于抬举了他?该怎么玩就怎么玩,当他是空气,不存在。好说歹说,愣是把紫苏拖上了行程。

如今的张天明已摇身一变,成为"张总",行业是国内最近二十年最为红火、最为热门、黄金满地捡的房地产开发,据说身家已是以十位数计。品位也随着身份的转变而发生了变化,周身一线大牌,颜色只有两种:纯黑或纯白,都是不会出错的颜色,所以,张总看起来,也算是一个品位不俗的中青年富豪。

张天明出手阔绰,动不动就让导游找个最好的餐馆,请全团十几个人共进晚餐。菜要挑最贵的,红酒洋酒随便上,也要挑最贵的。有一次吃饭,喝得有点多,张天明借着酒劲儿问,谁家的房子最大,有多大?有人回答说,六千多平方英尺[1],张总大手一挥,豪气冲天地说:"我的钱换成现金,能把你家全部堆满!"

吃人的嘴短。几天下来,张天明就成为团里的"大哥"——出门在外,谁也不排斥这种大方的人。尤其是旅行团里的两个二十出头的小姑娘,成天跟在张天明身后,一口一个"张哥"。随时随地,颜玺和林紫苏总是能听到她俩叽叽喳喳的议论:"张哥好帅好年轻

---

[1] 英美制面积单位,约合六百多平方米。

哦!""张哥好有气质好有品位哦!"

张天明的眼睛和注意力却始终在林紫苏和颜玺身上。准确地说,是在紫苏身上。鞍前马后地拍马屁,献殷勤,简直是司马昭之心——路人皆知。两个小姑娘十分不解。在她们眼里,颜玺和紫苏都是一对不堪的老女人了,虽尚存几分姿色,但已然老得嚼不动,张哥这么年轻,怎么会看上她们呢?更可气的是,那两个老女人居然对张哥要么冷嘲热讽,要么爱搭不理,真是天理难容,是可忍孰不可忍!后来得知他们是同学,才稍稍平衡一些——老同学老感情,就是占便宜呀!

紫苏和颜玺踅进 DIOR 店,店里的陈设很疏朗,货品陈设错落有致。第五大道上荟萃了几乎所有的一线大牌,都是最新款。不过,价格也很"美丽",对紫苏来说,都是天文数字。她根本没打算买,也买不起,只想开开眼界。颜玺也没打算买,这些货品洛杉矶比弗利山庄的商铺都有,她还没蠢到从纽约买了再傻乎乎地背回洛杉矶。所以,两人真正做了"橱窗小姐",只看不买,逛了半条街还是两手空空。好在这些店铺的店员都受过训练,并不会硬凑过来推销。

紫苏在一条紫色的短款直身裙前站定,眼珠和脚步再也挪不动:这裙子的颜色、质地、款式……像一只小手,轻轻地抓挠着她的小心脏。

"这是你的颜色,你应该试试。快,试试嘛。"颜玺怂恿她。

紫苏看着裙子,犹豫了半晌才终于拿过来。没有人规定,试了就必须要买。她拿着裙子去了试衣间。

这时候,张天明和两个姑娘也进来了。张天明手上拎了大包小包,两个姑娘也是,每人手上七八个口袋,是帮张哥当跟班儿的。

店员一看,大客户来了,一张脸笑成花儿地凑上去。

这时候,紫苏从试衣间里出来,含羞带怯地望向大家。所有人的目光都齐刷刷扫向她,全都呆住了!这袭紫色衣裙真是为她度身定做,整个身材玲珑纤秀,凹凸有致。尤其是这颜色,和她雪白柔腻的肌肤融合成一种奇特的色泽,就似周身有一圈如梦如幻的光环笼罩。

两个姑娘这才发现,这个"老女人"真还有点料。只遗憾一张素面不够鲜亮,但即使这样,也掩不住她站在那里,像个落难的豌豆公主。店员惊异的却是她的神情。平时敢来试这款衣服的女人个个都自信爆棚,咄咄逼人。可这个东方小女人,神情是那般茫然无助,甚至有一点点委屈,好像不知道自己有多美。美而不自知,恰是美的最高境界。

张天明惊愕得张大了嘴,就仿佛被雷电击中。他的美人儿林紫苏又回来了!二十年前,她就那样站在舞台上,像一个女神,为了她,自己去和慕白拼命,手打骨折了,还被学校开除。但他从来没有怨过她。如今,穿越二十年的尘埃,她又回来了!他看不见岁月在她身上碾轧过的痕迹,看不见她脸上因贫苦而增添的细细密密的皱纹。这些都无所谓、都不重要,重要的是,他的美人儿,林紫苏回来了!俏生生地站在他面前,活色生香,不可替代!

颜玺冲上前去,欢喜地说:"哇,太美了!这就是你的衣服,一定要买下来!"

紫苏却为难地说:"不,不太好,不好!"

她已经在试衣间看过吊牌价格，五千多美金，三万多人民币！这根本就不可能是她能承受的价格。她当场就想脱下来，可想想衣服已经上身了，还是别别扭扭地走出来让颜玺打量一眼，就算是意淫——好歹自己也穿过！

紫苏回到试衣间，把裙子脱下，换回自己的休闲衣裤。就像灰姑娘，时间一到，水晶鞋脱掉了，马车变回南瓜。她把衣服还给店员，非常不舍地说："不要，谢谢。"

店员大惊小怪地说："小姐，为什么不要啊？你穿着太美了！比我们的模特儿还美！真的！"

"要！一定要！"张天明咋咋呼呼地过来，一把将衣服拖过来塞回紫苏手里，说："再去试，多试几件，好看的都买下来！"

"你干吗呀？"紫苏吓了一跳。

"买下来！紫苏，你喜欢的都买下来。衣服，鞋子，包包，首饰……全部买下来，我送给你！"张天明从口袋里掏出信用卡，递给店员。

紫苏呆立当地，不能动弹。天哪！全部买下来？

"别了，还是我送给你吧。"颜玺从店员手里把衣服拿过来，笑了笑，径直走向收银台。

两个姑娘张大嘴看着这一幕，就像看一出精彩的话剧，完全傻掉了。这个叫林紫苏的老女人果然不简单！

颜玺交完款回来，把口袋递到紫苏手里，说："这件衣服就是属于你的。"

"这，姐姐，这不适合我，太贵了。"紫苏嗫嚅着。

"一件衣服而已，也就是买个心情。好不容易来趟纽约，也算是一个纪念吧。开心就好!"颜玺说得漫不经心,紫苏心里却颇有些不是滋味。这衣服在她心里就如天上的星星那般珍贵,想都不敢想的,在颜玺嘴里,却像是买杯咖啡般随便。

紫苏捏着手里的华服,心中暗自喟叹。

疑窦丛生

结束了美国东部的行程,再次回到洛杉矶半山上的豪宅,颜玺隐隐感觉哪里不对劲——洁净得有点过分。

她还记得第一天到来的情景:房子虽豪华,却是处处凌乱。显然岳子君不具备收拾房间的能力,但他又不习惯外人在家里走来走去,所以不可能请钟点工。这一次,屋里却雅洁得可疑,就似被一双巧手精心收拾整理过。这会是谁的手?

颜玺走回自己的房间,打开衣柜,见衣橱里飘着一只气球,又是一惊。这只气球是上次去迪士尼乐园,岳子君买来玩的。回家后随手一放,气球就自然飘在卧室的屋顶。这只花花绿绿的气球飘在空中,似乎也是一种点缀,颜玺也就没去管它。临行前,她还清晰地记得气球就飘在空中。如今,这只气球也被工工整整地收进了衣橱。会是谁干的?

颜玺心里藏着几分别扭,走下楼去。岳子君已在厨房摆好了家宴——从餐馆打包回家的外卖。龙虾、黑椒牛柳、夫妻肺片、炒青菜……看上去倒也丰盛,还有一瓶红酒。

岳子君依然那样殷勤、体贴、周到。

岳子君忙着开酒,又给每个人斟酒。紫苏有些不安,嘴里一迭声喊着"姐夫，我来我来"，忙伸手去抢岳子君手里的酒瓶。岳子君挡住，打趣道："哎，这种小事，还是老奴来吧。"颜玺从香烟盒里抽出一支女士香烟，满桌子找火机。岳子君赶快从身后摸出一只火机，躬下身给颜玺点上，那谦卑劲儿，倒活脱脱真像个"老奴"。颜玺凑身点了烟，吸一口，烟雾飘散在空气里，看在紫苏眼里，倒真像是传说中民国时期骄横跋扈的"孔二小姐"，心安理得地享受着岳子君的服务。

"来，玺儿，来，紫苏，为你们接风，一路辛苦了。紫苏，要专门谢谢你。"岳子君举起酒杯，开场白亲切又温暖。

"姐夫，你给我们安排了这么好的行程，谢你还来不及呢，谢我什么呀？"紫苏慌乱地举起酒杯。

颜玺举起酒杯，说："谢谢我们给他提供了一个为人民服务的机会呀！来，第一杯干了。"紫苏乜斜了她一眼，心里酸溜溜地想：嚯，你还真心安理得受了。

"砰！"酒杯碰响了，颜玺一口喝掉了杯中酒，紫苏犹豫一下，也干了。岳子君只浅浅地抿了一小口，便放下。岳子君总是这样，理智、节制，这么多年了，无论什么场合，从没见岳子君喝醉过、放松过、胡言乱语过。

岳子君忙着用公筷给颜玺和紫苏盘里布菜，龙虾、牛柳堆了满盘，他自己却吃得很少。紫苏偷眼看着岳子君，突然发现他头上的白发增添了许多，面容也十分憔悴，蓦然看去，竟然像一个老头了！而坐在他旁边的颜玺，皮肤光嫩水滑，像是一个不谙世事的骄纵的孩子。紫苏心中一惊。她想起多年前第一次见岳子君的情景：四十出头的岳子君干净、儒雅，走起路来豪迈有力，有时还会偷偷做个鬼脸，吐吐舌头，有点顽皮样。虽说比颜玺大了十岁，但外貌上却看不出太大差距。可如今，岳子君像是衰老了二十岁。而颜玺，岁月好像忘记了在她身上留下痕迹，模样身材和多年前并无分别。如今他们看起来竟像一对父女。

颜玺和紫苏俩人傻傻地喝光了一瓶酒，岳子君把开始那杯酒一直端到了最后，到底是没喝完，倒给了颜玺。

岳子君起身，拍拍颜玺的手背，说："你们姐妹俩聊会儿，我上楼先睡了。"岳子君吃力地站起来，转身朝楼道走去。紫苏发现岳子君的身躯衰老得更厉害，背佝偻着，腿几乎迈不动，像是用身子拖着在走。他才刚五十岁，怎么竟像是个老人了！

紫苏看着岳子君的背影迟缓地消失在走道尽头，回头对颜玺说："姐姐，你没有觉得，姐夫变化很大吗？老了很多啊！"

"他太拼命了！从来都不肯休息一天，就连周六、周日都在搞那些破活动，身体天天这么超负荷运转，能不亏吗？"颜玺抱怨道。颜玺从没有见过比岳子君更加勤勉的人。他没有任何私人的爱好，不抽烟不喝酒，不唱歌不跳舞，不玩牌，也不打球……总之不管是兴趣爱好还是不良嗜好，通通都没有。

"是不是减肥减得过了头？我看姐夫着实瘦了好几十斤吧？简直像变了一个人。中年男人，干吗要那么瘦啊！是不是被你逼的？"

"唉，他确实是足足瘦了三十斤！从前因为长胖而穿不下的衣服现在都能够顺利地重新上身。瘦是瘦了，精力却大不如前了。也怪我，回去一做项目就是一年半载的，确实没有好好照顾到他。"颜玺有些郁闷。

"你还是要注意关心一下姐夫的身体哦。这么好的老公，打着灯笼都找不着的。"紫苏为颜玺倒了一杯酒,说:"对了,姐姐,我想求你一件事。"

"说啊!"

"我想请你帮我在美国介绍一个男朋友!千万不要是慕白那种穷书生,百无一用。要像姐夫那样,有实力的。"

"你是说,想找个有钱人对吗?"

"是的!来到美国之后,我才发现,以前我真的是太傻了!就像个井底之蛙,根本没有见过世面。我都四十岁了,从来没有买过任何奢侈品,唯一的一条贵裙子,还是你送给我的。像妮娜家那样的豪宅,我连做梦都没有想过!"

"你羡慕妮娜的大房子呀?难道你也愿意让你老公一天找八个,还要把你赶出门去住酒店?"颜玺打趣道。

"唉!那当然是不可以的。妮娜的老公也算是奇葩了。最理想的就是姐夫这样的,有实力,但低调不显摆,对你又体贴周到,忠诚专一。"

"你的意思是,岳子君是完美的咯?"

"当然了,他年龄是大了一点,模样嘛,当然也谈不上多么帅。但是,这些都不是大问题吧?就照着岳子君这样的帮我找一个如何?接近就可以。"

颜玺轻叹了一口气,说:"你当真觉得岳子君有那么完美吗?"

"那当然了!谁不觉得岳子君完美呀?闺密们都羡慕死你了!我们都在想,能不能把岳子君多克隆几个,我们闺密每人分一个,那该多好啊!岳子君就像是一款爱马仕的限量版手袋,任何女人拎在手里都会感觉合适!"紫苏满眼放光。

颜玺一笑，说："假设，如果，万一，我要是和岳子君离婚了，你会怎么想？"

"什么？和岳子君离婚？那我只能想，你的脑子是不是进水了！这么多年，你们的婚姻可是我们这帮闺密心中的标准范本啊！灰姑娘穿上了水晶鞋，漂洋过海，从此和王子过上了幸福美满的生活。你要是离婚了，我的三观会尽毁，我的世界会崩塌！我会再也不相信爱情！"紫苏惊得连出排比句。

颜玺不以为然："你的婚姻不也是我心中的标准版范本吗？才子佳人，古典童话，不也是离了？"

"慕白怎么能和岳子君比呢？"

"怎么不能比啊？慕白是才子，又是美男，是货真价实的王子呢！不过是时运不济，一时没挣到钱而已。"

紫苏被噎了一下，小心翼翼地问："离婚的事，你是开玩笑的吧？不是真的吧？"

颜玺叹了一口气，说："当然，是假的。好了，你再喝会儿，我还要回房间去修改一下方案。"

"这么晚了，还修改什么方案？哎呀，姐姐，你可当真是个工作狂啊！就连去旅游，还带着个电脑，一有空就修改方案！我说，你就一天不工作，能死吗？"紫苏抱怨道。

"死倒是不会，就是会感觉这一天过得不踏实！"

紫苏喝掉了杯中酒，闷闷地说："唉！真是奇了怪了。你这样一个女学霸，建筑狂，一心一意想当女版贝聿铭，明明最具备养活自己的能力，命运却安排你嫁这么一个有钱的老公。别的女人羡慕得要死，你却非要瞎折腾。我呢，唯一的理想就是当个小女人，有个温暖的小家,安安稳稳过小日子。现在却成天东奔西跑,挣钱养家,到头来钱没挣到,家还散了。真是天意弄人!"

"也许吧,每个人想要的不一样。可是呢,归根结底也都一样:欲望不满足就痛苦,欲望满足了就无聊。人就是这么可怜的动物。"颜玺嘲讽地撇着嘴角。

"你怎么变成哲学家了?"紫苏愕然。

颜玺一笑,不再搭话。姐妹俩在客厅告别,颜玺上楼后径直去了书房。她还不想睡觉,但也没心思修改方案。

颜玺知道,在紫苏眼里,自己的婚姻是完美无瑕的。别说是紫苏了,就连当年的颜玺自己也是这么认为——撞上了岳子君,就像是上天烙了一张极大极大的馅儿饼,不偏不倚,正好就砸在了她的脑袋上。

可是,自从放弃房产事件以来,各种细微的罅隙与不适开始冒头。颜玺说不出什么实证,但总是感觉有些不对劲。岳子君不对劲,两人的关系也有些不对劲。有外人在场时还好说,只剩两人相对时便相顾无言。关起门来的生活几乎可以面对观众完全敞开:衣服穿得严丝合缝,动作完全合乎道德规范,基本没有少儿不宜的镜头。

变化最大的是岳子君的眼神。从前,不管什么场合,也不管有多少人,岳子君的眼睛就像是长在了颜玺身上,他眼里的欣赏、倾慕、喜爱是毫不掩饰的。可是这次回来,岳子君的眼光几乎从没有落在颜玺身上,他哪怕和颜玺轻言细语说着话,眼睛也没有在颜玺脸上停留过。他的眼神似乎失去了锚点,变得游移、躲闪。

颜玺暗暗心悸,仿佛蕴藏在这躲闪的眼神背后的,是什么看不清的真相。

这一切，是从什么时候开始的呢？颜玺仔细复盘了一下，要求她签字放弃房产只是一个明确讯号，微妙变化应该是从岳子君五十岁生日时便开始了。

去年秋天，岳子君的五十岁生日的头一天，颜玺带着精心准备的生日礼物，早早地赶赴机场，准备飞往洛杉矶。岳子君的电话打来，她故意没提他的生日，更没有说自己的行程，就是为了他生日的当天突然出现，给他一个惊喜。

就在快要进入机舱时，颜玺忽然接到一个电话，是她的合作伙伴蔡总打来的，语气十万火急，让她赶快准备一起去江南，他们跟进的一个市级博物馆项目第二天一早要召开常委会专题讨论，如不出意外，会后就可签约！

"明天去江苏？开什么玩笑，我在去往洛杉矶的飞机上，马上就要进入机舱了！早点怎么不通知？"颜玺愕然。

"我也是刚刚接到通知，第一时间就给你打电话了！我们是乙方，当然只得随时待命。哪里还做得了甲方的主？姑奶奶，十万火急，这个项目已经跟了半年了，眼看终于要收割了，你是主设计师，必须到场亲自汇报。你知道这个项目跟进得有多艰苦，意义又有多么重大！两个亿的项目啊！公司这一年就指着这个项目了！Please！"蔡总在电话里又是恳求又是"威胁"。

颜玺站在廊桥与机舱的连接带上，陷入两难。这一年多，她回国发展，一直与蔡总进行项目合作。这个博物馆是她心仪已久的项目，为此已搭进去大半年时间，一趟趟地跑江南，可以说呕心沥血。如今胜利在望，怎可因自己不到场而功亏一篑？但是，那边岳子君的生日又怎么办呢？

颜玺卡在工作与家庭之间，卡在理想与爱情之间，反反复复，思量又思量，蔡总的微信一个接一个催来。在关舱门的最后一刻，颜玺还是拔腿逃出机舱，作出了选择。

那一天，颜玺就留在机场没有离开，几个小时后，与蔡总一行一同登上飞往江南的班机。飞机刚刚抵达S市，还没出机舱，打开手机，跳出一条新闻：S市发生重大煤矿事故，目前已死亡七人……颜玺心里咯噔一下，与蔡总交换了一个惊惶的眼色。果然，一个小时后，甲方来电说，因突发重大事故，领导须紧急处理，会议延期，随时待命。蔡总接完电话，面如死灰，颜玺的血液也直降到冰点。

这个项目的结果，是甲方因事故而形势紧张，再无心此项目，签约无限延期，最后不了了之。所以，颜玺既没能回洛杉矶陪伴岳子君过五十岁生日，项目也未能成功签约。可说是竹篮打水一场空。颜玺怄得就快吐血了。

事后颜玺打电话向岳子君道歉，并有些委屈地提到自己的遭遇……电话那头，岳子君没有半句责难，只是安慰她没什么，项目要紧，发展好自己最重要。颜玺长舒一口气，想岳子君始终是大度宽容的。但是，在这之后，岳子君的电话渐渐少了，打来也是寥寥数语，匆匆挂掉。再后来，就发生了签字放弃房产事件。

如果颜玺知道在岳子君的生日当天发生了什么，她还会那样选择吗？

人生若只如初见

小说家麦克尤恩说,在小说里描述一种持续的幸福,是一件很困难的事。作为人就是这样,只有瞬间的真正幸福,而非长时间的幸福。

初识岳子君,是一个盛夏的黄昏。颜玺应邀去边师兄家参加聚会。边师兄家是一栋临水的别墅,客厅有一面做成了玻璃幕墙,望出去可见不时有黑天鹅白天鹅在水面上优雅地游动,远处是一排葱郁的树木,隔绝开外界的喧嚣,在闹市里营造出一个安谧闲适的所在。

这是一个半主题半闲散的聚会。大家三三两两,散坐在沙发上、楼梯上、钢琴边,喝酒闲聊。颜玺坐在靠窗的一把小椅子上,望着远处的风景发呆。最近她天天陷在 HW 大厦的施工图"大战"里,几近崩溃。正好借着聚会放松放松脑子,偷得浮生半日闲。

"请问,你是颜玺吗?"一个声音在右上方响起。颜玺抬起头来,见是一个陌生男子,递给她一杯酒,也递过来一个温和的微笑。"来,喝一杯怎么样?"

"哦,不了,谢谢。"颜玺的回答礼貌而疏远,是结束谈话的意思。

男子却不以为意,把酒放在面前的小茶几上,在颜玺身边坐了下来:"冒昧打扰了,不好意思。哦,我是你的粉丝。"

颜玺微微一笑,不置可否。对于聚会上自称是她粉丝的男人,她都持有淡淡的警惕。这通常不过是搭讪的一种手段。

"我看过你的一些建筑作品,比如说万泉酒店、杨家坪金融中心、南山文化广场等,都很有创意、与众不同。当然,我最喜欢的是L山山门。"

颜玺扭头看了他一眼:"哦?你也是建筑师吗?在哪里高就?"

"我不是建筑师,我是建筑师的粉丝。"见颜玺有些疑惑,男子继续解释道,"我本科学的也是建筑,去美国之后,迫于生计改了行,成了一个平庸俗套的生意人。现在只能欣赏一下同代建筑师的作品,聊以自慰。也算是一种情结吧。"

"哦,原来是一位被做生意耽误了的建筑师呀。"颜玺莞尔一笑。

"也谈不上耽误,建筑也是艺术,也是需要天赋和才华的,我承认自己天资平庸,就算当了建筑师,也只是一份工作,养家糊口而已。只有你这样的天才,才有可能成长为大建筑师。"男子的谦逊和恭维都恰到好处。

"嗯,那你远在美国,怎么会知道我呀?我又不是贝聿铭,还没有那么声名远播吧?"颜玺调侃道。

"是这样,我是边玉成的好朋友,当年L山山门这个作品在清华轰动一时,你也拿到了全年级的最高分,对吧?边玉成说,当年在这个项目上他对你还有过一些小小的帮助,这小子没吹牛吧?"

"对呀!这个项目上,边师兄对我确实起到了醍醐灌顶的作用。"提到L山山门,算是精准地戳到了颜玺的软肋和兴奋点,颜玺立即就有了聊下去的兴致和情绪:"L山山门是我们的毕业设计作品,我的设计方案一开始完全不被看好。导师说，我的这个创意确实非常新颖，独树一帜，跟别人的都不一样，如果我们去国外参加博览会，建一个中国馆，那就非常棒，很响亮。但是，我们现在是在中国，在一个偏远落后的县城里，要想做这样的一个方案很不现实，让我就别再往下发展了。所以当时的情况就是，如果往下发展，很有可能被导师打个不及格，我五年清华就白上了。但如果放弃这个方案，我又实在是舍不得。边师兄对我说了一句很重要的话，他说，人的一生只有短短的几十年。你是愿意花一年时间做一个四平八稳但你自己不喜欢的作品，还是愿意花一年时间做一个自己喜欢的作品呢？那一刻，真的是醍醐灌顶，我一下子豁然开朗：我要用生命的几十分之一的时间做一个自己喜欢的作品！所以，真的非常感谢边师兄。"颜玺提起往事，眉飞色舞，不自觉地端起酒杯喝了一大口。

"据说你那个时候着了魔似的，没日没夜地画了又画，改了又改，见人必称山门，你们导师都戏称你是'建筑宗教狂'？"岳子君也喝了一口酒，鼓励着她往下说。

"是啊，那段时间当真是拼了。因为我执意要沿用开始的方案，导师不开心了，丢下一句'颜玺，你有点玩世不恭啊'。你知道，玩世不恭这句评语在当时是一个了不得的差评，不但否决了你的专业，甚至质疑你的人品。我又是苦闷又是委屈。有一天周末，别的同学都去约会、吃饭、喝酒、玩乐了，我独自在教室加班。到了深夜，我才想起自己连晚饭都没吃。我就想，我比谁都辛苦，比谁都努力，比谁都敬业，怎么能叫玩世不恭呢？

"后来项目开始评标了，没想到开始不看好我的导师居然为我说了好话。他担心作品设计太超前，不能被业主接受，竟然举了两个世界级的经典案例来为我这个小项目辩护。一个是埃菲尔铁塔,因为创意超前,开始不被接受,后来却成为巴黎的标志性建筑。一个是悉尼歌剧院,方案都已被淘汰了,后来是从废纸篓里拎回来的,结果成为建筑奇迹。"颜玺说得眼睛闪亮,脸颊发光。

"所以,L山山门也成了建筑奇迹,一直在建筑界传为美谈。"岳子君举起酒杯,和颜玺碰了一下。

颜玺叹了一口气,说:"建筑奇迹当然算不上,只是一个小项目。但是呢,L山山门的成功确实给我造成一个幻象,似乎只要我足够努力,就可以建造出精彩的建筑。后来接二连三地获奖又强化了这个幻象。只可惜,这之后的建筑之路一走十几年,才发现要想建成一栋自己满意的房子,怎么就那么难呢?哪怕我们建筑师做出了绝佳的创意,甚至做出了令人欣喜的方案,但不是业主不接受,就是领导有意见,要不就是规划通不过,就连画一套完美的施工图都成了奢侈。粗糙的施工图到了工地施工后,还有各种问题,造价不能支持,材料找不到,中标前信誓旦旦的施工队到了工地就变卦,因陋就简,怎么方便怎么省钱怎么来。十几年了,我就再没有做出过一件令自己满意的作品,很多时候,我都羞于承认是自己的作品。我甚至都怀疑,建筑理想到底在哪里?"

"你理想中的房子是什么样的呢?"岳子君像个素养良好的记者,耐心地提问着。

"建筑既然也是艺术,它的价值绝不仅仅是功能性居住。我想,它应该像文学、像音乐、像电影一样,具备感人的艺术品质,可以打动人心,就如海德格尔所说:诗意的栖居……"

那个晚上,颜玺和岳子君侃侃而谈,多数时候都是颜玺在手舞足蹈地说话，岳子君只是含笑倾听，眼神专注而热烈，鼓励着颜玺往下说。待到暮色深重，聚会散场，颜玺才蓦然发现，自己竟然和这个初次见面的陌生人一口气聊了几个小时。

"哇，让你听我唠叨了一晚上。"颜玺有些不好意思。颜玺属于非常能说又非常不能说的类型。见到合适的人、遇到喜欢的话题，她就会眉飞色舞、滔滔不绝，但是，若遇到不合适的人，让她说一些冠冕堂皇的应酬话、奉承话，她连一句都说不出来。所以，有人觉得她热情，有人觉得她高冷。但是，和一个初次见面的陌生人一聊几个小时，还是极为罕见的。

"这是我的荣幸，于我也是享受。一个建筑专业的逃兵，还能听到有关建筑、艺术、理想……这些话题，真是难得。这有助于抵挡在俗世中日渐颓废。"岳子君音量极低，用词文雅，闻之如沐春风。

据心理学家调查，人的相貌若以一百分计算，得分太高会让部分人产生出嫉妒、不安等情绪，评价毁誉参半。八十分的长相最受欢迎——舒服、顺眼、没有攻击性。岳子君正是八十分相貌，儒雅低调，谈吐不俗，颜玺自然产生出亲切感。

十几个人一起走出边师兄家，颜玺才发现岳子君的身量很高，在人群中扎眼但本身却有种天然的低调，更增加了沉稳踏实的感觉。

夜风里，大家挥手告别，岳子君说："明天我就要回美国了。"

"哦？这么快呢？"颜玺心里有一些莫名的、模糊的惆怅。

"我会给你打电话，继续听你聊建筑的！"岳子君说。

"嗯。"颜玺不置可否地一笑。通常说来，这种聚会，见就见了，见完就算了，所谓打电话云云，基本是一种外交辞令。

谁承想聚会后第三天的晚上，岳子君的电话如期而至。颜玺以为在电话里俩人应该没什么可说的了，谁知叽叽呱呱又聊了近一个小时，大部分时间是颜玺在说，岳子君在听。话题依然只有一个：建筑。直到岳子君说："抱歉，今天要不就聊到这里，我要出门上班了。"颜玺这才想起来，这个时候正是洛杉矶时间的清晨，也就是说，为了将就颜玺的北京时间，岳子君清早六点就起床给她打电话。

此后，每到晚上十一点左右，床头那部脏兮兮的奶黄色电话便会准时响起。若颜玺忙，三言两语便挂掉；若颜玺有时间有心情，便会聊到尽兴。颜玺总是躺在床上接电话，海阔天空一通神聊，不管说什么，岳子君都表现出极大的耐心和兴趣，引导着颜玺叽叽呱呱说个不停，两三个小时不停歇。电话中，岳子君的声音温暖、亲切，自有一种安定的力量。

此时的颜玺，表面风光，实则正陷入一种人生和事业的双重尴尬和恐慌。首先，颜玺三十多了，难免遭受周围异样的眼光。

颜玺美丽又多才，身边并不乏追求者。但颜玺的问题就在于太骄傲太自负。她对男性的要求必须是绝对专一，绝对忠诚，且还得是她的"粉丝"，能以她的事业为重，能有耐心听她喋喋不休地聊她的建筑、她的梦想。这几个"绝对"就把绝大多数的"精英男士"排除在外了。晃来晃去晃到了三十大几，表面看起来颜玺簇拥者甚众，却连一个陪着聊天吃饭的男朋友都没有。

其次，事业上，颜玺也陷入了尴尬的瓶颈期。大学毕业之后，颜玺以为可以不断复制和超越L山山门的成功，四处参加竞赛，并屡屡获得第一名，其中有七八个项目中标实施，有数个作品都已修建起来，然而颜玺都只做了方案设计，并没有参与到施工图及后期的工作，建成的效果都离她的期望值太远。颜玺感到非常失望。

这时候，HW大厦的项目如愿到来。颜玺代表设计院参加投标，在高手如林的竞争者中，颜玺的方案一枝独秀，遥遥领先，顺利中标，并为设计院赢得数额可观的设计费。一时间设计院上上下下欣喜万分，张罗着要给颜玺开表彰大会。颜玺说，开表彰大会就不必了，我唯一的要求就是让我当设计总监，我必须亲自画施工图。

多年以来，颜玺的心愿就是要像做L山山门那样，自己做施工图把它盖起来。

长达一年半的设计周期里，她全力投入，每天清晨第一个上班，深夜最后一个离开，没有周六日和节假日，把全部的时间、精力和心血都投入到了项目上。然而，项目出来后，建成的作品在她看来也不过是各种建筑材料的堆砌，她没有看到她梦寐以求的超越材料的动人品质，这不是她理想中具有艺术作品般感人力量的房子！

HW大厦在众人眼里是成功的，颜玺却忧心忡忡，陷入了一种空虚，她甚至怀疑，自己追求多年的建筑理想是否只是一个幻影？

当颜玺正陷入人生与理想的双重危机时，岳子君的出现对她而言，几乎有着"拯救"的意味。那条电话线就像是通向大海，颜玺所有的烦恼、痛苦、焦虑、不安都可以不管不顾地扔过去，放下电话，胸中便再无挂碍，困意袭来，很快进入梦乡。颜玺惊异地发现，常年困扰自己的失眠竟然不治而愈，岳子君简直就是一位高明的心理医生。

那一天，颜玺参加了HW大厦的"庆功"晚宴，在场的几乎都是男人，因此准备的都是高度白酒。颜玺一直患有严重的胆结石，不能吃油腻的食物，更不能喝高度烈性白酒。但是作为设计总监，不断地有人过来敬酒，甲方领导、设计院领导、项目合作者、施工方……

轮番上阵，哪一杯不喝都是不给面子。颜玺晕晕乎乎地不知喝了多少杯，加之心情不佳，很快就醉了。

晚上回到家，肝腹处开始隐隐作痛，一开始颜玺并没有在意，结果愈演愈烈，疼痛难忍。据说，胆结石发作时的疼不亚于生孩子时的痛，待岳子君的电话打来时，颜玺已是痛得快要昏厥了。

"颜玺，你必须立即去医院，你等着，我找人送你去！"电话里，岳子君的声音虽还在尽力维持稳定，却有掩饰不住的焦灼。

"不用了，大晚上的不要麻烦别人了，我自己去……"挂了电话，颜玺几乎是连滚带爬地来到医院挂了午夜急诊，这才消停。

"颜玺！颜玺！"

躺在病床上的颜玺迷迷糊糊听到有人呼喊自己的名字，一睁开眼睛，就看见岳子君那张焦急、关切又强颜欢笑的脸，一时间心神恍惚，不知自己是在做梦，还是产生了幻觉。

这个季节美国拉斯维加斯的展销会即将举办，岳子君做的是国际进出口贸易，主营时尚的手袋和饰品，美国一年两次的时尚展销会对公司来说至为关键——展销会上的订单量会占到全年订单量的70%，其中尤以拉斯维加斯的展销会为老大，所以是重中之重。从筹备到参展，全程必须得老板亲自盯着，一天都离不得。万没想到，岳子君居然克服万难，趁着周末的两天假期回来了。四十八个小时，飞机上来回整整飞掉二十四个小时，再加候机和市区路程，满打满算，能够在北京停留的时间只有十八个小时！药物的作用让颜玺不能完全清醒，闭上眼便会迷迷糊糊睡去，每一次颜玺从半昏迷状态里醒来时，都能看见岳子君焦急的、布满血丝的双眼。

"你怎么不睡？"颜玺问。

"只有十八个小时,不舍得睡。没事,你睡,我看着你。"岳子君安慰道。

颜玺不知如何表达感激和感动,只好继续闭上眼,眼泪却悄悄地沁湿了眼角。

十八个小时后,岳子君重返机场,不想在海关遭遇了严格盘问,差点没赶上飞机:为何飞越几万里,路上花费几十个小时,却在中国只停留了十八个小时?岳子君又是翻出颜玺的照片,又是介绍颜玺的作品,好说歹说,终于得以放行。海关人员笑着说:"哥们儿!别怪我查你,两天时间中美跑一个来回,这么疯狂的事情,通常只有毒贩才干得出来。"

半个月后,颜玺在岳子君的遥控指挥下,再次住进了医院,准备做手术。对于全麻的手术,颜玺很害怕。做手术的头一天,颜玺在医院的小花园里徘徊。突然,一个高大的身影降临在她面前——居然是岳子君!此时拉斯维加斯的展销会已经开幕,正是如火如荼的关键时期,作为领头羊的岳子君居然抛下展销会赶回来陪颜玺做手术!这对于一向视公司为生命的岳子君简直是不可思议。

岳子君在医院门口的星级宾馆开了一个套房,但是他从来没有去住过,一直在医院陪着颜玺,晚上就租一个躺椅,守在颜玺的床脚边。岳子君七岁的小侄女和她妈妈一起住进了套房。小侄女第一次住这么豪华气派的套房,高兴坏了,又蹦又跳,听说舅舅有豪华酒店不住,非要在医院睡躺椅,小侄女不干了,吵着也要睡躺椅,说酒店那么好舅舅都不要住,非要睡躺椅,躺椅肯定更舒服!

颜玺笑了。是啊!躺椅真的很舒服,十块钱一天,宽不过一尺,岳子君的庞大身躯硬塞在里面,就像是把一件衣服硬塞进过于小的盒子里,哪里都皱皱巴巴,不能舒展。每当颜玺有任何动静,他都会惊醒,俯过身来探看。

术后一天,颜玺滴水不能进,岳子君便用棉签沾湿她的嘴唇。术后三天,颜玺腹中空空如也,看到隔壁床的家属吃这吃那,馋得直咽口水。到了第五天,医生终于宣布可以进食时,可把颜玺高兴坏了,觉得自己饿得能吃下一头牛。当天岳子君有个应酬必须要去,颜玺赶忙表示自己就吃医院"御膳房"的营养餐——馒头稀饭素菜就可以。饿了那么久,反正吃什么都是人间美味。

没想到晚饭时分,隔壁的小姑娘突然惊呼,哎呀,"御膳房"的真的来了!颜玺扭过头去,但见五六个衣冠楚楚的侍应生,穿着酒店统一的制服,头戴雪白的礼帽,每人手里高高托举着一个大托盘,排成纵队,浩浩荡荡地朝病房挺进。颜玺惊疑不已。原来是岳子君找隔壁五星级酒店的餐厅订了餐,庆贺颜玺成功"开斋"。餐食虽然看上去很清淡,但十分精致,一看就是为术后病人特意搭配的营养餐食。

没有桌子,颜玺只好把床腾出来,铺上塑料布,各种美味佳肴摆了满满一床,请全病房的陪床家属同吃。碰巧主任前来查房,见摆了满满一床的各色餐食,惊得目瞪口呆,但看到食物都是适合病人的营养餐,也只好无奈地摇摇头。

手术之后,颜玺瘦了整整十斤。出院那天,整个人轻飘飘的,恍惚有再世为人之感。岳子君紧紧牵住她的手,他的手那么温暖而笃定。颜玺把头轻轻靠在他宽厚的肩上,那一刻,她确认自己已经找到了真爱。

美国，美国

在北京的日子总是聚少离多。岳子君一两个月回国一次，待个十天半月便匆匆离去，似乎每一分钟都流淌着金子般的光泽，耀眼而珍贵，不晓得要如何珍惜才不算辜负。每一次机场的离别都是不舍，海关便是天堑。岳子君恨不能拿个牙签盒把颜玺装进去放在口袋里一并带走。

那时候两人之间一个永恒的主题，就是热烈憧憬颜玺赴美团聚后的美好生活。岳子君总是激动地说："等你到美国以后，我要让你真正享受什么是女人的幸福。"颜玺觉得，当下的幸福已经很满了，满得像一只酒鬼的红酒杯，酒直斟到了杯口边缘，稍一摇晃就要溢出来。她几乎想象不出美国的幸福生活会是什么样。

绿卡签证终于办好，颜玺辞了工作，连人民币账户卡都送给了北京的亲友，把所有衣服、细软装了足足六只特大号箱子，义无反顾奔赴美国。

事情的讽刺意味就在于此。从恋爱到结婚到办好移民手续，长达一年多的折腾，所有的目的和愿望都是为了颜玺去美国真正团聚。北京的幸福似乎只是铺垫和序曲，美国的幸福生活才是主题，才是正剧。所以颜玺和岳子君都以为，从颜玺真正踏上洛杉矶土地的那一刻，幸福的婚姻生活才真正开始。岂料，正是从那一天开始，完美的幸福婚姻裂开了一条缝。

首先面临的便是生活的问题。在美国，请专职的"阿姨"（洛杉矶称之为"管家"）可不是一件容易的事，而且岳子君也不喜欢有外人在家里走来走去，这件事便不了了之。形而上的爱情从云端落回地面，生活被柴米油盐和各种琐事包围，就像当年岳子君铺天盖地的鲜花、名包、华服一样，让颜玺几乎喘不过气来。她才晓得做不食人间烟火的"神仙姐姐"在美国可不是那么容易实现的。

看到颜玺不得已操持家务，买菜做饭，岳子君不忍，每次总主动申请洗碗，终于有一天，颜玺听到岳子君在厨房里唉声叹气。面对一堆杯盘狼藉，岳子君说，真的想全部砸了。

尽管如此，两个人却依旧相敬如宾，因为彼此心里都有抱歉和不忍——颜玺惭愧于自己生活上的低能，完全不是一个贤良的妻子，不能照顾好岳子君。岳子君愧疚不能兑现当初的诺言，"你的手是用来做设计的，不是做家务的。"看到颜玺手上永远有着五道六道伤——不是切菜切破了手，就是被吸尘器尖利的边缘刮伤，岳子君总暗暗心悸。

家务事上的矛盾经过短时间的磨合，很快适应过来，毕竟做几顿饭没什么难的，更主要的是颜玺在事业上的受挫。建筑理想和美国现状之间的矛盾，从颜玺踏上美国土地的那一刻，便开始凸显。国内大兴土木，房子长得比竹笋还快，根本没有怀才不遇的建筑师，可建筑师在美国却属于夕阳行业，洛杉矶的建筑业基本饱和，很少有新的大项目可建。

颜玺四下应聘工作，却是处处碰壁。她的学历美国不认，在美国的工作经历也几乎为零,有的公司甚至问她是否可以改聘前台。

颜玺陷入失落和苦闷。岳子君说:"找工作着什么急,家里又不是等米下锅。先好好看看美国,了解美国,开开眼界再说。"颜玺茅塞顿开:"对呀!我要好好去看看美国,看看那些神往已久的建筑!我要去找找,建筑理想是否真的存在。"

当颜玺提出驱车自驾横贯西东时,岳子君吓了一跳。他半开玩笑地说:"还以为我娶了一只柔弱的小猫咪,原来是一匹不羁的野马呀。这就要到草原上去浪了?"

"没有什么可以阻挡,你对自由的向往,天马行空的生涯,你的心了无牵挂……"哼唱着许巍的《蓝莲花》,颜玺开着岳子君新买的宾利上路了。

长达一个多月,颜玺驱车行驶在美国的大地上,感受着这个国家的温度、气息和脉搏。每到一座城市,她关心的不是风景,不是美服美食,她的方向非常明确:看博物馆,看建筑!

在史蒂文的西雅图教堂里,在路易斯·康的萨尔克研究所广场上,在步入西塔里埃森赖特的起居室的瞬间……颜玺真切感受到了柯布西耶所言的"你的心被触动"。这些建筑就像一首完美的交响诗,精妙复杂却又巧夺天工,宛如上帝的杰作。颜玺看得头皮发麻,血脉偾张。她在入行十多年后终于眼见为实:建筑艺术的确存在,建筑理想的确真实!

回到洛杉矶,已是一个多月之后。颜玺黑了、瘦了,然而她眼中有光。她说:"美国的确是座宝山,我不能入宝山却空手而归。我需要的是游历、学习、成长。"

颜玺再度应聘工作，这一次她不再执着于独立建筑师，而是把过去清零，从基础打杂做起。

公司的老板是个犹太人，名叫艾里，曾是美国建筑师协会区域与城市规划学会主席，很有行业权威。公司亦是人才济济，同事有的毕业于耶鲁大学，有的来自贝聿铭事务所，有的曾在莫佛西斯事务所工作过。他们有的年轻，朝气蓬勃；有的成熟，经验丰富。与他们在一起，颜玺深切感受到过去的自己确实是夜郎自大，决定塌下心来，老老实实当一名学生。

三年时间，颜玺完全投入到施工图设计及施工合同管理的学习和实践当中。在事务所，她接受了美国合同体制下最严格、最烦琐的施工文件制作方法。为了在合同纠纷中立于不败之地，老板要求她"必须画出可能出现的任何一个组件，甚至每一颗螺丝钉。"因为"如果应有一颗螺丝钉而你没有画，承包商哪怕明知必须有这颗螺丝钉也不会给你做。承包商向业主索赔后紧接着就是业主向建筑师索赔"。老板设计师兼营建商的实践也让她大开眼界：一会儿在工作室画图，一会儿踱步出门到工地查看施工进展……

在事务所，颜玺不光学到了设计组织的管理知识，得到美国领先的电脑系统技能训练，更重要的是终于学习并实践了用普通材料以低造价完成精彩建筑的技能和方法。

三年时间匆匆而过。颜玺自觉学习期已结束。她渴望着能真正主持建造一个项目，就像当年在国内那样。然而，她却根本没有任何机会。美国的建设项目本就稀少，轮不到她。她依然只能是画施工图，打杂。有时候为了把施工图画得完美一些，下班迟了，竟会有同事埋怨她："你这么努力，是要标榜自己很用功，显得我们都在偷懒吗？"

还有人说：" 在美国加班，老板只会觉得你能力不够，上班时间内无法完成工作……"

颜玺又陷入新的迷茫。在美国工作，就是打一份工而已，工资又极低，每月还不到三千美金。其实中国建筑师在美国能找到工作已经是相当幸运了，想自己主持项目，实在是难上加难。

这时候，发生了一件事，对颜玺造成了巨大冲击：她的一个大学师兄猝然离世。师兄曾是颜玺的榜样。履历好看得很：以北京考区第一名的成绩考入清华大学，耶鲁大学建筑学博士，美国注册建筑师。可是到了美国十数年，他一共接了三个"项目"：一是改造一个私人住宅的厨房，二是改造一个私人住宅的厕所，三是给一个私人住宅设计提供建议。

师兄在国内的同学早就在参与主持首都国际机场、奥运场馆、国家大剧院这些国际瞩目的项目。可师兄作为当年的高考状元，却只能窝在美国主持设计厨房和厕所。师兄郁闷难当，最终罹患肝癌，不到五十便抑郁而终。

师兄的遭遇让颜玺深切感受到，一个中国建筑师在美国的成才之路确实太难走。

有一天，岳子君带颜玺到一个日本的"榻榻米"餐馆看演出。餐馆前端搭了一个台子，算是舞台。

这是一批中国来的老艺术家，年龄都在七八十岁左右。在那个一年出不了一部电影的年代，这些演员可都是家喻户晓的艺术家。

舞台上，一个曾经因饰演英雄人物而闻名的老太太正在现场演绎当年电影中的一个桥段。她慷慨激昂，怒斥着日本帝国主义的种种不齿行径，颜玺和岳子君听得好笑，可是在日本餐馆，老板和员工都是日本人。不过好在他们都听不懂，语言隔阂也有好处。

老太太的精彩表演博得现场华人的一片掌声。老太太演完相当激动，显然许久不曾有这样的礼遇了——虽有名，早过气了。所以她又即兴发挥了一段致谢词，依然是高亢的朗诵调："洛杉矶的华人朋友们，你们辛苦了！你们用自己辛勤的汗水建设着……建设着……"老太太突然卡壳了。"建设着"后面的固定词组应该是"自己的祖国"，可是她突然意识到这是美国，是洛杉矶，说"建设祖国"显然不合适，老太太张皇半天，终于结结巴巴地说："你们用自己辛勤的汗水建设着，建设着……别人的国家……"

这个实在是太滑稽的祝福词了。所有人再也顾不得礼貌，全都爆笑起来。

颜玺和岳子君面面相觑，也忍不住笑起来。是啊，华人在别国的土地上，往往就是这样，找不准自己的立场和定位。

演出结束后回到家中，颜玺突然喃喃自语道："为啥要用辛勤的汗水建设别人的国家呢？为何不用辛勤的汗水建设自己的祖国呢？"

岳子君深深地看了颜玺一眼，没有答言。

回国陪你

颜玺收到邀请，回北京开一个重要的行业会议。恰逢颜玺的生日，岳子君专程赶到北京为颜玺庆贺生日，并邀请了林紫苏、慕白及颜玺在京的一众男女闺密，俊男靓女，衣香鬓影。

那是北京的一家高级会所。室内装修是考究的巴洛克式风格，层层叠叠，繁复精致，大家伙围着长条餐桌坐定，每个人都竭尽所能打扮过，满眼望去，皆是绅士淑女，赏心悦目。

岳子君说，今天要在众位亲友的见证下，送给颜玺一件特殊的生日礼物。大家包括颜玺自己都很好奇——什么样特殊的礼物，值得岳子君如此郑重其事？岳子君对颜玺一向出手大方，任何物质形式的礼物，颜玺都收到过，似乎都不值得这样大肆宣扬。

岳子君慎重地取出一个白色的信封，就是一个款式、材质皆普通的白色信封，递到颜玺手里。一封情书吗？颜玺暗自揣度。追求颜玺的时候，岳子君天天给颜玺写情书，塞满了整个保险柜。不过情书终究是私密的事，有必要昭告天下吗？颜玺在暗自踌躇，岳子君却在一迭声地催促："玺儿，快，抽出来看看。"

"你不会是要我当众念出来吧？"颜玺吓了一跳。

"当然要当众念出来！"岳子君促狭地笑了，脸上浮现出一抹调皮。看热闹不嫌事大的"吃瓜群众"也欢呼起来:"念!念!"

颜玺脸皮虽不算薄,但还是感觉有些讪讪的。抽出信纸,却见只有一行字:站起身,向前走十步,见一烛台,烛台底下有乾坤。

颜玺虽茫然,还是依言起身,果然在烛台下找到一封信。抽出一看,又是一行字:往左转,见一柜子,打开抽屉,取出宝物。

颜玺按图索骥,又找到一封信,打开之后,竟又是一行字:向左转,见一花瓶……颜玺有点晕了:这个岳子君,到底在搞什么鬼?寻宝呢,还是在开玩笑?

众人看着颜玺穿着小礼服高跟鞋,在整间屋子里来回穿梭,翻箱倒柜手忙脚乱,都不禁抿嘴偷乐。这个岳子君,样子长得忠厚老实,小心思还真不少呢!颜玺却有些恼了:岳子君这呆头,以为这就叫浪漫是吗?自己把自己当猴耍,还花钱请众人看,有意思吗?寻到第九封时,颜玺耐心已耗尽,心中暗自嘀咕:最后一封,再也不找了。

颜玺抽出信纸,却扎扎实实是一封信。颜玺快速看后,就像被施了魔法,呆立在原地,不能动弹。

"颜玺,赶快念念啊!让我们也分享一下甜蜜!"众人起哄。颜玺却充耳不闻,一动不动。紫苏连忙起身,走到颜玺身边,说:"姐姐,姐夫给你写了什么甜言蜜语,这么感动?让我看看!"

颜玺转眼看着紫苏,神情兀自怔怔,眼圈儿却红了。紫苏一惊,连忙接过颜玺手里的书信,只见信上写道:

玺儿,我心爱的妻子:

今天是你的生日,我想送你一件非同寻常的礼物。送什么呢?我想了很久,终于决定,把我在美国打拼的一切成果，包括我自己，全部送给你。

　　玺儿，我知道你是有梦想的姑娘。你对建筑有着宗教一般的狂热。你热爱设计，梦想着成为建筑大师。我喜欢你，不仅仅是喜欢你的美丽，当你谈到建筑艺术时，你眼里闪烁出的热情及理想主义的光芒，才是最让我心动的。然而，美国不是你的舞台。美国的建筑业已饱和，你的才华无处施展，而中国处处都是机遇，你的舞台在中国。我爱你，就该理解你、成全你，而不是狭隘地占有你、束缚你，把你捆绑在家庭的小天地中。是鱼就该到海里去游泳，是鸟儿就该去天上飞。

　　你的事业在中国，我的事业在美国。该何去何从？玺儿，你是有才华的，我相信，你的未来将会有更大成就，将会对人类、对社会产生更大的影响，做出更大的贡献，而我，不过是一个普通人。也许我比有些人多赚了几个小钱，却依然是一个普通人。我做出的决定是，转让美国的公司，结束在美国的事业，回到中国，回到北京，陪伴和支持你的事业。不仅仅是因为我爱你，更是对你才华的欣赏和尊重。这，就是我送给你的礼物，合你心意吗？

　　我相信，有一天你一定会做出耀眼的成就。当你高高地站在领奖台上时，我会坐在最后一排的一隅，默默地为你鼓掌。

永远爱你的：子君

紫苏把信读完后，众人都傻了！岳子君送出的不仅是钱，而是他自己的事业。岳子君赤手空拳在美国打拼数十年，千辛万苦创下这份家业，其间有多少坎坷艰辛，甚至数度命悬一线，他竟然舍得放弃，把一切献给一个女人！而且岳子君离开中国已经二十几年，他的人脉、朋友、圈子、生活习惯，都早已经美国化，中国对他而言亦像一个陌生的国度，一切都要重新适应。俗话说，老树难移。颜玺初到美国时才三十多岁，对美国尚且时时处处感觉不适，岳子君已经快五十岁了！一个自我已坚固的中年男性，要重新去适应一个陌生环境、一种新的生活模式，委实不易。当年温莎公爵为了迎娶辛普森夫人，自动选择退位，不爱江山爱美人。岳子君带给众人的意外和感动，堪与温莎公爵比肩。

颜玺被结结实实地感动了。她只想问自己：自己何德何能，让岳子君深情至此？她暗暗发誓：不要因为长久地泡在蜜罐里，反而忽略了甜的滋味。

那一天，是颜玺和岳子君婚姻生活的高光时刻，是岳子君对颜玺爱的极致的付出与表达。

那一天，紫苏看着颜玺充溢着幸福——是的，她的幸福几乎是要溢出来了。紫苏对着夜空，没来由地轻叹了一口气，也不知是在叹颜玺，还是叹自己。

"临时的"日子

颜玺生日之夜后,为兑现自己的高光宣言,岳子君回到美国便积极着手公司转让事宜。公司评估下来,是个相当可观的数字,很快有两家公司送出橄榄枝。作为一个怀揣两百美金便去美国闯天下的第一代移民,在美国打拼多年,岳子君创下这份家业、取得这份成就还是相当令人欣慰的。流血流汗这么些年,岳子君也疲了、累了。他的计划是,现金拿到手就退休,什么都不干了。他已在三里屯附近看中了一栋商业楼,价值一亿八千万。只等公司转让出手,就把楼买下做房东,过上有钱有闲的幸福生活。作为一个五十岁不到的中年人,这就算平安着陆、尘埃落定了。他就可以安心做"大建筑师颜玺身后的男人",支持她的建筑理想,做她坚强稳定的大后方。

颜玺作为"先遣部队"留在北京,积极为接下来的幸福生活做准备。

生活方面,岳子君要颜玺去挑选一套五百平方米以上的豪宅,再买一辆颜玺喜欢的奔驰G级越野车。事业方面,岳子君准备为颜玺投资一家建筑设计公司,自己做老板。当然,一切的一切都要等到公司转让出手,钱到手了才能一举实现。

夫妻间长期分居,聚少离多,这当然是不正常的事,不过这只是临时的。公司的转让期限,岳子君预估不会超过半年,所以这种聚少离多的日子很快就会结束。

收购事宜在紧锣密鼓地推进。当时两家公司竞争,岳子君自然选择了出价高的一家。各种文件、各种谈判细节,岳子君每天都会在电话里跟颜玺汇报进展,让颜玺有种幸福的胡萝卜在鼻子前晃荡,再往前一步就能吃到嘴里的期盼。

变故发生在四个月后。出价高的那家香港公司由于种种原因,资金链断裂,不能完成收购,之前的功夫全白费了,岳子君却又不甘心转让给出价低的那家公司,如此,继续寻寻觅觅,一拖又是几个月,再也没有公司开出理想价位。无奈之下,岳子君降格以求,转头去找当初价低的那家公司,谁料那家公司乘人之危,把价格压成了白菜价。岳子君气不过,自然不答应。几经挫折,一年过去了,公司还没有转让出去,而此时的公司与一年之前相比已有极大变化。

岳子君的公司经营中档的时尚手袋及饰品,美国市场低迷,消费力下降,下游吃紧;而广东这边的生产工厂人工涨价,增加了工资成本和生产成本,公司两面受夹击,苦不堪言。

况且,这一年以来,岳子君的主要精力都放在公司的转让上,而在内部管理上有所疏忽,几个月时间,竟然离职了数位核心员工,对公司造成了重大打击。

兵败如山倒。

内外夹击,四面楚歌,此时的公司不要说钻石价,就连白菜价都没人愿意出了。岳子君猛然意识到,再这样下去,他在美国几十年的奋斗成果就将付诸东流。不!他要挽回这一切,重新用自己的双手让公司重整旗鼓,起死回生。

在颜玺生日的高光宣言一年之后,岳子君终于对颜玺宣布,公司转让不出去,也不准备转让了。他要留在美国,不会回北京了。

颜玺惊得七荤八素。岳子君习惯在颜玺面前扮演强者,颜玺更习惯了把岳子君看得无所不能。所以岳子君遭遇的困境,颜玺并不清楚,但她的委屈与不满却是显而易见。岳子君不回国了,颜玺该何去何从?

恰恰此时颜玺接到了老同学蔡总的电话,邀请她共同设计一个项目,虽然规模不算很大,但属于颜玺中意的文化项目。颜玺犯了难。另一边岳子君却劝她留在北京,一切都以她的理想和事业为最高考量。

颜玺再度被感动了。如果岳子君要求她回美国,她应该是会回去的。可岳子君并没有,他依然支持着她的梦想,宁可独守空房。当然,结束了这个项目,她随时可以回美国,随时可以与岳子君团聚。在这种"临时的"思想的自欺欺人之下,颜玺继续"临时的"待在北京。

分居,靠一根电话线联通彼此,日子还是"临时的"。

颜玺越来越深地陷入了游移和矛盾。每次回美国,她都下决心说,这次来了,就多待几个月,多陪陪岳子君,况且她居住的地方山好水好,干脆就留下不走了。

开始的三五天尚有新鲜感,过上十天便有些不耐。十五天,咬牙克服困难,十八天,给自己鼓气——誓把牢底坐穿,二十天,简直要疯了……

如此,每次回美都把返程日期订在三个月以后,可每次最多二十天便仓皇改票,逃之夭夭。

但是回国之后，日子一样不好过。颜玺不断地从此地奔向彼地，又不断地折返。而不管在什么地方，她总是无比思念对岸——生活在别处，生活在彼岸。她不断地奔赴机场，不断地把自己塞进狭小逼仄的机舱，不断地倒时差……生活一直是动荡的，她甚至不知道，未来会去向何方。

但无论如何，岳子君永远是安稳可靠的后方。这是她的屏障，她的底线。

林紫苏的妈妈是叶太太

林紫苏的访美行将结束,机票订在了下周日,也就是说,再有几天,紫苏便要返回北京,去面对她孑然一身的新生活。走之前,林紫苏还有一桩心事未了。有一个人,见还是不见,紫苏颇为踌躇。这个人正是林紫苏又爱又恨的母亲——蓝怡。

十几年前,紫苏就从姨妈那里得知,蓝怡就在洛杉矶,十几年来,嫁人,离婚,又嫁人。但紫苏从来没有想过要联系她,仿佛那只是一个幻影;而蓝怡呢,也从没有想过要回来看看自己——二十几年前被她抛弃的女儿。

这一次,紫苏终于来到洛杉矶——她曾无数次梦中呼唤和向往,又咬牙切齿诅咒过的城市。因为有"她",这座城市虽未曾踏足,已让她又爱又恨。

来美国之前,姨妈把一张小纸条塞进她手里,说,去看看她吧,她很想念你。她不是有意要抛弃你,她曾想把你办到美国去的,但是她一直没有能力。后来,她遇到了好人,你又已经大了,已经过了随父母移民的年纪。她不好意思联系你,一直心怀愧疚。去看看她吧,天下没有母亲不爱孩子的——血浓于水呀。

紫苏展开纸条,是一串626开头的电话号码。她把纸条揉成一团,攥在手里,双手发抖,直想把纸条撕成碎末。可到底,那号码还是留下来了——被她默记在心中。来洛杉矶的最后几天,她终于还是拨打了那个烂熟于心的号码,于是便有了今天的相约。

紫苏和颜玺如约来到位于华人聚集区VALLEY街道的希尔顿酒店二楼的咖啡吧。偌大的咖啡厅,只有一个妇人坐在临窗的座位,优雅地一手支颐,扭头看着窗外的风景。从侧影看,她穿了一条白色带蕾丝的裙子,长卷发披在肩上,头上戴了一顶精致的同色礼帽,礼帽很小,堪堪遮住头顶——不为遮阳,只为装饰。

颜玺内心疑惑:难道这就是紫苏要见的人?从侧影看,也就只有三十几岁吧。

紫苏和颜玺穿过咖啡厅,径直走到妇人的身后,紫苏颤抖着嘴唇,嗫嚅地吐出几个字:"请问……"

妇人优雅地回过头来,面纱下,一张脸描得精致明艳——眼线是粗重的黑,嘴唇是深橘的红,假睫毛翻翘在眼睑上,扑闪扑闪,在脸上投下弧形的阴影,礼帽上的网纱垂下来,遮住了额头和部分眉毛眼睛,浑身上下透着一股西方贵妇人的调调儿。这早已不是记忆中那张脸了!紫苏努力回忆旧照片上的那张脸,黑白照片,顺溜的长辫儿,鹅蛋脸,清秀的五官,怎么也和眼前这张脸无法重合起来。紫苏正自疑惑,只听颜玺喃喃道:"叶……太太?你是……叶太太?"

却见妇人起身站起,一把拉着颜玺的手,惊喜地说:"颜玺妹妹,你怎么在这里?"

紫苏愕然地看看妇人,又看看颜玺——妹妹?

颜玺也惊愕地张大了嘴,结结巴巴地说:"你是……紫苏的……母亲?"

妇人这才把脸转向紫苏，困惑地盯着她，上下打量，嘴里喃喃："紫苏，你是紫苏！我的紫苏，你长大了……"

妇人松开颜玺的手，正欲伸手去摸紫苏的脸，紫苏头一偏，不露声色地躲开。

颜玺赶紧打圆场："都坐下吧，慢慢聊。"服务生见状赶紧眉开眼笑地送上热咖啡和奶酪蛋糕。

颜玺给每个人斟上咖啡，紫苏用小匙搅动着杯里的糖和奶，动作幅度有点大，咖啡泼洒出来，洇在白色的桌布上。"对不起……"紫苏脸红了，赶紧抓了餐巾纸去擦。

"没事没事，一会儿多给点小费就好。"颜玺抓住紫苏擦桌布的手，用力捏了捏，紫苏抬起眼来，颜玺给了她一个温和鼓励的微笑。

叶太太一直含情脉脉地盯着紫苏，眼里似有泪光闪动。见此情景，她轻柔地说："不要紧的，紫苏，无须介意。"

紫苏的不适感更加深了。她不但面貌变了，连口音都变了，既不像标准的普通话，也不像上海普通话，而是一口浓浓的台湾腔。是的，听她的吐字、发声、语气语调、用词，完全像是土生土长的台湾人，所以颜玺一直以为她是台湾人，半点没有和紫苏扯上关系。在相貌上，叶太太和紫苏虽然都是美女，却一点也不像。一来紫苏长得更像爸爸林沪生，二来叶太太到了美国后，为彻底摆脱昔日的自己，把眼睛鼻子也都做了改装，眼睛改成了欧式眼，鼻梁也高高耸起。这样的一张脸和紫苏就完全联系不上了。

叶太太，不，应该说是蓝怡，把咖啡端起来，轻轻啜饮一小口，姿态甚是优雅，紫苏天然的优雅总算是找到了来处。

"真是没想到，我的紫苏竟然和颜玺妹妹是姐妹，我一直很喜欢颜玺的。真是缘分啊。"叶太太看着紫苏。离开上海的时候,紫苏还不到十岁。她的眉眼都不像自己,分开看都平淡,但合在一起却有着别样的风情和韵致。她也看出,紫苏脸上有被生活碾轧过的痕迹,说是妹妹,倒似比颜玺还年长几岁。

"是啊,我和……"颜玺顿了一下,还是沿用了旧称谓,"我和……叶太太都认识两年了,真是没有想到,原来,你就是紫苏的……母亲啊。这么些年,紫苏心心念念的,牵挂着你……"紫苏窘得不行,直扯颜玺的衣袖。这么多年心里梦里的母亲,此刻面对面坐着,反而更遥远了。

叶太太叹一口气,悠悠地开了口:"我何尝不是呢?这么多年,天天想念着我的女儿,还有……她爸。"听到"她爸",紫苏眉头轻蹙,这忧郁的情状,真像她爸——林沪生。想到林沪生,蓝怡心中划过一抹伤痛。虽然当年决绝地离开林沪生父女奔赴美国,此后又情海几度浮沉,但在一些睡不着的暗夜,她不得不承认,一生真正爱过的,还是林沪生。

"我一来美国,想的就是赶快办好身份,把你接来。颜玺知道,从绿卡到公民,这个过程是漫长的。我又是结婚,又是离婚,折腾来折腾去,就把你折腾过了二十一岁,再办亲属移民就难了……"叶太太眼圈红了,她跷着兰花指,用餐巾按在眼角,轻轻拭去泪痕,动作很小心,以免把眼睛上的假睫毛碰掉,动作真优雅,像个舞台上的花旦。她抬起头来,望定紫苏说:"女儿,你可以原谅妈妈吗?"

妈妈!紫苏身子一颤。从十岁开始,她就没再喊过妈妈。她想妈妈想得天天夜里哭,却听别人说,妈妈不要她了。在她最需要母爱的时候,身边只有爸爸和爷爷奶奶……现在,这个女人,她口口声声说,她是妈妈?还要她原谅?紫苏一言不发,把头扭向窗外,看着天上的流云发愣。

颜玺见此情景,善解人意站起身来,说:"你们先聊聊,我去下面买点东西,一会儿回来找你们啊!"

"姐姐,别走。"紫苏哀求地拉住颜玺的手。

颜玺搂住她的肩,安慰地拍拍,在她耳边低语道:"没事,好好聊,相信她是爱你的。我一会儿就回来。"

颜玺转身离开,把时间和空间留给这对二十多年未曾谋面的母女。哭也好,怨也好,她们需要这么一段私密的空间来化解二十年的隔膜。

颜玺走出酒店,穿过小街,来到对面的全统广场散步。

两年前,妮娜带着颜玺去参加一个生日聚会。过生日的是台湾金牌编剧叶先生的太太。叶先生当年在台湾和香港可谓家喻户晓,他编写的电视剧总是占据着每天晚上的黄金档,斩获奖项无数。一九九七年香港回归时,他移民到了洛杉矶。

妮娜指给颜玺看,主桌上穿着一袭灰色长衫的就是叶先生了。这种长衫,颜玺只在影视剧和旧照片里看过。坐在叶先生旁边的,就是当晚的主角——叶太太。和叶先生的古典正好相反,叶太太完全是西化的装束:一袭抹胸的玫红色晚礼服,头上戴了一顶与衣服同色的玫红色礼帽,礼帽下是浓密的卷发,繁盛地披在肩上。她的脸也甚是醒目,凹眼高鼻,浓墨重彩,乍一看还以为是老美。妮娜不断地赞叹:叶太太好美、好有气质哦……

晚会接近尾声,重头戏上演——叶太太上场了!她穿了一套亮黄色的拉丁舞裙,裙身很短,毫不客气地露出大腿,和一个全身黑衣黑裤的中年舞师跳起了拉丁舞。颜玺觉得，拉丁舞是所有舞蹈中最性感的。叶太太跳得全情投入，眼神、身体都柔媚至极。颜玺转眼去看叶先生，他正微微含笑，欣赏着叶太太的表演。颜玺暗暗思忖，这叶先生当真是大度。

晚会结束后，妮娜拉了颜玺上前打招呼。毫无疑问，叶太太是个人物，妮娜不放过任何一个结交名流的机会。

从颜玺的装束、气质、谈吐，叶太太一眼看出，颜玺也非等闲之辈，因此不敢小觑她。如此便结识了。此后，断断续续地，大家又在大场合聚过几次，颜玺还去过叶太太家，看过叶先生编剧的电影，也算是朋友了。

叶太太怎么会是林紫苏的母亲呢？她到底有什么样的过往、什么样的故事呢？

蓝怡的前世今生

那时候的叶太太——不,那时候还叫蓝怡,更准确地说,还是林沪生太太。那晚的相亲,蓝怡是陪着闺密(当时叫女伴)小李去的。1988年的上海,是改革开放后中国最早开放起来的城市。整个上海都洋溢着一股甜腻的奢靡之气,透着疯狂。在上海人眼里,上海之外,都是乡下。但是隔着太平洋,那一片富庶的土地,则是当时很多上海人心中的天堂。人们削尖了脑袋想出国,首选便是美国。考托福的,留学的,办工作签证的……当然,漂亮的年轻姑娘们还有最轻省也最便捷的一条路——相亲。

小李的姨妈有拐弯抹角的亲戚在美国,给她介绍了美籍华人艾瑞克。那天晚上,艾瑞克约了小李去上海著名的国际大饭店吃西餐。小李一个人不好意思,拖着蓝怡陪她去。

那是蓝怡第一次走进五星级酒店。酒店大堂的金碧辉煌震蒙了她。她头昏脑涨,脚步也变得轻飘飘的,她拼命"勒"住自己惊羡的目光,暗暗告诫自己,不要像个乡下人那样探头探脑、东张西望。

艾瑞克是一个五十来岁的香港人,个头不超过一米六,全身精瘦,厚嘴唇,塌鼻梁,委实难说好看。但是他西装笔挺,举手投足颇有风度，尤其是一口香港味儿普通话，时不时还会蹦出几个英文单词，真是洋气得很。

小李今天隆重打扮过，刚去最贵的发廊烫了头，发卷一个一个硬硬地翘在头上；一身米色西服也是新做的，海绵垫肩把肩膀撑得很宽，西服领，裤缝笔直。小李基本按照上海新娘子的标准打扮了自己，花了几个月的工资。她不知道，这身打扮让她看起来像个坐在主席台上的女领导，严肃、强悍、生硬，平白老了好几岁。蓝怡则打扮得婉约多了：一头长发直溜溜地披在肩上，一条紫色碎花连衣裙，外搭黑色针织衫，脚上是一双黑色半高跟皮鞋，看上去又清纯又不失女人味儿。蓝怡一直被认为是厂里最会打扮的，什么衣服穿在她身上都是不一样的好看。他们当然不知，这些衣服都被蓝怡改装过，腰身掐一掐，裙身裁短一截，效果就大不一样了。小李之所以敢拉蓝怡一起来，一是她傻，二来，蓝怡已年过三十不说，女儿都已经十岁了。她不认为蓝怡会对自己构成什么威胁。

整个相亲过程，小李都表现得很紧张，很矜持，一直低着头羞答答地不说话。这副表情困在那套衣服里，各行其是，相当拧巴。相反，蓝怡因为事不关己，反而松弛自然，该说说，该笑笑。虽是第一次吃牛排，她处处留心，看着艾瑞克的招式来，有样学样，倒也没出洋相。小李就不懂这个，问她牛排吃几分熟，她自信地朗声作答：十分！服务生笑笑说，对不起，最老是七分。

整个晚上，艾瑞克和蓝怡聊得投机默契，艾瑞克对自己的身高体重也不避讳，自嘲道，由于身轻如燕，坐后座都不用系安全带，每次汽车急转弯，他斜飞出去，旁边的人一把抱住就行了。

晚宴结束后，艾瑞克对小李姨妈不断夸赞，小蓝如何如何……

小李姨妈急迫地问:"你对小李印象如何?"艾瑞克一脸茫然地反问:"小李是谁?"

什么也挡不住美国的召唤。蓝怡迅速离婚,抛夫弃女,追随艾瑞克到了洛杉矶。艾瑞克虽其貌不扬,但生意确实做得不错,住着两层楼的带花园、游泳池的房子,开着奔驰。蓝怡万没料到艾瑞克实力这么雄厚,经常惊疑——自己怎么会这样好命?

到了美国,蓝怡才知道世界上还有LV、香奈儿、爱马仕,有露背装、抹胸、礼服,有各种搭配礼服的胸罩……

艾瑞克对蓝怡是真心的,甚至是宠爱的。蓝怡一开始是准备转成美国公民后就把女儿紫苏接来的,可问题就出在蓝怡的"作"上。艾瑞克每周末必去他母亲家住两天,他的一儿一女都由母亲看管着,蓝怡虽然心里不快,却也说不出什么。有一天,鬼迷心窍地,艾瑞克开车出门,蓝怡也开着车尾随其后,想看他到底是真的回母亲家,还是去找哪个野女人。看艾瑞克一路心无旁骛,果然驶到了他母亲家门口,蓝怡才暗自舒了一口气,笑自己多疑。正准备打道回府时,却见一个中年女人迎出门来,在门口和艾瑞克又搂又抱,又说又笑。蓝怡怒急攻心,当下冲出车去和这"野女人"扭打成一团。

原来这个女人正是艾瑞克的发妻,同他一路从香港打拼移民到洛杉矶。二十世纪八十年代后,中国内地开放了,洛杉矶的一些男人去那里走一圈,纷纷领回如花似玉、年龄和女儿相仿的美女。看到一朵一朵鲜花插在洛杉矶的牛粪上,艾瑞克也坐不住了。他负责任地离了婚,要回去寻找第二春。果然,他领回了蓝怡,虽还有更年轻的女人献媚,但蓝怡才是真正的尤物。香港女人艾瑞克是不喜欢了,但艾瑞克的母亲离不了,一边骂着儿子没良心,一边坚持一定要和"自己媳妇"住在一起。所以,他也必须每周回来陪母亲。

艾瑞克诅咒发誓,他回去只是陪母亲和孩子,每晚自己住客房,但蓝怡仍不依不饶。陪母亲和陪前妻,这差距太大了!搞半天,你们一家每周末团圆,我倒成了姨太太!

那个周末的晚上,艾瑞克不顾蓝怡的眼泪和哀求,雷打不动地去了母亲家——或者说,前妻家。蓝怡心碎了,一个人开着车在外面四处游荡。

蓝怡从不懂得嫉妒,也不懂得分享。在上海的厂子里,蓝怡是厂花,能歌善舞,又会打扮,很多人都说她应该去当明星。从十五岁起,围在蓝怡身边打转的男人数都数不清。她之所以挑中林沪生,一是因为他长得实在好看,二是他爱看书,三是他从来不像别的男人那样色眯眯地看她。果然,嫁给林沪生以后,林沪生忠心耿耿,眼睛就没有瞟过别的女人,所以蓝怡从没尝过嫉妒的滋味。现在,她无法想象艾瑞克在另一个女人的怀里会是什么样,她嫉妒到发狂。

蓝怡去超市买了一瓶红酒,一个人坐在车里喝闷酒,酒咕噜咕噜滑过喉咙,冲入胃囊,把胸口堵的一堆乱七八糟的愁绪冲得稀里哗啦。半瓶酒下肚,人也清爽多了。蓝怡想,有什么了不起,你们老公老婆孩子婆婆一家人团聚,在上海,我也有老公有孩子,我要回去和他们团聚!

蓝怡边喝边哭,不觉把一瓶酒喝完了,伏在方向盘上,晕晕乎乎进入了梦乡。梦里,蓝怡回到上海,回到了她简陋温馨的家。林沪生做了一桌好菜,含情脉脉地看着她。他那么俊美,艾瑞克和他比起来,就是一只癞蛤蟆!紫苏更漂亮了,腻在她身上不肯下来,对着她的耳朵喊妈妈……

汽车晃动起来。蓝怡睁开眼睛,发现自己正在天上飞。怎么回事?自己喝醉了,是幻觉吗?蓝怡一下子被吓醒了!她揉揉眼睛,仓皇地四处张望,没错!她还坐在车里,但是,车子已经远离地面,越升越高,周遭的房屋、树木都渐渐变小……天哪!我这是已经死了吗?蓝怡惊恐地大声哭出来,高声喊叫:我不要死!我要回家!我要回上海……呜呜呜……

女人尖厉的哭声在洛杉矶上空回荡。

车子晃晃悠悠地开始降落,终于"扑通"落回地面上,蓝怡止住了痛哭,左右环顾,正自惶惑时,却见车窗前站了一个五大三粗的黑人,正探头探脑地往车窗里面打量,正好对上蓝怡疑惑的目光。蓝怡吓得用手抱头,发出一声恐怖的尖叫。

原来那个黑人是拖车队的。深更半夜,见蓝怡的车违章停靠,准备拖走第二天处理。后来,那个黑人委屈地对闻讯赶来的艾瑞克说,他的大铲子铲住车子,升降机刚升到半空,只听半空中响起了女人的声音,又哭又叫,又听不懂在说什么,他吓得赶快停车,小心翼翼把汽车放下来,走过来想看个究竟,却见车里坐了一个女鬼!艾瑞克探身往车窗里一看,蓝怡披头散发,眼睛上的眼影眼线全哭花了,假睫毛歪挂在眼皮上,嘴巴上的口红渗出来,掺着葡萄酒的紫黑……说是女鬼,实在也不过分。

第二天,为惩罚艾瑞克,蓝怡赌气坐上了回上海的飞机。艾瑞克也生气了!这个女人简直太作、太不可理喻了!

蓝怡一回到上海,便发现自己错了!在所有亲友面前,她几乎成了女王。她穿的、戴的、用的，所有人都啧啧赞叹，有的女人还伸出手来小心翼翼地抚摸，艳羡之色溢于言表。蓝怡随手打发的小裙子、小衣服、文胸、玻璃丝袜……大家都如获至宝。她把在洛杉矶家里拍的照片亮出来，那么大的花园洋房，只在外国电影里见过，所有人都叹为观止。

那些天，蓝怡充分意识到，自己嫁了一个金龟婿，真是幸运至极。至于他的前妻，去他的！不去计较了！她没有去找林沪生，她甚至没有去看女儿，但是，她也没着急回美国。人的优越感，来源于你比你的邻居、亲友、发小过得好。看着低矮简陋的小阁楼，蓝怡才更加真切地意识到，自己是如此幸运，嫁给了一个好男人。

两个月后，蓝怡终于厌烦了上海逼仄的小房子和土里吧唧的街道、商场，带着一箩筐的谄媚、巴结、讨好登上了回洛杉矶的飞机。她决心不计前嫌，和艾瑞克好好过日子。

回到洛杉矶的家，蓝怡吓了一跳，眼前的屋子里是从未有过的整洁清朗。蓝怡正自疑惑，只见卧室里蹿出一个中年妇女，眉眼平常，手里还举着一块抹布。原来是请了钟点工！蓝怡也不理她，倒在沙发上歇歇。却见钟点工热情地迎上前来，端了一杯水放在茶几上，口里说着："姐姐回来了！辛苦了，喝点水！"蓝怡白了她一眼。一个钟点工，怎么搞得像个女主人似的？这女人怎么说也得四十往上，大自己好几岁吧？还叫自己姐姐？

蓝怡拖了行李进到卧室，愣了，四处是陌生女人的痕迹。"钟点工"跟了进来，说："不要紧的，我的东西马上就搬走，主卧让给姐姐，我住客房。"

蓝怡失神地转过头，望着"钟点工"——自己是时差没倒过来吗？怎么听不懂她的话？

"钟点工"莞尔一笑，非常识大体地说："姐姐，虽然你年纪比我小，但你入门比我早，所以，我还是尊你一声姐姐。这些日子，姐姐不在家，妹妹就替你照顾老曹（艾瑞克中文名姓曹），现在姐姐回来了，我们就一起照顾他，我都听姐姐的。好了，我去做饭了，尝尝我的广东菜！老曹说，今晚给你接风！"

"钟点工"快活地转身离去，剩下蓝怡一个人呆立在原地，反应不过来。回上海那些日子，她满脑子想着怎么原谅艾瑞克，怎么样和艾瑞克的前妻和平共处，万万没料到，出走这两个月，再回来，自己的房子就被人占了，老公也被人睡了！

原来，蓝怡出走的这些日子，艾瑞克天天去一家广东餐馆吃饭，"钟点工"——其实是艾瑞克的新欢小张，天天给艾瑞克点菜、上菜。一来二去，有点熟人的意思了。小张对艾瑞克服务格外周到，艾瑞克给小费也格外豪爽。有一天，艾瑞克喝多了酒，稀里糊涂把小张领回了家。第二天，看到睡在身边的小张那扁平的大饼脸，艾瑞克有些后悔。但接下来发生的一幕很快就让他对这个女人有了改观。小张起身后，把房子里里外外收拾得清爽无比，他换下的脏衣服也都洗得干干净净。待到午餐上桌，他更是瞪大了眼睛，小张的厨艺竟然比她供职的餐馆还要棒，不让她当大厨真是可惜。小张的贤惠能干不但远超蓝怡，连他的香港老婆都不能比。于是，小张便顺理成章地留了下来，成为他一个人的专职服务生、大厨、管家……女人。

情人公然领回家住下了，蓝怡却不敢闹了。和前妻闹的结果，是家里多出一个老"妹妹"，再闹，会怎么样？她不敢想，上海，她是回不去了——丢不起那个人。做了过河卒子，只能往前冲。

每天艾瑞克上班后,就剩两个女人在家,小张甚是殷勤,姐姐长姐姐短的,叫得蓝怡头皮发麻。蓝怡只好把自己关在卧室不出来,住在自己家里,却生生像是住监狱!

最难过是夜晚。艾瑞克每每想寻欢,蓝怡想到隔壁客房那个女人,就觉得他脏,不让他碰。但是蓝怡一矫情,艾瑞克起身就去了小张的房间。听到隔壁客房小张略显夸张的大呼小叫,蓝怡心头都在滴血。

蓝怡再也不敢拒绝艾瑞克的要求了,艾瑞克却上了瘾。一妻一妾,这才叫坐享齐人之福呢!

蓝怡不知该怎么办。离开艾瑞克,她第二天就得去讨饭!可是这种日子怎么过得下去?

这天下午,蓝怡坐在小花园里,一杯一杯喝着红酒。最近她要变成酒鬼了,一喝就是一瓶。小张走过来:"姐姐!"

"走开!不要来烦我!"酒精上头,蓝怡胆子也大了。

"姐姐,我给你做了一点小菜下酒。来,我陪姐姐喝两杯!"

小张笑意盈盈地端了几碟小菜放在茶几上,自己也倒了一杯酒喝起来。

伸手不打笑脸人。一直以来,小张对蓝怡都十分殷勤巴结,包揽了所有的家务,倒也真挑不出什么错。

两杯酒下肚,小张脸红了,说:"姐姐,说实在的,以妹妹的年龄和身份,真的没想到能遇到老曹这么好的男人,真是要感谢姐姐成全。但是,姐姐不要担心,你年轻漂亮,老曹心里肯定更喜欢你,妹妹争不过你的!"

这话不算难听。蓝怡横了她一眼,没吭声。

"姐姐你呀,就是脾气太差了,真的,我们做女人的,靠男人吃靠男人喝,这屋里,一砖一瓦都是老曹用血汗挣来的,我们要伺候好老曹,他怎么高兴就怎么来,你说呢?"

这个女人,简直堪比《浮生六记》里的芸娘,恨不能自己亲手调教一个女孩来伺候自己的老公!这是二十世纪末的美国吗?蓝怡愤愤地干掉手中的酒,直想把杯子砸到小张脸上去。

"我说姐姐,这酒啊,你真的要少喝些。"小张劝道。

"你还要管我喝酒?"蓝怡终于发作了!

"不是的。姐姐,你想啊,老曹这么好的男人我们得着了,就像是中了大奖,所以,我们姐妹俩要想方设法把老曹的心留住。洛杉矶这个地方,盯着老曹的女人多着呢!什么最能留住男人的心?当然是孩子!妹妹年纪大了,就要绝经了,孩子恐怕是生不出来了,我建议啊,姐姐你趁着年轻,赶快给老曹生个孩子,你不要担心,孩子生了你什么都不用管,妹妹帮你带……"

"你怎么这么贱!"蓝怡的杯子终于砸到了小张的脸上。

艾瑞克回来时,混战已结束。小张满脸是血,衣服垮了,头发也被扯得七零八落,正躲在墙角嘤嘤抽泣。蓝怡在客厅叉腰站立,像个悍妇。

艾瑞克走过去抱住小张,转头愤怒地说:"蓝怡,你这个泼妇!滚!离婚!"

蓝怡就这样被扫地出门了,而艾瑞克竟果真和小张结婚了!更没料到的是,小张还克服困难,紧赶慢赶地在绝经之前怀了孕,竟真的生了一个儿子。有时在什么地方碰着,还是"姐姐姐姐"地叫蓝怡。

由于婚龄太短，蓝怡什么都没有分着。那几年，日子过得要多苦有多苦。蓝怡什么都不会干，只能靠男人，可交往过的几个男人都不靠谱，直到遇见叶先生。蓝怡像老龄版灰姑娘，终于穿上了水晶鞋。等这一切都好了，紫苏已经过了二十一岁，办不到美国了……

蔷薇事件

整整一个下午和晚上,紫苏听蓝怡倾诉、懊恼、忏悔、怨天怨地……就像在听一个离奇荒诞的故事。蓝怡的假睫毛哭飞了,眼睛哭红了,帽子也歪了,她抓起桌上的纸巾大声地擤着鼻涕,再也顾不得优雅不优雅。最终,紫苏没能拒绝蓝怡伸过来求和的手。蓝怡将紫苏一把搂住,哭喊着"女儿啊女儿",紫苏也跟着哭了。她多想喊一声"妈妈",可她叫不出来。怀里的这个女人,又熟悉又陌生,令她厌恶又令她同情。

紫苏母女就这样和解了。虽然紫苏心中依然隔着许多沟壑,有着许多委屈和不满,可是,没有人拒绝得了自己的母亲。

几天之后,紫苏如期踏上了归国的行程。蓝怡和叶编剧也到机场相送,拥抱道别。如此,母女相认算是圆满收场。

紫苏走了,颜玺觉得家里一下子空荡荡的。虽说紫苏也只能和她聊些家务琐事、美容化妆,谈到什么理想梦想,紫苏便毫不感兴趣,可好歹也是一起长大的姐妹,她真希望和紫苏永远都在同一座城市,随时可见面。这也是她不愿离开中国的原因之一。她的亲人、朋友都在中国,而在这异国他乡,虽说人人见面都亲热,都互喊亲爱的,可除了岳子君,她有真正意义上的朋友吗?只是所谓的"塑料花友谊"吧。

"房产事件"释放了一个讯号,让颜玺感觉到危险。在中国与美国之间,在理想与现实之间,在独立与家庭之间,她应该做出一个选择了。

颜玺的电脑坏了,送到了维修店,岳子君便慷慨地把自己的电脑借给她用。说是慷慨,当然不是指电脑价格。私人电脑和手机一样,藏着多少秘密和隐私,和日记一样神圣不可侵犯。岳子君肯大方地把自己的电脑让出来,足见心怀坦荡,毫无秘密。当然,岳子君是个电脑盲,连最基本的操作都不会,就连最简单的收发邮件,都找人直接安装好程序,无须登录输入密码,敲一个键就可直接进入邮箱。电脑于他,基本只是一个摆设。手机也是,岳子君始终没有学会中文打字,也不会发信息。总之,所有属于技术层面操作的事情,岳子君都不感兴趣,他只对和人交往感兴趣。所以他的电脑当然就是空空荡荡,什么秘密都没有。

颜玺打开电脑,准备修改一个方案。她早已养成习惯,不管是在世界什么地方,都会带着工作。飞机上,酒店里,电脑一开,便开始工作。哪怕在旅游的时候,也会抽出一两个小时对着电脑修修改改。建筑师做方案就像是作家写文章,没有最好,只有更好,只要你愿意,总有的改。修改自己的作品也会上瘾,涂涂抹抹,其乐无穷。

突然间,颜玺看到桌面上有一个QQ的图标,感觉很稀奇。正如颜玺所了解的,岳子君是电脑盲,连中文打字都不会,更遑论聊QQ。出于好奇,颜玺点开了QQ,用户名是Y,颜玺猜想或许是岳子君前妻的女儿过来玩,随手上的?岳子君若有了QQ号,为何不加自己呢？想着也就没去管他。

在网上逛了一阵，颜玺随手又点开了 QQ 的小图标。

按理说，所有的 QQ 登录都是需要密码的，这个 Y 却是直接就进入界面了。就像岳子君的邮箱，也是无须密码直接进入的。

果然，这个 Y 的好友总共就只有一个人，看看最后一次登陆日期，已是几个月以前的事了。想来岳子君不耐烦这复杂的操作，放弃了。这倒可以解释为何他没有加自己——根本是没有学会。

成天查老公的手机、邮箱、微博……这一套庸俗的"怨妇行径"，是颜玺最不屑的。

颜玺嘲笑着自己，正准备退出，余光却无意中瞥到好友列表中那唯一的一个好友，那名字很是扎眼，叫——蔷薇。这个名字引起了颜玺的好奇心——会是谁呢？

颜玺顺手点了进去，看到了他们的聊天记录，非常短，只有几行：

蔷薇：笑脸，笑脸

蔷薇：嗨，John，想你了

Y：Me too

蔷薇：告诉你一个惊天秘密，John 是个猪头

颜玺蒙了。聊天很短，信息量却很大。首先，John 是岳子君的英文名，证明这个 Y 确实就是岳子君！而 Y 的回应用的是英文，他确实不会中文打字，但这一行英文所包含的信息量，说明他和这个蔷薇确实不那么简单。至于最后一句，像密语，大概是属于他们二人共

知的调侃或典故。

怎么？岳子君真的有了别的女人？颜玺心头炸过一道惊雷。不是吃醋或是嫉妒，而是震惊。

颜玺比一般人聪明，或者说，智商高，但在某些事情上，她又比一般人更蠢笨、更天真、更后知后觉。她总是以为，她自己是与众不同的，所以她的遭遇也都该是不同的——一只猛兽，就算要遭遇挫折，也得像样点、体面点，怎么能和一只蚂蚁的庸俗遭遇一样呢？

可笑的是，颜玺这只"猛兽"也和"蚂蚁"做法一样，轻手轻脚进入蔷薇的日志，想看看"情敌"长啥样。没有照片，只有些心情记录，大概可以了解到：一、这是一个年轻女孩；二、东西写得半诗歌半散文，看得出是个文青。

这倒是符合岳子君的调调儿。岳子君的主要优势就是"谈"，若不是文青，如何能呼应呢？

颜玺好奇心起，冒充Y打起了招呼，说，我是John，终于学会中文打字了，我们聊聊？

对方沉默良久，竟然回了，用的是英文：对不起，我不是中国人，我不懂中文，我也不认识John，也许是我老公或者儿子的朋友吧？

颜玺再聊，对方说，对不起，我老公儿子要回来了，我要做晚餐了。拜拜。

颜玺瞪着屏幕，咀嚼着这几句话的含意。不会中文？可她前面聊天用的不是中文吗？老公儿子？而且儿子大到可以和John交朋友的地步，应该是个中老年妇人了，可看她日志，分明是个小姑娘。这说明什么？说明她在撒谎。她为什么要撒谎？因为她想把颜玺误导到一条歧路上，撇清她与岳子君的交往。可这恰恰证明了，这事十有八九是真的!

  颜玺关上门,茫然地到树林里转悠,一时不能厘清自己的情绪。是的,最近一两年,她不断地往国内跑,把岳子君一个人扔在空荡荡的家里,内心里不是没有歉疚。若是岳子君骂她、指责她,她心里都会好受一些,偏偏岳子君做得那样完美,从不指责她,也不要求她,反而事事顺着她。如果说夫妻之间的情感是一杯水,双方各自倾倒一半,合成一整杯,这是最正常、最幸福的。但自认识岳子君以来,他总是慷慨地把杯子注满,满到几乎要溢出来,颜玺一点都加不进去。久而久之,形成了这样的局面——岳子君一味地给予,颜玺一味地得到。

  颜玺一直觉得,在这段婚姻当中,犯错误的人只能是自己,所以她总是在努力地控制自己,告诫自己不要出轨,但从来没有怀疑过岳子君会出轨。但是今天这个发现让她惊恐,她想这是一个信号——她不能再游荡了,她必须留在美国,须完整地收回岳子君的心,对此,她有百分之百的把握。

  颜玺赶紧回转到家。电话响了,颜玺扑过去,按下接听键,声音前所未有地热情,甚至甜腻:"喂,老公……"

  岳子君的声音一如既往地温和亲切:"玺儿,今天晚上公司加班,我就不回来吃饭了,你自己去吃点好的,别亏待了自己啊。"

  "不,你回来嘛,今天特别特别想见你……"受到QQ的刺激,颜玺有些恐慌,声音前所未有地甜腻,几乎有撒娇的意味。她想证明:岳子君是我的,还是我的……

  岳子君一愣,显然很久没有听到颜玺用这样的语调说话,声音也更温柔了:"乖,听话嘛,确实是事多,加完班我就赶快回去陪你,好吗?"

颜玺千求万求,岳子君仍是歉意地表示没办法,她突发奇想,说:"那,我来公司陪你加班好不好?"

岳子君沉默了一下,显然是没想到颜玺会有这样的要求。少顷,才笑着说:"嗨!你来干吗?我们就是在公司吃个麦当劳而已。"

"那我来陪你吃麦当劳!"颜玺一反常态地固执。岳子君也没招了,只好勉强应承道:"那……好吧。"

颜玺迅速换好衣服,正准备出门忽然电话又响了,是岳子君的。颜玺按下接听键,欢喜地说:"老公……"

"颜玺!你为什么一定要来公司?"岳子君语气相当严肃,甚至严厉,与刚才的春风化雨判若两人。

颜玺被吓到了,嗫嚅地说:"没什么呀……就是想你了,想来陪你加加班呀,如果查理不想知道我,你可以不用介绍我是谁,我就坐在边上,不烦你们……"

"颜玺!你到底想干什么?!说,你到底想干什么?!"岳子君像是被碰触了底线和禁区,声音陡然尖厉起来,一下子高了八个分贝,颤音中带着哭腔,听上去像一个歇斯底里的女人,就和当初要求她签字放弃房产时的声音一模一样!

颜玺莫名其妙,说:"没想干什么呀!作为一个妻子,到老公的公司陪他加班,这很正常啊……"

"颜玺!你到底想干什么?!你难道也像那些庸俗势利的女人一样吗?我一直以为,你不是这样的人哪!你太让我失望了!太让我失望了!你不用过来了,我也不加班了!我一会儿就回来!"岳子君的声音持续着尖厉和高亢,是被完全激怒的声音。"啪!"电话被愤怒地挂掉了。

颜玺吃惊地瞪着话筒,不明白岳子君何以如此愤怒。颜玺突然意识到,和岳子君结婚这么多年,她竟从未在上班时间去过他的公司!

当然不是颜玺不想去,而是岳子君不允许。岳子君的解释是,他的项目合伙人查理是个虔诚的天主教徒,按照天主教的教义,离婚是大逆不道。岳子君离婚再娶,娶的又是这么年轻貌美的一个女人,如果让查理知道,必会歇斯底里,毁掉两人的合作,多年打拼的心血便毁于一旦,搞不好查理气得高血压发作,还会搞出人命……

颜玺虽然不大理解,但听到后果如此严重,当然也就不敢去"造孽"了。这么多年,颜玺从未在上班时间去过岳子君的公司,从未在岳子君的员工和传说中的合伙人查理面前亮过相。

好在颜玺对岳子君的公司和生意一点也不感兴趣。不去就不去嘛,她知道岳子君每天在公司上班,还很能挣钱,这就够了。这么多年,颜玺从未以岳太太身份到过公司,更遑论参加公司的各种活动。所以颜玺的存在对于岳子君的公司而言,完全是一团空气,等同于无物。当然,岳子君的公司对颜玺而言,也是一片空白。

这种情况,在国内当然是不可能的。不管瞒得多紧,总会有人走漏点风声,所谓"世上没有不透风的墙"。然而,在美国就有这样密不透风的墙,也算是美国特色了。岳子君上班和下班完全分属于两个不同的世界,虽然同在洛杉矶,开车距离不过半个多小时,然而这两个世界的距离却犹如地球到月球。颜玺和岳子君结婚多年,高调参与了岳子君下班的世界也就是华人世界,可岳子君上班的世界,对颜玺而言陌生程度确实犹如月球。

颜玺本也无所谓，她对岳子君的生意从来不感兴趣，对于"岳太太"的身份，也没怎么在意。但是，刚才岳子君的过激反应倒引起了她的疑惑：他为什么那么震怒，甚至是害怕？他在怕什么？

只有一种可能，岳子君害怕自己了解和参与他的公司，了解他的真正实力。他害怕让颜玺知道公司的真实情况，因为颜玺一旦知道内情便不好控制。

想到此节，颜玺吓了一跳。难道岳子君心机会如此之深？颜玺从来没有细想过，岳子君每年到底赚多少钱，他又到底有多少钱，她只知道，岳子君很有钱。公司那么大一栋楼摆在那里，不是假的。最近几年他又迷上了收藏，家里满车库都是字画，颜玺虽不知到底值多少钱，但肯定价值不菲。

由于笃信岳子君人品人格的完美，更加坚信他对自己的一片痴情，这么多年，岳子君说什么颜玺信什么。真正引起颜玺警惕的，便是岳子君要求她签字放弃房产拥有权事件。还好之后岳子君第一时间又带她去律师楼把名字添了回去。想到这里，颜玺打了个寒战——岳子君说是添上去了，真的添了吗？

在美国，房产的拥有权是完全公开透明的，每个律师都有资格有权利查到房产的拥有人是谁。所以，要想知道自己的名字有没有添加回去，其实很简单，颜玺找到任何一个律师一查就知道了，但是，颜玺从没有想过要去查。那天一大早，岳子君带着自己去到律师楼，像模像样地在文件上各自签字，律师还算是自己的朋友，还祝贺自己重新拥有豪宅，颜玺便完全释怀，不疑有他。

事到如今，颜玺觉得有必要查一下了。颜玺颤抖着拨通了一个相熟律师的电话，刚拨通又挂掉——她没有揭示真相的勇气。如此反复数次,终于下决心拨通电话,说出了自己的要求——不管真相如何,她不能再逃避了。

对方在电脑上简单地一搜索,便明确无误地告诉她——房产上只有岳子君一个人的名字,没有你的名字!

颜玺一下子跌坐在椅子上,浑身的力气尽失。

从"蔷薇事件"到房产所有权,短短几个小时,颜玺的幻想彻底被击溃。

车库门响了,是岳子君回来了!颜玺一时心乱如麻,不知该如何面对,事情的严重性和复杂性都远远超出了她的预估,她完全没有了章法。

等了半天却没有动静,颜玺忍不住跑到车库到客厅的楼梯口一看,只见岳子君趴在楼梯扶手上,似乎是突发急病,走不动了。

"你怎么了?"饶是心里再难受,颜玺也快步赶了过去,眼中的关切不是假的。

岳子君气息奄奄地趴在扶手上,听到颜玺的声音,艰难地抬起头来,脸色苍白如纸,似乎已病入膏肓。

颜玺吓了一大跳,赶快扶住岳子君。岳子君的身子软绵绵的,重量几乎都压在颜玺身上。颜玺用尽了全身力气,一路跟跟跄跄,连拖带拽,总算把岳子君扶到客厅的沙发上躺下。

岳子君气若游丝,指着自己的上衣口袋说:"把我口袋里的药……拿出来,吃两粒……"

颜玺赶快伸手到他口袋里,掏出一个扁平的小瓶子,一看竟然是"速效救心丸"!颜玺惊讶自己竟从来不知道岳子君有心脏病。来不及细想,颜玺火速把药丸倒出两粒,让岳子君含在口里。岳子君含着药，闭着眼睛，一动不动。他脸色苍白，额上有豆大的汗珠。

颜玺看着这一幕，吓得心怦怦直跳，自己似乎也要得心脏病了。千想万想，万没料到岳子君回来成了这副模样！从认识到结婚，这么多年，颜玺和岳子君从未像样地吵过架，不是说完全没有矛盾，也不是说颜玺修养有多么好，而是只要颜玺准备发起责难，岳子君的反应不是生气，而是生病！每次吵架，岳子君必然及时病倒。若说是装的，可他真的会烧到三十八九度，这难道是可以演的吗？身体可以随心所欲调控吗？颜玺不相信。所以这一招很灵，不管有多少气，颜玺都只得按捺下，跑前跑后伺候他，待到病好了，也不了了之了。

而今天，事件升级了，岳子君的病也升级了，居然吃起了"速效救心丸"。岳子君回家之前，颜玺在心里积攒了万千的疑问：蔷薇，背叛，房子，欺骗……可眼下面对一个在死亡线上挣扎的人，颜玺怎么还能说得出口？

暮色从落地的玻璃门涌进来，笼罩了整个屋子，漆黑如墨。昏黄的灯光下，岳子君闭目庄严地躺在沙发上，像一个受辱的英雄，而颜玺在他面前半蹲半跪，满面惶恐，像个真正的罪人。

岳子君累了

岳子君"病倒"后的第二天就照常去上班了。

下午回来,两人一起去餐馆吃饭,岳子君仍是那样温存、体贴,不住地给颜玺续水、布菜,仿佛什么事都没有发生过。颜玺终于还是忍不住,拐了个弯,小心地试探道:"你,有QQ吗?"

"什么……Q?是什么东西?"岳子君一脸茫然。

"QQ!网上的即时聊天工具。你真的没有吗?"

"嗐!你又不是不知道,我这种土包子老头,哪里懂这些新鲜玩意儿,别瞎想了,来,吃菜。"岳子君一脸轻松。

"你的意思是,你从来没有上过QQ?也从来没有和别的女人聊过天?"

岳子君抬起头来,盯着颜玺的眼睛,严肃地,一字一顿,斩钉截铁地说:"绝对没有!我向你发誓,绝对没有!"

颜玺倒吸了一口冷气。在QQ上和异性聊聊天,甚至调调情,搞搞暧昧,这些事可能绝大部分人都干过。就算岳子君承认了也没什么大不了,颜玺完全可以原谅他。但是,他在撒谎。最让她吃惊的是他的表情,那样的朴实、诚恳、一身正气、大义凛然,这是他最惯常的表情,也是她最熟悉的一种表情。从认识他伊始,每当面对严肃的问题，他都是这种说一不二的真诚表情，再加上诚恳无比的语气，让人不能不信。

若不是她亲眼所见QQ上的聊天记录，她几乎又要不由自主地去相信他。当然，岳子君确实是电脑盲，几个月前的聊天，本也没说几句，他恐怕早已忘了，或许也不懂得聊天记录只要不删除就永远记录在案，所以才撒谎撒得这样义正词严。

颜玺瑟瑟发抖。

她已经不愿再去问他房产的事，她知道他又会随口编出许多的谎言来对付她。或许又会带她再度去律师楼"走秀"……颜玺实在不忍心再去看自己相信了多年的一张脸，大义凛然地撒谎。

颜玺挣扎了半天，终于下定了决心，说："我想改票回北京。"

颜玺仓皇"逃"回了北京，她不知如何面对伪善面孔下的真相。岳子君看在眼里，他知道，颜玺对他完美无瑕的信任已经裂了一道缝。

在机场，看着颜玺转身决绝地离去，那高挑妍丽的背影夹杂在各种肤色的人群中，看她挺直了脊梁，头高高昂起，依然那样清高，那样倔强，岳子君心里一阵酸楚。这两年里，颜玺每次回洛杉矶，完全像是例行公事，点个卯就走。每次岳子君都会把颜玺送到机场，看着她的身影消失在人海中。而这一次，岳子君真切地感受到，颜玺是真正地走出了自己的生活，或者说，真正地走出了自己的心。望着颜玺的背影，岳子君默默地说，别了，玺儿，别了，这一段痴恋。

这一切，难道，真的要结束了吗？

那个网名叫"蔷薇"的姑娘，颜玺不提，岳子君自己都快忘了。那是一次华人聚会，姑娘正好坐在了他身边。岳子君不是一个轻佻的人，之所以多看了姑娘几眼，是因为她眉宇间隐隐与颜玺有几分神似。彼时他已经好几个月没见着颜玺了。姑娘热情地要了他的电话，又主动打电话约他，他也就顺水推舟请姑娘吃过几次饭，然而她和颜玺一点都不像。岳子君明白，这就是要猛扑成功大叔，以期省却十年打拼的那种姑娘。刚见了几次面，就提出自己的车该换了，话里话外，意思再清楚不过。想当年初识颜玺时，岳子君曾主动提出送颜玺一辆车，颜玺竟一口拒绝了。就是那次拒绝，让颜玺在他心中有别于别的漂亮姑娘，让他尊重渴慕，再无怀疑。当然，像颜玺那样对钱财不过脑子的人不多。但是从蔷薇眼里，他看到了崇拜和敬仰，仿佛他是战无不胜的神。这眼神和当年颜玺看他的眼神一模一样。可是他已经很久没有看到过颜玺的这种眼神了。尤其是公司转让不出去，自己未能如约回国，颜玺的失望是显而易见的。

姑娘还想进一步，岳子君却放弃了。他处在内外交困的时候，身体也不好，根本没心情和这种心机深重的年轻姑娘纠缠。

当颜玺问起蔷薇时，他确实是忘了。后来想起这事来了，也没向颜玺解释。解释什么呢？虽然不算真正越轨，但也谈不上是什么光彩事。他已经不想再解释什么，也不想求得颜玺理解或是原谅。他累了，放弃了。

这种疲累得不想动弹的感觉已经有好一阵了。自从公司转让不利之后，岳子君的精神状况和身体状况都很不好。转眼间，秋天临近，岳子君惶恐地发现，自己竟然马上就要五十岁了！他清清楚楚地看到了自己的衰老和无助。他拼尽全力想要力挽狂澜，想要再创辉煌，可是他惊愕地发现，自己不管在体力、精力、能力上都大不如前，打拼不动了，他老了！而市场也不是从前的市场。一切都变了！可他的变化，颜玺竟然一无所知。他也无法开口向颜玺诉说自己的困窘和狼狈，无助和恐慌。

随着生日日期一天天临近，颜玺竟然没有任何要回来的意思。毕竟这是他的五十岁生日，他以为颜玺故意不说，是要当天回来给自己一个惊喜。可直等到生日的当天，还是毫无动静。他忍不住打电话过去，得到的竟然是颜玺还在北京的消息。岳子君心灰意冷，他沉默地挂了电话。可五十岁生日，他不想自己一个人过，想来想去，他决定邀请杰克和妮娜夫妇二人，毕竟他们和颜玺相熟，仿佛见到他们就能距离颜玺稍近一些。

岳子君开了一瓶茅台。平日里岳子君喝酒相当节制，那天却破戒了，主动推杯换盏，一瓶酒很快就见了底。岳子君又开了一瓶，三人的脸色都泛红了，神色间都有些动容。在洛杉矶，可以在一起喝醉的朋友不多。

"约翰，我的偶像呢？还没回来吗？这也都好几个月了吧？我都想她了！"妮娜还是那副没心没肺的欢喜模样。

"唉，她忙呀。刚接了一个新项目，天天加班呢。"岳子君帮颜玺打着圆场。

"老岳呀，不是我说你啊，你心可真大！你老婆那么一个千娇百媚的大美人儿，多少男人惦记呀！你舍得让她一个人待在北京，你真的放心？啧啧，我都替你急。"杰克摇头叹息，有点推心置腹的意味。

"颜玺不是那种人，她不会乱来的。她是为了梦想待在北京，不是别的。"

"呵！什么梦想！你真以为她在北京乖乖在工作？另外有人了吧？女人，都那个德行！"杰克颇有些为岳子君"打抱不平"。

岳子君想反驳，却一时词穷，缺了自信。

"是啊，约翰，你说颜玺在北京忙活个什么劲儿呢！她到底是在做什么呢？"妮娜听杰克话锋不对，赶紧顺势转了弯，也开始说起颜玺的闲话。一方面，杰克的态度就是妮娜的风向标，另一方面，说起颜玺的坏话，她感觉自己很兴奋。以往四个人的聚会，颜玺总是中心，杰克的垂涎之意几乎不加掩饰。她觉得颜玺有才有貌，自知不敌，只能艳羡。如今，偶像有了瑕疵，她就放心了——原来也是一个普通人，也许还不如我！人愿意看到偶像成功，那是一种代偿心理，可更加愿意看到偶像坍塌，以证明是人都一样，自己也不是那么差。"约翰啊，你都不知洛杉矶的人怎么说你！说你娶了这么个玩意儿，当仙女似的在神龛上供着，却一年到头见不到摸不着，身边连个端茶送水暖被窝的人都没有，这般凄凉孤单。颜玺也不一定那么老实哦，听说呀，有人看见她在北京和别的男人走在一起呢！……"

这个重磅新闻炸过来，醉意一下冲上头顶，岳子君意识模糊了。妮娜两口子越说越兴奋，岳子君都不知道他们在说什么。整个世界就只剩下了两张嘴皮，在不停地翻动、翻动……

半夜，岳子君从酒醉中迷迷糊糊地苏醒。他感到极度的焦渴，可是放在床头的水杯早已空空如也。他虚弱得全身瘫软，完全没有力气自己爬起来到楼下去倒水。此时，他多么希望，不，多么需要一个人，为他递上一杯水，仅仅是一杯水而已。他把求助的手颤抖着伸过去，枕边亦是空空。那个人在哪里？那个本该躺在他身边，为他端茶送水的人，他法律上名正言顺的老婆在哪里？

岳子君摸到枕边的手机,哆嗦着,想拨通颜玺的电话。可是说什么呢?说今天是自己的生日?说自己醉、病了?说自己焦渴得像沙漠里的旅人,只渴求一杯水?是的,他已经快渴死了。可是,对着一根电话线说这些有什么用吗?对一个忘掉自己生日的女人,说什么还有意义吗?他在黑暗里默默地放下了电话。终于明白,什么叫——远水不解近渴。

放下电话,岳子君突然感觉心脏一阵绞痛,他挣扎着拨通了一个烂熟于心的号码,"喂"了一声,便人事不省了。

迷迷糊糊中,有人在帮他喂水、喂药,帮他擦脸,帮他按摩脚……当他再度醒来,看到的是女儿焦急的脸。这张脸显然刚刚哭过,泪痕犹存。

他多久没有看到女儿了?当年他执意与前妻离婚,把房产、存款一股脑儿全部留给了前妻和女儿,每个月还要支付巨额的赡养费,可正处于青春期的女儿知道后来他另娶了年轻貌美的"小妖精"后,就不再理睬他。如今,女儿已经从青涩的少女长成了成熟的大姑娘。原来,就在他快昏迷的时候,他拨通了前妻的电话,没想到女儿竟然也来了!毕竟是血浓于水,危急关头来照料他的,却是这个数年未曾谋面的女儿!

"爸爸!你自己看看,你的日子过成了什么样子?那个女人呢?在哪里逍遥?你抛弃了我和妈妈,却去找了这么个女人,你值得吗你?"女儿说的是英语,可一字一句,依然藏了旧中国婚姻文化的精髓。

女儿的控诉,岳子君无从辩驳。娶了颜玺这样的一个女人,不了解的男人确实羡慕嫉妒,岳子君的虚荣心确实也狠狠地满足了一把。

可是不要说女儿和前妻，就连自己的家人，也从没有说过颜玺一句好。这不是个适合过日子的女人！

门开了，前妻端着一个盘子默默走了进来，有一碗鸡汤，有青菜，还有一碗卧了鸡蛋的长寿面。岳子君的眼睛湿润了。他颤抖着手端起鸡汤喝了一口，心中暗自惊了一跳：就是这个味道！有多久没有在家吃过一顿像样的热饭了！就算他不想，他的胃也会想！

大病过后，岳子君真的感觉累了。他已经五十岁了。他终于意识到，自己的婚姻不过是一个华丽的空壳，自己的生活出了问题，很大的问题。

在美国的每一次聚会，颜玺总是最耀眼最出色的。但是光彩是外面的。回到家，面对的是一片狼藉。可以说，颜玺打扮得有多鲜亮，屋里就有多狼狈。岳子君早就知道颜玺是家务低能，但他从不劝她学做家务，变得勤快一点，反而怂恿她什么都不要干。他不但像一个宠溺孩子的爸爸，还像一个望子成龙的爸爸。他说："你的手是用来画图做设计的，不是用来做饭洗衣服的。我宁可你去睡觉，也不要你去做饭。"他就是要娇宠着她，让她十指不沾阳春水。而岳子君自己，则从不知家务为何物。从二十岁娶了老婆，他就没进过厨房，也没用过洗衣机。

颜玺没有看到岳子君独自在美国的日子。她忘了岳子君依然要独自应付家务上的一切琐事。而他在生活上比颜玺还要低能。岳子君"炫耀"说自己终于学会了"煮面绝技"，每天下班回到家中，把面条、蔬菜、豆腐放到锅里一通乱煮，加上调料，就是"丰盛"晚餐，天天如此。唯一的分别，有时煮干面，有时煮湿面，有时煮方便面。岳子君说得云淡风轻，颜玺偶尔心里过意不去，说，太难为你了。岳子君便是潇洒一笑,嗐,哪里还没有一口吃的!岳子君素来在生活上是不讲究的人,吃穿都不讲究,任何属于个人身体享乐的部分都不重要,他只看重精神和荣誉。

当做出转让公司回国当"大建筑师颜玺身后的男人"的决定时,岳子君是真心的。但这个身后的男人,不是窝囊废,不是小男人,而是实力雄厚的、强大自信的靠山。颜玺不管多么成功,依然在他的羽翼护佑之下。他的世界依然在他的掌控之中。然而,公司转让不利,情形越来越严峻,他感到吃力、感到恐慌,他发现,世界变了,自己老了,一切都在失控……

颜玺回国,做完一个项目,还有一个……每一次,他都大度地送颜玺去机场,从没有要求颜玺回美国来陪他。那是因为公司转让不利,无法兑现诺言,轰轰烈烈的表白成为笑话,他失信于颜玺及所有亲朋,"无颜见江东父老",更无颜要求颜玺放弃建筑理想回美国当太太。当然,就算颜玺回来,她不会快乐,而自己更不会快乐。

距离产生美,距离更加产生距离。颜玺每次回美,岳子君都感觉,颜玺越来越陌生,离自己越来越远了。她还是那么美、那么朝气蓬勃,自己却在加速地衰老,从外貌到心灵。男人一旦失去自信,就失去了从容,失去了掌控。

五十岁生日的那天夜晚,岳子君捧着老妻煮的面条,让升腾的热气氤氲了双眼,几乎要啜泣。老妻比他年长两岁,在老妻怀里,他依然还是一个受了委屈的孩子。

是的,从认识颜玺的那一天起,岳子君就觉得她惊为天人。一见钟情这种事,在他这个中年人身上惊天动地地发生了。这么多年,他成筐的心血往里倾倒,对颜玺所有的要求从未说过半个不字。颜玺自己曾经说过,不要因为天天泡在蜜罐里,就忽略了甜的滋味。要时时提醒自己,永远保有一颗感恩的心。可是,她到底是忽略了,岳子君的错误,也许在于他没有及时提醒颜玺。

两个人的关系里,付出总是不均等的。表面看起来是付出的一方吃亏,但是不要忘了,付出的一方才是有主动权的一方——他可以付出,也可以收回。

这番思虑与考量,岳子君花了长达数月的时间。这些思虑就像一只小虫子,悄无声息地一点点啃啮、蚕食着他的肌体,岳子君的体重下降了整整三十斤!岳子君看着镜中的自己,虽不说形销骨立,与几月前相比也是判若两人。岳子君感到一阵痛惜,又有一种模糊的轻松,仿佛这三十斤肉已足够分量,为自己的中年狂热作了像样的凭吊,仿佛有一个新的自我从这滞重的肉身里脱离出来,轻盈自由、无牵无碍。

如果颜玺就在他身边,也许会发现他的异样,结局也许就会逆转。可惜她远在北京,浑然不觉,任由岳子君在这条轨道上畅通无阻地滑落下去。无人劝阻也无人挽留。

那天下班之后,岳子君开车在街上转来转去,思量良久,终于掉头,把车开进了前妻家。

后来中介告诉岳子君,他心仪已久的那栋房子总算可以入手了。那栋房子,岳子君一直是要买的,这是他的一个心愿:虽然公司状况不太好,他还是决定要买下一栋颜玺心仪的"长在大自然中的房子",这既是为了弥补他无法兑现承诺的愧疚,亦是表达对颜玺的真挚的爱。当然还有一个原因——希望能够吸引颜玺回到美国,夫妻长相厮守。谁想五十岁的生日,颜玺竟没有陪在自己身边,没有回来。然后是杰克夫妇的一番规劝,午夜病倒,老妻和女儿赶来寓所照顾……事情急转直下,虽然颜玺事后解释自己是被工作拖累导致没能及时赶来给他生日惊喜,但岳子君的心意已在五十岁那晚发生了改变。从他把车开进前妻家的那一刻,他在心里已经做出了选择。

房子他依然要买。但是这已经与颜玺无关了。他在心中已经和颜玺划清了楚河汉界。所以他在电话里要求颜玺签字放弃。当颜玺质疑时,他立即联想到妮娜关于"你拿钱养着她,她拿你的钱养着小白脸"的论调,才会那般激愤。颜玺果真签字放弃了——虽赌着气。

事情便是如此讽刺。房子本是俩人的爱巢,是岳子君送给颜玺的大礼物,却变成一把锋利的尖刀,生生划开了恩爱夫妻的表象,露出血肉翻涌的内里,那才是真相。房子事件,成为俩人关系的分水岭。

签字放弃房产后,颜玺回美探究,首先发现的就是岳子君在外貌上的惊人变化,在她看来,这几乎是一种可喜的变化。颜玺惊奇地问,在减肥难于上青天的当下美国,这番奇迹是如何实现的?岳子君涩然一笑,没有作答。她不知道,一些东西已经悄然发生了变化。

后来,颜玺问起他签字放弃房产之事,她那么委屈,可怜巴巴,又让岳子君心有不忍。她毕竟是个厚道的孩子,一直在单纯地信赖着他。而他面对颜玺的要求,总是习惯性地顺从,不知如何说"不"。第二天,他就带颜玺去律师楼重新把名字加回。可当女儿得知他的房子加回了颜玺的名字时,立刻暴跳如雷,她说,他在母亲这里赖吃赖喝,享受着母亲的照顾,却把房产给了颜玺那个妖精,太过分了。她说,如果他不离婚,自己就永远不再认这个父亲。而老妻却一语不发,只顾垂泪,用红肿的双眼、耸动的肩膀和鬓边的白发提醒他,自己有多么可怜,提醒他这样做有多么的浑蛋!岳子君当即打电话给律师，要求房产上撤掉颜玺的名字。

岳子君变了，一切都变了。颜玺虽有些察觉，却仍未意识到事情的严重性——她太自负了。岳子君也不知该如何跟她说。颜玺在身边时，他依然习惯性地千依百顺、讨她欢心。甚至因为心存愧疚，有些矫枉过正地迁就她。颜玺陪紫苏去美国东部旅游时，他回了老妻家。颜玺和紫苏回来的前夕，老妻还帮他把房子收拾得洁净可喜，一尘不染。至于这一切的走向，他不想采取主动，有点逆来顺受、听天由命的意思。

直到出现了蔷薇事件。是的，如果这也算是一个事件的话。面对颜玺的质问和猜疑，直至愤而离去，岳子君竟隐隐有些如释重负。就像等待宣判的犯人——这一天终于来了！是蔷薇还是玫瑰，都不重要了。蔷薇事件就是那压垮骆驼的最后一根稻草。岳子君瘫倒在地，气息奄奄，样子当真不好看。但是，这样真好、真省力、真舒服。这是真正的放松和休息。

他太累了。

追求

接到许青卿的邀约，林紫苏甚感奇怪。

许青卿是北京某时尚杂志的副总监。偶尔在老乡聚会中碰碰面，仅此而已。林紫苏也看得出来，许青卿眼高于顶，根本就瞧不上自己。今天怎么会请自己喝咖啡呢？但是，慕白走了之后，她的日子陡然出现大段的空白，有个老乡来填填空也未尝不好。

到了时尚大厦二楼的咖啡吧，许青卿已先行到达。紫苏穿了颜玺送给她的裙子，这是她最体面的一套行头。在许青卿这个时尚达人面前，她精心装扮，只可惜廉价的包包和饰品没有给她长脸。

许青卿看在眼里，却不说破，反而夸张地说："哇！这裙子好漂亮，真不愧是我们 B 城出了名的大美女。"

"哪里，你许总监才是大美人呢！"紫苏发现许青卿的脸不太一样了。贵州女孩子普遍身段苗条，皮肤白皙，但主要输在双低——个子低，鼻梁低。个子，许青卿没办法，永远穿着万能的高跟鞋。鼻梁，则要感谢神奇的微整形。两针玻尿酸，鼻梁就像捏橡皮泥似的，高高耸起来。双颊再打两针瘦脸针，腮帮的肉神奇地消失了，现在，许青卿的脸就像她自己所追求的——V 字脸，高鼻梁，国际范儿。

俩人海阔天空地闲聊，发现两人共同的熟人和话题还真不少。一下午都聊得兴致勃勃。临走前，许青卿拿出一个小袋子送给紫苏，紫苏一看，香水、眼影盒、丝巾腰带……都是国际大牌，忙摆手说不能要。许青卿笑了，解释这些都是公司送给杂志社的样品，不要白不要。末了又给了紫苏一张时装发布会的vip邀请函，故作神秘地说，就安排你坐在明星身边哦……

此后隔三岔五地，许青卿就会邀约林紫苏，不是吃饭就是唱歌，不是看展览就是看话剧。许青卿给紫苏打开了一个新的世界，让她看见这个物质世界的各种繁盛，看见金钱能够营造出何等如梦如幻、令人心醉神驰的世界。紫苏简直被撩花了眼。但她始终不大明白许青卿为何要这样做。

有一天，许青卿请紫苏去到一家高级的餐馆，请客的人居然是张天明。

"啊，原来你们……也认识？"

"都是老乡，怎么不可以认识呢？况且张总是我们贵州的精英呀！生意做得那么大，人又很诚恳，有品位，是难得的杰出人才。"许青卿夸赞道。

紫苏没想到从许青卿的嘴里描述出来，张天明竟然是这么个体面光辉的精英男士形象——这是她所认识的张天明吗？

"哪里哪里，我是一个大老粗，在你们这些文化人面前，哪里敢说是什么精英。"张天明低调地说。

"哟！张总干吗这么谦虚呀？你不是MBA都毕业了吗？现在还在读博对吧？"许青卿玲珑剔透。

"学无止境啊！"张天明谦虚着，紫苏倒着实吃了一惊。慕白才硕士毕业，张天明倒读博了？

菜一道接一道上来，都很精致，紫苏不但没有吃过，连名字都叫不上来，她不愿意在这二人面前暴露出自己没见过世面的样子，尤其是在张天明面前。全程紫苏都表现得很矜持，宴席还未结束，便站起身来说，姐姐颜玺今天回京，就先告辞了。

看着紫苏决绝离去的背影，许青卿有些诧异，说："嗨！这么不识抬举的呢？"

"没事没事，我不急。反正都等了二十多年了。我等得起。追紫苏这件事，要当成一个大工程来做。"张天明倒不急不躁，好整以暇。

"看不出来，张总你倒是一个痴情的人哪！"许青卿有些好奇，"你说你这么好的条件，什么样的姑娘找不到，为什么非要追求林紫苏呢？她也没见得有什么特别的过人之处啊？"

"许大总监，你不懂，对于我来说，林紫苏不是一个女人。别的女人就是女人，而林紫苏，她是一个梦想。"张天明说得文绉绉的，颇有哲学意味。

许青卿何等聪明，眼珠转了转，说："懂了！张总，我一定助你梦想成真。"

原来，张天明与许青卿早在B城时便有生意往来，后来张天明从一个开服装店的小老板摇身一变成为房开商，一路开挂，发家致富，更是仰仗了许青卿的顶级人脉——某"大人物"。俩人算是合作伙伴，利益共同体。

美国之行，张天明重逢林紫苏，心底暗藏了二十年的情愫重新开启。

当年的一场时装表演，何尝没有在张天明的生命里刻下重痕。他打伤了慕白，导致林紫苏险些被学校劝退，自己亦被学校开除，流落社会，连爸妈都恨他丢人，撵他出门自食其力。十几岁的少年，睡过桥洞，当过搬运工，送过杂货，小偷小摸被人打骂，饿极了，甚至捡食过垃圾箱的食物……那情形有多苦，有多惨，让张天明一想起便恨得咬牙切齿。

从一个小工到小老板，直到许青卿帮他引见了那位"大人物"，他的人生才顺风顺水，一路开挂，如愿以偿成为新贵。金钱就是最好的灵丹妙药，提升了他的颜值和魅力。只要钱付得足够多，便有一堆一堆的漂亮女人匍匐在他脚下，任他蹂躏，没有一点难度。张天明得意又遗憾地想，这世道真势利，真没劲。直到重逢林紫苏，她仍是那个美人儿，重点是，她姐妹俩依然瞧他不起，这陡然激发了张天明的雄心和斗志。他恍然明白，只有征服了林紫苏，才算打败了慕白，打败了慕白所代表的知识精英阶层，他才能算是真正意义上的成功。张天明之所以成为张天明，靠的不仅是机遇和运气，更有着那一股子不服输的劲儿和粗中有细、撞了南墙也不回头的韧性——定好的目标，克服万难也要上，不达目的誓不罢休。

是的，他不急。他二十年都等过来了。他相信，假以时日，林紫苏定会缴械投降，乖乖投进他的怀抱。对此，张天明有十足的信心。

许青卿的酒会

在北京，酒会已不是新鲜事物。入夜，各种名目的各色酒会，怀揣各种目的，像一朵朵诡谲冶艳的烟火，盛放在这座城市的夜里。眼前这一个个男女，穿着礼服，喷着香水，端着一杯香槟或是红酒，或款款穿行，或驻足攀谈。矜持的微笑，恰到好处；浮光掠影的交谈，点到为止，切忌交浅言深。

今天的许青卿确实很出彩。一袭大红色的曳地长礼服裙，腰腹处有几块几何形状的镂空，这一点精巧的裸露打破了紧身长裙的沉闷，性感指数直线飙升。再配上她浓密的长卷发、十七厘米的高跟鞋，许青卿款摆腰身，游走在人群间，气场强大，宛如女王——她是酒会的女主人，理当吸引全场的目光。

颜玺来参加聚会，完全是来给紫苏做伴儿的。虽然颜玺对于许青卿的做派一直颇有微词。紫苏自离婚后一直情绪不佳，她的心思颜玺也明白——尽快找到乘龙快婿。所以，如今许青卿仗义出手，引领紫苏走出自我的小圈子，去到广阔的大千世界，也是好事。虽然颜玺一时也没搞懂许青卿为何如此侠义。

颜玺陪着紫苏到了酒会，许青卿领着紫苏四下翩飞，颜玺识趣地没跟着凑热闹，闲走闲逛，倒有种置身事外的超然。

"嗨，颜玺，原来你躲在这儿！"许青卿的火眼金睛搜寻到她。一个好的女主人，不会冷落任何一个客人。许青卿身边站了一个年轻的男子，许青卿热情地介绍说："颜玺，著名建筑师，从美国洛杉矶回来的。这是戴维，做艺术品收藏的。他也想去洛杉矶发展。颜玺你们好好聊聊。"

许青卿又带着紫苏翩然离去，留下男子。这个叫戴维的男人，年纪很轻，大约二十七八岁，应该是入行不久，正是热衷于四下结识人，建立所谓人脉圈的时候。戴维兴致勃勃地与颜玺搭讪。颜玺礼貌而冷淡，戴维却不以为意，兀自去取了两杯红酒，递给颜玺，开始聊起自己的事业，在美国的见闻……

颜玺正准备找个借口走掉，突然听到戴维问："你在洛杉矶，你认识岳子君岳大哥吗？"

颜玺闻言身子一震。此情此景，突然听到"岳子君"的名字，当真是有一种遥远的亲切、熟稔的新鲜。

颜玺重新缓缓转过身，回问："你认识？"

"没见过面，不过，通过几次电话。岳大哥在洛杉矶很有名的，是吧？"戴维见颜玺果然知道岳子君，有些自得。

颜玺不置可否地一笑，反问："你们是怎么认识的呢？"

"通过我在洛杉矶的一个朋友。岳大哥在洛杉矶很有影响力，我们想联合做一个活动。岳大哥人很好，第一次给他发信息，想到他在美国，我用的是英文，结果他用中文回过来好长一条，真是不好意思。"

哦？岳子君居然会用中文发信息？颜玺有些吃惊。

她按捺住自己的好奇，也没表明自己与岳子君的关系，漫不经心地问:"那么,你们的合作成功了吗?"她想侧面了解一下岳子君平时都在做些什么。

"哦,本来都要做了,结果岳大哥家里出了点事,就拖下来了。"

"哦?出了什么事啊?"颜玺倒是一脸惊奇。

"听说岳大哥的老婆在和他闹离婚。家里出了这样的事,当然就不好催问。"

颜玺心里咯噔一下,不自觉地张大了嘴巴,就像听到了天方夜谭。

离婚?自打嫁给岳子君以来,颜玺心里就从未闪现过这个念头。从前她一直以为,自己的婚姻固若金汤,直到岳子君让她签字放弃房产,她才觉出不对,急急回美探究。之后又发生了蔷薇事件,有了更大的罅隙,但颜玺自觉还远不到要离婚的地步。

如今,这记重磅炸弹轰炸过来,颜玺才蓦然发现:这几年他在美国,她在中国,各行其是,彼此的生活都没有参与。除却一年两三次清浅的接触,更多的连接就是一根电话线。

颜玺的愚蠢,其实就是因为太聪明了!

颜玺从来不屑于做一只循规蹈矩的蚂蚁,在既定的轨道上勤勤恳恳地爬完一生。她总是迫不及待地要证明自己的聪明,炫耀自己的与众不同、特立独行。从小到大,"聪明"就像一颗水晶球,被她捏在手里,上上下下地来回抛弄。她以为自己是一个技法高超的魔术师,可以随心所欲地掌控水晶球的方向和节奏,可事实上,水晶球经常掉下来,砸了她自己的脚。

现在,显然地,水晶球失控了,她玩砸了。砸的不仅是脚,还有整个安宁完整的世界。

生活的大厦摇摇欲坠，行将倾覆。

大屏幕上兀自在说些什么，听不到了；戴维何时离开的，也不记得了。酒会，衣衫鬓影，绅士淑女，繁花似锦……这一切的一切，都成为底色，成为背景。整个世界俱都隐退，消遁不见，只留下颜玺这一个女人，微张着嘴，莫名惊惶。

坍塌

颜玺推着行李车,站在出站口,眼睛在接机的人群里来回搜索,却不见岳子君的身影。

岳子君竟然没来?颜玺有些不敢相信。这么多年了,还从未出现过这种情形。

这是一个讯号吗?

难道,传言竟是真的?

颜玺推着行李车走出门去,孤零零地站在风口,岳子君仍不见踪影。洛杉矶不像北京,随处有出租车。没有人来接,就傻眼了。

颜玺有些张皇。

直到暮色降临,才见岳子君的身影非常迟疑地、缓慢地、一步一拖地挪移过来,就像是一个行动不便的迟暮的老人。

"对不起,我今天有点不舒服。来晚了。"岳子君脸色灰败。

此时已迟到一个多小时,颜玺的脸色已经相当不好看了。岳子君平时总是一把抢过行李车,一手推着车,一手搂着颜玺的肩,亲热地朝停车场走去。今天,他半分没有要推行李车的意思,颜玺只好自己推着车,一语不发地跟着他朝停车场走去。

到了车旁，见是一辆破旧的丰田面包车，岳子君已废弃多年不用，今天不知怎的又开了出来。原先那辆香槟色的宾利车呢？颜玺想问，看看岳子君的脸色，又不愿开口。

岳子君打开后备箱的门，说："你自己搬一下箱子吧！"

颜玺从没有自己动手搬过箱子，她性格虽是女汉子，手腕上却着实没有几斤力气。箱子又大又重，面包车的底盘又高，她又刚刚在飞机上蜷了十几个小时，筋酥骨软的，颜玺又拖又拽，使上了吃奶的力气，狼狈不堪。岳子君却只是冷眼旁观，也不搭手。

好不容易把箱子塞进了后备箱。走到驾驶座，颜玺拉开车门，一股又馊又酸的可疑味道扑鼻而来，再看车里，也乱得像垃圾场。除副驾驶座外，后面的椅子全部趴着，椅身上蹭满了各种不明污秽物，又杂乱摆放着书报、衣服、空杯子，各种稀奇古怪的杂物，堆得满满当当，几乎都插不进脚。

颜玺勉强把自己塞进副驾驶座，赶快摇下车窗，让外面的新鲜空气涌进来，交换一下车内令人作呕的空气。颜玺垮着脸，神色更加不悦了。

坐了半天，岳子君却并未发动车子。颜玺奇怪地扭过头去看他，问："怎么不走啊？"

岳子君奄奄一息地靠在座位上，手捂住胸口，用气若游丝的声音说："等……一下，我心脏……不舒服……"

"啊……"颜玺再也顾不得自己的不悦，着急地问，"那……怎么办？"

岳子君无力地指指衣服口袋，颜玺赶快去掏，果真又掏出一瓶"速效救心丸"。倒出两粒，让岳子君含在嘴里。岳子君靠在座位上，微闭着眼睛。颜玺惶急起来,天哪!没想到岳子君的心脏病果真这样严重了!颜玺这才注意到,岳子君竟然穿着一件棉衣!而且只有棉胆,没有外套,棉胆可怜兮兮地裸露着,上面结满了细小的疙瘩,就像是中国北方乡村的一个老农民。

岳子君怎么会穿上棉衣了?在颜玺的印象里,天下最不怕冷的人就是岳子君了。北京的冬天,零下十几摄氏度,颜玺穿着羽绒服长筒靴还冻得瑟瑟发抖,岳子君却永远是一件短袖T恤,外加一件单夹克。到了室内,夹克一脱,露出短袖下的光胳膊,每每博得在场所有人的惊呼——太扛冻了!身体实在太好了!

颜玺瞪着岳子君,瞠目结舌,仅仅离开美国几个月,她几乎要不认得面前这个人了!

良久,岳子君才从萎靡中悠悠醒转,睁开眼睛,缓缓发动汽车,朝家里开去。

看到车驶进小院,颜玺稍稍松了一口气,还好,院子还是那个院子,房子还是那栋房子。

车停在大门口,颜玺主动跑到后备箱,七拉八拽拖出箱子,踉跄着推开大门,脑子又是一阵晕眩——天哪!房子还是那栋房子,室内却不是那个室内。大门口胡乱堆着床垫子、枕头、被子、脏衣服、旧书报、方便面盒……站在门口都无处下脚。和上次去美国东部回来后的过分整洁正好相反,仿佛上次是有人精心打理过,这次,是有人精心糟蹋过,而且,糟蹋的力度远远超出打理的力度,才能有如此触目惊心的效果。

"床垫子……怎么摆到了大门口?"颜玺被震蒙了。

岳子君说,他的心脏病随时会发作,他一个人在家又没人管,很危险的。急救的人要冲进卧室抬人，恐怕来不及，为以防万一，就睡在门口，这样万一心脏病发作了，911来人一冲进家门就能看见他，不管是就地抢救还是抬上救护车送医院都方便，争分夺秒。

颜玺心里一阵惭愧。把岳子君逼成这样，自己真不是一个尽责的妻子！

颜玺去烧了一壶水，倒了一杯小心翼翼递到岳子君手里。岳子君颤巍巍接过杯子，刚喝了一口，手一松，杯子一下掉在地毯上。"哎呀！"岳子君立马捂住胸口，心脏病又发作了！颜玺看着岳子君，吓得手脚发麻，感觉岳子君的心脏简直脆弱成一根细细的游丝，稍一触碰便会断掉。

颜玺不得不跑前跑后伺候他，烧水、煮面条，连洗脚水都端到沙发前，伺候他洗脚、擦干、把水倒掉……岳子君像一个半身不遂的病人，全身瘫在沙发上，一动不动，静等着颜玺一一伺候。

劳碌到深夜，岳子君终于睡了——他坚持睡在客厅大门口的床垫上，颜玺独自进到小卧室——小卧室里也是一片狼藉。颜玺在床上扒拉开一小块空地，把自己扔上去，只觉身体又笨又重，像是一只灌了水的大麻袋。

颜玺的身体疲乏至极，脑子里却绝望地清醒着，睡不着。是的，岳子君的病和穷，在前几个月的电话中已做了铺垫。颜玺应该说有一定的心理准备，可真正亲眼见到，还是吓了一大跳：没想到严重到这种地步！

一连数日，岳子君的表现都让颜玺摸不着头脑。

从前每次回来，岳子君对颜玺关心得无微不至，几乎有殷勤讨好的嫌疑。

但是这次，岳子君一切的行为都走向了相反的方向。

这些天，颜玺天天在家做饭、洗衣服、打扫卫生，真正像一个贤惠的主妇。她几乎是怀着一种负疚和赎罪的心情在干活儿，把岳子君照顾得无微不至。每晚连洗脚水都给他打，一杯水都要送到他手里，就差直接喂饭到他嘴里了。但是，岳子君不知是因为病情还是心情，从来都是哭丧着脸，不管颜玺如何殷勤，都不能让他有一丝欢颜。颜玺越来越猜不透岳子君的心思。

驱车前往好莱坞希尔顿酒店的路上。尽管一路阳光明媚、景致如画，颜玺心情却一片颓丧。

若不是妮娜死拉硬拽，颜玺才不想跑出门来，参加别人的什么婚礼。

妮娜兴致很好，一路叽叽呱呱说个不停。颜玺坐在副驾驶座上，蔫蔫的，没有半分精神。

颜玺和岳子君的事，妮娜一直怀有莫大的兴趣，主动联系颜玺，打探颜玺的想法。这首先出于妮娜对八卦的天然酷好，犹如蚊子嗜血般的本能，当然，还有一节颜玺不知，早在颜玺回美国之前，岳子君便把妮娜夫妇请到家中，让他们了解到了自己的窘迫景象，果然，妮娜大吃一惊，没想到岳子君的日子过成了这个样子，对岳子君又是鄙夷又是同情，也心领神会了岳子君的意思。此番约出颜玺，也算是受人之托。

"我说，要不，你和岳子君离了算了。"

"什么？！"颜玺吃了一惊。这些日子虽也在断断续续考虑这个问题，真的被妮娜直接说出口，颜玺还是吓了一跳。

"岳子君这次，看来是决心不想和你过下去了，连装都不想装了。要不，你和他离了算了！你条件这么好，又漂亮又有才，嫁给岳子君本来就亏了！"妮娜有点愤愤然。鉴于她看到的岳子君的现状，这么说也不无道理，况且此时把岳子君说得糟糕一些，对岳子君只会有好处。

"亏什么的，倒说不上吧？我只是不明白他这次怎么突然一百八十度大转弯，像是换了一个人。"

"你呀！被岳子君骗了！岳子君本来就不算顶级富豪，只是比普通人稍好一些。美国和国内不一样，在美国，最可靠的就是专业人士，医生啊律师啊会计师啊，地位收入稳定。做生意的可没谱，富三年穷三年的，没个准儿。当然了，岳子君本来是没这么糟糕，也算有点小钱，可是，他现在就垮了呀！"

颜玺还未来得及说清楚，目的地到了，二人下车，关于离婚的讨论只好暂告一段落——别人的婚礼马上就要开始了。

一到现场，妮娜马上投入到欢乐的气氛中，欣赏并赞美着新娘子的化妆和礼服。一众女伴嘻嘻哈哈，完全沉浸在新婚当有的甜腻喜庆的氛围里。

颜玺当然是转不过弯来。她躲开欢乐的人群，独自走到室外。虽已是冬季，洛杉矶的阳光依旧那般炽烈。颜玺站在灿烂的阳光下，时差还未褪尽，此时正是国内的半夜。颜玺一阵阵晕眩，不由得眯缝起眼睛。这时候，婚礼的御用摄影师举着相机走过来，顺手"咔嚓"给颜玺拍了一张照片。后来，颜玺看到这张照片，处处是不和谐。别人欢乐在洛杉矶的白昼里,她兀自困顿在北京的黑夜里,所以,照片上,她睁着一双茫然的大眼睛,无助地站在洛杉矶的阳光里,就好像睁着眼睛站在梦里。

婚礼在酒店的一座教堂举行。场地不大,但教堂特有的庄严肃穆为婚礼蒙上了一层神圣的神秘的面纱。

这还是颜玺第一次到教堂参加婚礼。岳子君是虔诚的基督徒,每次吃饭前都会虔诚祷告,尤其在追求颜玺的时候,他经常跪着向神祷告,表白自己的心迹,有多么爱颜玺……他的祷告文长而流利,非常真诚。颜玺,无法真正信仰任何宗教,但是,她对有宗教信仰的人怀有某种神秘的敬意,尤其是基督徒。第一次坐在教堂里参加别人的婚礼,亲历在神的见证下对神宣誓的爱和婚姻,颜玺又兴奋又遗憾。兴奋的是能亲眼见证这一份神圣,遗憾的是,自己竟然带的是那样的一种心情!

教堂前端,新娘一袭洁白的婚纱,新郎一身黑色的礼服,牧师在引领着一对新人庄严宣誓:无论贫穷与富贵,无论疾病与健康,我们都终身相伴,不离不弃……

新人把手按在自己的左胸——那里离心脏最近,庄严起誓。颜玺看见新郎新娘一脸虔诚,蓦然想起数年前自己和岳子君的婚礼。婚礼仪式在酒店大厅举行,但岳子君神通广大得竟然在现场请来了一个牧师——真正是金发碧眼的美国来的牧师。俩人也是在神前起誓,无论贫穷与富贵,无论疾病与健康,我们都终身相伴,不离不弃……

颜玺晕晕乎乎地参加完婚礼,终于和妮娜一起坐上车踏上返程。车门一关,妮娜马上开始继续颜玺离婚的话题,就仿佛刚才那一场婚礼全然不曾存在。

"我说，岳子君又穷又病又不实诚，根本配不上你。赶快把他甩了，重新找一个。"一路上，妮娜叽叽咕咕，列举了一系列岳子君在洛杉矶的种种不良不堪举动，颜玺吃了一惊，以前妮娜不是这么说的！

"如果，岳子君真像你说的那样，又穷又病，那么，我这时候离开他，岂不成了势利卑鄙的小人？我不是应该赶快回美国来，好好照顾他的身体和生活吗？"

"什么？"妮娜吃惊地扭过头瞪了颜玺一眼，眼神惊恐至极，仿佛颜玺是个不可理喻的怪物。她以为越是把岳子君说得不堪，颜玺就会越是瞧不起他，就会自动撤退，谁承想颜玺竟要把她自己推上道德神坛！

妮娜倒抽了一口冷气，说："你真是有病啊？以前他好端端的你不回来，现在他病成这个样子，你居然要回来照顾他？！"

"是啊，我要是现在离开他，他得有多伤心多可怜呀？不，他不能离开我，我不能这样做！"颜玺想起婚礼上的誓言，不管贫穷与富贵，不管疾病与健康……她虽不是基督徒，在神面前的起誓也是算数的，怎么可能因为他病了穷了就离开他呢？

妮娜的车一晃，险些撞上了旁边一辆超速的车。她索性把车开到了高速路边的安全地带停下，转身望着颜玺，正儿八经地说："颜玺，你太自信了。你以为男人都离不开你是吗？相信我，不管岳子君是什么情况，是真病还是假病，是真穷还是装穷，有一点是肯定的，他已经不爱你了！他已经决定离开你了！他现在这么做，就是为了让你死心，为了甩了你。你不离婚，对他绝对是一种折磨！所以，你就成全了他吧！"

"什么？岳子君想甩了我？"颜玺更加吃惊了。这比岳子君的病和穷更加让她感觉不可思议。她想岳子君纵然有千假万假，对自己的一片痴情绝不是假的。而且，确实，自己年轻漂亮，有才华，又善良，岳子君哪里可能再找到比自己还好的老婆呢？颜玺兀自冷哼："放心，从没有男人会抛弃我，除非是我自己不想要了！"

妮娜只是觉得好笑，说："颜玺，你的毛病就在于太自信了！男人，不管对什么样的女人，都是一时的新鲜感。新鲜感一过，什么女人都是一样。再说，你已经快四十了，没有你自己想象的那么值钱了！岳子君对你的新鲜感已经过了，我建议你回去向他提出离婚吧，他一定会答应！"

颜玺被击倒了！若说岳子君穷了病了，自己就那般势利地离开他，颜玺做不到。但，若是岳子君已经不爱她了，想"甩"了她，自己还死皮赖脸缠着岳子君，那她的自尊心不允许。颜玺微张着嘴，陷入茫然。

妮娜一手搭在方向盘上，居高临下地望着颜玺，语气笃定，眼神甚至有些凌厉。看着颜玺的倒霉狼狈样，她获得了极大的心理优越感。

妮娜睥睨着颜玺，突然发现，俩人的位置已颠了个个儿，自己从被励志被教训的粉丝变为高高在上的胜利者。而颜玺，则从"偶像"的神坛跌落。

兵不血刃

颜玺打开冰箱,一股呛人的大蒜味儿扑面而来,差点把颜玺熏翻在地。颜玺的鼻子比眼睛敏感,最受不了的就是葱姜蒜的味道,尤其是大蒜。为此,岳子君发誓,此生坚决不吃大蒜,这么多年,果然不见岳子君碰过大蒜。可这次回来,颜玺发现,岳子君竟然在冰箱里放了一大罐酱油泡的大蒜,每顿饭都要生吃几头。

颜玺强忍住恶心,从冰箱里取出青菜、火腿和鸡蛋,煮好了两碗面条,等着岳子君来吃早餐。因为岳子君说,他厌烦早上喝咖啡吃面包。喊了半天,岳子君终于颤巍巍地扶着墙,像风烛残年的老人般一寸一寸地挪了过来。颜玺赶快跑过去,搀扶着岳子君坐在餐桌旁。岳子君面色阴沉,不见一丝笑颜。这么些天来,他一直是这个表情。当然了,不能指望一个病人有什么好脸色。颜玺递上筷子,请他赶快品尝自己的手艺。为了让岳子君开胃,桌上甚至摆了一小碟酱油泡大蒜。

岳子君刚刚尝了一口,眉头便皱起来,问:"你放辣椒了?"

"是啊,放了一点点老干妈辣椒,我这碗多,你那碗只放了一点点。"

"我身体不好,一点点辣椒都不能吃。"岳子君放下筷子,忍耐地蹙紧了眉头。这些天,颜玺深切地感受到,原来岳子君也是一个这般厉害的人。这厉害不是粗暴地骂你吼你,而是冷冰冰的嫌恶,也就是所谓的冷暴力,让你无时无刻不感受到巨大的压力——他这个样子,都是你造成的,都是你没有做好。

岳子君一语不发,像个受苦受难的英雄一般,扶着桌子站起来,拖着沉重的身躯转身一瘸一拐地离去。

颜玺愕然。颜玺是贵州人,辣椒是她的最爱。这么多年,不管在北京还是洛杉矶,她和岳子君出没的不是川菜馆就是湘菜馆,餐餐鲜红。可是今天,岳子君突然一点辣椒都不能沾了。

颜玺放下筷子,也吃不下了。吃饭口味只是表面现象,事情并不是大蒜辣椒那么简单。岳子君是在透露一种信息,你恶心的其实我喜欢,你喜欢的其实我不能沾。这么些年,我只是在将就你。而现在,我不在乎你了,我解脱了!还有一层意思是,不管你如何努力,你都没有能力照顾我,你只会让我更难受,病情更重。

颜玺不得不想,莫非,妮娜说的是真的?其实,岳子君已经厌倦了自己,已经不想再维系这段婚姻?他只是不愿主动说出来,一举一动都是在逼自己主动开口,主动离开?那么,自己所能做的,只能是……成全他?

颜玺走到客厅,岳子君已经在扔在门口的床垫子上躺下。见颜玺过来,也不理她,挣扎着起身,哆哆嗦嗦穿衣服,准备上班——不管他病情有多么险恶,上班倒是一天也没耽误。那股子阴森森的冷暴力弥漫在每一寸空间,把他的意愿传递得明白无误,侵蚀着颜玺的自尊,让颜玺不得不开口:"等一下,我想和你谈谈。"

岳子君背对着颜玺,穿衣服的动作停下。

"似乎……我怎么照顾你都不会让你满意，不会让你开心，也许是我没有这个能力。你是希望别人来照顾你是吗？如果是……"颜玺说不下去了。

岳子君仍然背对着颜玺，说："有什么想法，你就说吧！"岳子君虽然没有转过身来，但话音里明显带着期待。是的，期待！显然，不会期待颜玺说出"我爱你"之类甜言蜜语。这份期待逼迫颜玺终于说出口："如果是，我可以成全你。我们……离婚吧！"

"离婚"二字说出口，颜玺吓了一大跳！她从没有想过，自己竟然会提出离婚，更不敢设想，岳子君听到后会作何反应？这么多年，岳子君对自己成筐的心血付出，他一直说，他这条命绑在了颜玺身上，他就是颜玺的附属品。颜玺若不要他，他只有死……颜玺望着岳子君的背影，害怕了，后悔了，她刚想出声反悔，只见岳子君忽地转过身来，眼神热烈，温柔地说："谢谢你！玺儿！谢谢你！离婚只是一个形式，你放心，我们的一切都不会改变。我会一如既往地敬你、爱你、对你好，不！会加倍地敬你、爱你、对你好！所不同的是，你自由了。你可以心安理得地待在中国，随心所欲地选择你喜欢的人，我不限制你了。这不是更好吗？"

岳子君态度的一百八十度大转弯让颜玺蒙了。这语气，这声音，这表情，又是那个她熟悉的谦谦君子，满口甜言蜜语，对她百依百顺的岳子君了。只是没想到，离婚竟然会让他这般兴高采烈！

岳子君揽过颜玺的肩，深情地说："玺儿，真的谢谢你的理解，让我解脱了良心上的负疚。其实，还有一点我没告诉你，自从得了心脏病以后，我身体也垮了。是的，虽然我又病又穷，但还是苦苦支撑，不愿放弃你，可这最后的一根稻草把我压垮了！我已经不是男人了,我再爱你,怎么能害你呢?你还这么年轻漂亮,喜欢你的男人那么多,我捆绑住你,是不负责任,是犯罪……"

"什么?你身体也……没能力了?"这"新闻"让颜玺惊骇不已,"你怎么没有告诉我?"

"我说过,我爱你,我是死也不会提出离婚的。我要是告诉了你,你这么善良,心一软,知道了这个消息后只会同情我,可怜我,怎么可能会提出离婚呢?所以,只有你提出离婚,我才会告诉你真相。"

"可是……万一……我不提出离婚呢?"颜玺茫然。因为在前一分钟,自己都不知自己会提出离婚。

"那么我就只有死路一条!我不能害你,让你背着一张婚姻的皮守活寡。所以,我宁可去死,也要放了你,让你解脱!"岳子君说得大义凛然,就像过去的那么多年,他千百次所表现的那样。

"玺儿,我没有这个能力了,所以不能和你做夫妻。从今以后,我就做你的兄长、朋友,一辈子关心你、爱护你、支持你。你放心,现在我经济上暂时出现了困难,但肯定会好起来的!我不会永远做loser(失败者)!"岳子君用手捏拳,在空中一拉,起誓一般,"等我好起来了,渡过难关,不管你跟谁在一起,我都会帮助你,关心你,你是我最爱的女人,我不管你管谁呢?"

岳子君话说得如此漂亮,完全不像是在谈离婚,而是在谈情说爱!颜玺傻傻地看着岳子君,他又开始励志了!

岳子君心情大好,语气极尽宠溺:"今天我不上班了,全天陪你。我们去拐角那儿吃牛排,然后再去小公园逛逛好吗?"

这久违的温情让颜玺不知所措。这是在谈离婚吗?

岳子君几乎是愉快地穿好了衣服，脸上又显出温暖和蔼的笑容。颜玺晕乎乎地跟着他出门。离婚虽是自己提出来的，但她脑子完全没有反应过来。一切都像是在开玩笑。

这家牛排馆，是颜玺来洛杉矶后岳子君带她来的第一家牛排馆。虽然店面不奢华，价格也不昂贵，一客牛排十几美金，比北京还便宜。但颜玺经常过来，竟有了感情。后来每次回洛杉矶都要过来吃几次。

老板是一个中年美国人，有着老美兼餐馆老板特有的欢天喜地。因为岳子君和颜玺常来，已是老主顾，老板亲自服务。岳子君娴熟地说："请给我太太一客肉眼牛排，五成熟，配菜要薯条，加墨西哥'沙尔沙'调料，一杯咖啡，要加糖和奶，一杯水，哦，一定要热水……"

"明白明白！"老板眉开眼笑，边记边恭维，"太太，你先生对你还是这样体贴啊！你真幸运啊！真是甜蜜的一对儿！祝你们永远甜蜜幸福！"

颜玺涩然一笑，不知如何作答。

牛排上来了，面对烤得一格一格冒着滋滋油光的牛排，颜玺却一口也吃不下。

岳子君周到地把糖和奶加进咖啡里，搅拌匀，放到颜玺面前。热气腾腾的咖啡香气扑面而来，颜玺的鼻端一酸，眼泪竟扑簌簌滑落下来，滴进咖啡杯里。

"玺儿，你怎么了？怎么了？哎呀！"岳子君猛地捂住胸口，心脏病又犯了，颤巍巍掏出"速效救心丸"，倒了两粒含在口中，闭目一动不动。颜玺止住了哭泣,傻乎乎地望着岳子君,不敢再哭。

吃过饭以后——虽然什么也没吃,俩人又去到小公园。这个小公园也是"故地",位于颜玺刚来洛杉矶时所住的房子附近。

记得颜玺第一天到了洛杉矶,岳子君打电话来建议颜玺出门到小公园去转转。颜玺依言出门,顺利到了小公园,转了一圈,回来却转来转去找不到回家的路口了。大街上空无一人,连个询问的人都没有。颜玺转得双腿发软,一屁股坐到街边的台阶上,像雾都孤儿。初到异国他乡,一切都是陌生的,让她无端变得胆怯。

她想给岳子君打电话,又怕影响他工作。正一筹莫展之际,手机响了,电话那头传来岳子君温和的声音:"你是不是迷路了?"

"你怎么知道?!"颜玺惊喜莫名!

"我神机妙算啊,掐指一算就知道你迷路了。现在你就坐在路边呢吧?"

"你怎么知道?"颜玺惊呆了。

"我一猜你就迷路了,所以就匆匆结束了工作,赶过来救你了。现在,你往右边看!"

颜玺一扭头,只见岳子君的车果然出现在路口,正缓缓向她驶来……

现在,公园还是那个公园,却早已物是人非!

颜玺看着岳子君,阳光下,他佝偻着身躯,头发白了一大半,嘴角略微倾斜,眼睛也睁不开,走起路来那样沉重,竟似脚都抬不起来了,动不动就往嘴里塞"速效救心丸"。更可怜的,还丧失了性能力。

颜玺想着,眼泪止不住地往下掉,胸口堵着,揪成一团。每看到颜玺落泪，岳子君便会从口袋里掏出"速效救心丸"，长叹一声，放入口中。如此，在小公园里，在加州灿烂的阳光下，颜玺像个怨妇，无休止地流泪，而岳子君不断地掏出救心丸塞到嘴里，一下午竟吃了好几回！

夜幕降临，是时候告别了。

颜玺把手伸出去，穿越茫茫夜空，穿越二十几年时与空的距离，穿越了层层迷雾，穿越一切阻隔，轻轻地搭在夏以橙的肩上，那一刻，她回到少年，回到了十八岁……

归来

洛杉矶的航班降临首都机场。在缓缓外出的人流里，紫苏终于看到推着行李车缓缓往外走的颜玺。只见颜玺身穿一套灰色宽松运动服，平底球鞋，短发胡乱支棱着，人瘦了一圈，脸上的神色比身上的衣服更加灰黯。

林紫苏迎上前去，拉住颜玺的手。颜玺黯然一笑，紫苏这才发现，颜玺不单脸色不好，眼睛下方还吊着两个大大的黑眼圈。最难看的是眼珠，又红又黄，就像是在流脓发炎，甚是吓人。

"姐姐！你……一路还好吗？"林紫苏小心翼翼地询问道。

"没事，还好。来这么多人干吗？迎接美国总统啊？"颜玺开着玩笑声音却透着疲惫和嘶哑，就像年久失修的留声机，嘶嘶啦啦的，磨得人心里发毛、发痒。

"哎呀，老同学留洋归来，又是我们的女神，当然要列队欢迎。走走走，张某略备薄宴，为颜玺接风洗尘。小李，把行李先放到车上去，把车开到门口。"张天明手一挥，司机小李殷勤地走上前，一把抢过颜玺的行李车推走。颜玺白了张天明一眼。张天明与紫苏的事，她在美国已略知一二。只是这家伙什么时候说话变得这么文绉绉的了？

她有点埋怨地对紫苏说:"我累了,想回家了!"

"好姐姐,去嘛!这是天明的一番心意。许青卿也要参加呢!"紫苏摇着颜玺的胳膊,半是央求半是撒娇。这招对颜玺一向很灵。她又在颜玺耳边轻声补充了一句:"还有一位神秘嘉宾呢!"

"什么人啊?我这个样子,才不要见外人呢!"一路的折腾已让颜玺疲惫不堪,这种情况下还要见外人,颜玺更烦了。

"绝对不是外人!是你必须要见的。去吧,反正也要吃晚饭,就在家附近。吃完饭我就陪你回家!我的好姐姐,你就答应了吧。"紫苏声音又甜又糯,表情又讨好又乖巧,实在让人不忍拒绝。

一群人推推搡搡,簇拥着颜玺往外走。颜玺心头一暖,是啊,已经入了中国境内,接机场面如此盛大,自己的亲人、朋友都来了,还矫情什么,吃顿饭而已。

上了张天明的劳斯莱斯,张天明坐在副驾驶座,车身足够宽敞舒适。就算在美国,劳斯莱斯也算是豪车,看来张天明这小子委实发了点横财。

餐馆在东北二环的一个小巷子里,门脸低调,只在门口贴了一个很小的门牌,几乎看不出是个餐馆。

进去之后,才发现这是一个旧时的王府。花园占地极广,亭台楼阁、花池水榭,院里的树木花草、一石一木都有年头了,拙朴苍劲、古意盎然。只有池塘里的红色鲤鱼是新鲜的,见人过去,便涌动着跳跃翻滚,甚是蓬勃。颜玺略微有些诧异。看来张天明的品位,也在随着财富一齐增长?紫苏到底接受了他的追求,看来也不是全无道理。

在穿着红色旗袍、身段婀娜的迎宾小姐的盛情引领下,一行人穿过曲曲弯弯的小径、楼阁，来到拐角一间屋子。房间很大，屋里的陈设也是低调的奢华：绣有中国画的屏风，红木的家具，宫廷风格的台灯，处处泛着古意。

但见一个男子坐在沙发上，正在翻看着一本书。紫苏一拍手，对那人招呼道："颜玺来了！"

男子慌忙站起身来，动作猛了点，膝盖冒失地碰翻了茶几上的各色果碟，开心果、薯片、蜜饯连同他手上的书叮叮当当滚落一地。男子窘得脸都红了，手忙脚乱得不知是该先打招呼还是先收拾这满地狼藉。

紫苏说："姐姐，快猜猜看，他是谁？"

颜玺茫然地看着眼前的男子，年纪很轻，大约就二十几岁，黑衬衫黑长裤，小麦色的肌肤，个子不高，瘦瘦的，面孔倒有几分清俊。她在记忆里搜索一遍，实在不记得什么时候见过这个人。

"你不记得了吗？这是以橙，夏以橙啊！"见颜玺满脸困惑，紫苏终于揭开谜底。

以橙？这是夏以橙？

颜玺惊愕地张大了嘴。夏以橙是慕白的表弟，比慕白和颜玺都要小十来岁，小时候经常来院里串门，总是哥哥姐姐地追着大家。要是不带他玩，他就会瞪着一双无辜的大眼睛，挂着两滴眼泪，可怜兮兮地跟在大家后面跑。颜玺经常说，小夏成天哭兮兮的，好烦啰！话是这样说，颜玺总是不忍心把他一个人"甩"掉，经常把他领回家，给他讲《格林童话》《安徒生童话》，长白山人参的传说，没得讲了就随口胡编。不管她讲什么，夏以橙都会一脸崇拜地望着她，让颜玺很得意。

颜玺十八岁离开贵州，后来又出国，就再也没见过夏以橙。

"来来来，坐下慢慢聊。"张天明招呼大家在餐桌上坐下。主宾、陪客，各就各位，井井有条。一阵清脆的高跟鞋声由远而近，未见其人先闻其声："不好意思、不好意思，我来晚了！"

紫苏和颜玺相视一笑。不用看也知道，定是时尚达人许青卿带着助理小王驾到了。

一落座，许青卿便脱掉了大衣，露出里面的露肩紧身红色短裙，裸露的胳膊和大腿让大家打了个寒战。

"许青卿，这还是冬天，我看你比卖火柴的小女孩穿得还少，有这么缺布料吗？"颜玺打趣她。

"颜老师，你真是不懂，许姐这套裙子可是香奈儿新款，四万多呢！"许青卿的助理小王在一旁谄媚道。这是她的任务——帮老板抬高身价；也是她的享受——买不起，放在嘴里嚼嚼也是好的。许青卿也很享受，喜欢把小王带在身边。小王负责炫耀，她负责谦虚——"这不算什么"。

"唉，得了吧你，人家颜玺在调侃我，你还以为她真不识货？人家颜玺穿大牌的时候，我们还在穿B城'名牌'——张老板的名牌。"这份谦虚倒不是假的。许青卿话锋一转，说："不过颜玺，现在你也确实太不讲究了。看你穿得，像个跳广场舞的大妈。当然了，你刚下飞机，就暂且原谅你。"她又转向紫苏，继续评点说："紫苏嘛，这条阿玛尼的裙子不错，妆也精致。不过怎么不是黑就是白，太保守了吧？"

"许总监，你不要一来就评点这个评点那个的。你们做时尚的，当然可以穿奇装异服，我们做生意的，需要庄重、高雅，有身份有品位！不能太俗。"张天明一本正经地说。

"知道了，我们张老板的品位就是：一线大牌加纯黑或纯白。首饰嘛，只能戴钻石。果然是大老板，不俗、不俗。"许青卿半是戏谑半是认真。张天明颔首微笑，表示默认。

颜玺吃惊地瞥了张天明一眼。

冷菜相继摆上桌，生蚝、三文鱼、龙虾、鹅肝……各种珍馐。红酒也上桌了。

"来来来，尝尝今天的好酒，醒了半个小时的拉菲，刚刚好。"张天明果然气度优雅。

"拉菲呀！一万多一瓶呢！张哥真是舍得！"小王又不失时机地献上谄媚。

众人举起酒杯，一饮而尽。许青卿单刀直入，说："颜玺，你的事都处理完了吗？"

颜玺涩然一笑，说："离婚申请已经交由律师处理，等待法院判决，岳子君就算和我没有关系了。"

"这是好事，恭喜！"许青卿举起杯，和颜玺碰了一下，好像这果真是一件值得庆贺的事。

"唉，这有什么好值得恭喜的。"紫苏赶紧扯扯许青卿的手，怕她惹得颜玺不快。

"当然要恭喜啊，恭喜颜玺重获自由。还要恭喜颜玺，一举成为小富婆！"见到众人诧异的神色，许青卿略微得意地解释道，"美国法律讲究公平，结婚十年以上的夫妻，所有财产都是共有的，必须平均分配，若是结婚十年以内的夫妻，结婚之后的财产都属于共同财产，也应该平均分配。据说，美国的女富豪有70%是因为离婚分得丰厚财产成为富豪，25%是继承父母遗产，只有5%是靠个人奋斗。说吧颜玺，分了多少财产？"

颜玺疑惑："财产，没有分什么财产。只留了北京的那套房，其他的，我什么都没要。"

"什——吗？什么都没要？"许青卿面色惊恐，大张着嘴，一副活见鬼的模样。"岳子君虽不算什么大富豪，至少也是个小富豪吧？就一套北京的房子，那不是结婚前岳子君送给你的礼物吗？不是你的婚前财产吗？怎么，这也算啊？"许青卿愤愤不平，紫苏也怯怯地插嘴道："是啊，那房子你还背着贷款呢！"

"就是，岳子君这家伙也太不地道了，怎么能这样欺负人呢？颜玺可是他明媒正娶的老婆，怎么能这样轻易地就打发了呢？"张天明也相当愤慨。

颜玺看着众人义愤填膺，多少有点感动。

颜玺说："谢谢各位关心。我放弃了岳子君的财产，其间有许多的不得已，逼得我不得不作出这样的选择。当然，这也许算是愚蠢和清高吧。无论如何，这是我自己的选择。"

"姐姐，我知道你又清高又善良，岳子君一说生病，你就不好意思伸手要钱了。当然，他仨俩那么多，你这么单纯，一定也是招架不住。但是姐姐，你今后的日子可怎么办呢？"紫苏担忧地说。

许青卿咽了半天唾沫，困难地说："是啊！离婚打官司分财产，天经地义，这是美国法律赋予你的权利！你可倒好，大手一挥就放弃了！这些年你挣过钱吗？你知道挣钱有多难吗？"

如果在美国离婚时，有这么一帮朋友为她出谋划策、讨回公道，那么财产分割的结果会不会有所不同呢？

颜玺解释:"我嫁给岳子君又不是为了钱,我和他离婚,又为什么非要分他的钱呢?我也是一个自食其力的劳动妇女,我能把自己养得很好!再说了,人活着难道就是为了挣钱吗?就没有更高的理想和追求了吗?"

许青卿瞠目结舌,说:"颜玺啊颜玺,你都多大年纪了,还这么幼稚呢?你对钱太缺乏起码的尊重了!"

张天明说:"颜玺,你依然漂亮,有才华,依然有资本再嫁一个有钱人!包在我身上,我给你介绍!"

颜玺白了张天明一眼,说:"我说得很清楚了,我要自己去挣钱!我不信我没有这个能力!"

"我相信颜玺能做到!因为,颜玺一直都是最优秀的建筑师!"一个声音插进来,坚定而有力。众人望过去,原来是一直坐在末席默不作声的夏以橙。

"颜玺出国这么多年,和国内早就脱节了,还能找到好工作吗?别让她往火坑里跳了!"许青卿横他一眼,颇为不满。

"我想,我了解颜玺。她一直都是最有才华的优秀的建筑师。她会成功的,我相信她!"夏以橙毫不示弱。颜玺奇怪地瞥了他一眼,这么多年素未谋面,连颜玺自己都有些自我怀疑了,夏以橙凭什么相信她?

"哦,以橙也是清华大学建筑系的,是姐姐的师弟呢!现在以橙在一家大设计公司,也是建筑师呢。"紫苏终于弱弱地开了口。她似乎被眼前的局面吓傻了,一直不敢出声。加之她嗓音纤细,淹没在"群雄混战"中,几乎听不见她发出的声音。

颜玺扭过头,仔细看着夏以橙。这一看不要紧,夏以橙登时红了脸,手一挥,不小心碰翻了面前的杯子,餐巾滑落了,刀叉掉下桌去,又是一番叮叮当当,七零八落。夏以橙赶快躬身去捡,手忙脚乱的,刚才说话时的从容坚定全无踪影。颜玺不禁抿嘴乐了,一晚上两次碰翻东西,看来,这孩子的小脑不怎么发达啊。

"好吧,喝酒喝酒!欢迎颜玺正式归国,也期待颜玺宏图大展!"张天明举起酒杯,众人应和着,一饮而尽。看起来,依然是花好月圆的景象。

合作

　　颜玺子然一身回到北京,回到自己的小屋,一切都和出国前一样,却又都不一样了。美国的一场际遇,数年的婚姻生活,犹如幻梦,一个令人心碎神伤的梦。

　　她伤心的是,岳子君怎么会变成了那样?

　　从前,岳子君冬天穿短袖,出手就要买一点八个亿的房子,满车库都是名人字画,女儿就读美国名校,实习于国会议员的办公室……一切都金光闪闪,光耀照人。

　　现在,他身体垮了,公司破产了,豪车卖了,房子也保不住要被银行收回去了……

　　萨特说得好,人生就是自我设计和自我实现的过程。追求颜玺的时候,岳子君把自己设计成羽毛丰腴的凤凰,现在他把自己设计成一只随时濒临死亡的落汤鸡——鸡脚杆上刮油,你好意思吗?

　　颜玺完全辨不清真假,像落入了一个迷魂阵。可颜玺已经没有心力,也不想去分辨真假了。

　　颜玺放弃了。她手上有一支枪,杀伤力极强,这是美国法律赋予她的权利。但作为一个有良心的人,她决定不去使用这把枪。岳子君,结婚数年的丈夫,不管这件事里他有多少表演的成分,毕竟"一日夫妻百日恩",曾经对她的好不是假的。

更令她她伤心的是,她自以为的朋友妮娜怎么也会那样?

在颜玺的离婚案里,妮娜这个"朋友"确实起到了相当关键的作用。一开始,妮娜站在现实的角度,说岳子君又穷又病,劝她离婚,后来,妮娜又站在道德的制高点,指责她不应该分岳子君的财产:"颜玺,你经常一跑回国就几个月不回来,岳子君一个人孤苦伶仃的没人照顾,你完全没有尽到过一个妻子的责任。现在你自己提出了离婚,又要分走人家一大笔钱,你还有良心吗?"

颜玺请妮娜陪同见律师时,妮娜又介绍说:"杜律师,颜玺在国内是个很有名的建筑师,她的先生在这边也是有头有脸的人,而且这些年颜玺也没怎么在洛杉矶陪她先生,她自己也很愧疚,所以关于离婚的事,她并不想让对方为难,不想为了分财产搞得鸡飞狗跳的,那样不符合颜玺的道德标准。所以,她不需要打官司分财产,只想速战速决。"

颜玺略微有点吃惊。她以为自己请了律师,可以站在自己的立场,为自己争取权益,可没想到妮娜一来就定了基调,把她推到了道德制高点上,把她说得那样高尚,她能怎么办?

颜玺讪讪,无言接受了妮娜对她的"高度评价"。

所以,当颜玺两手空空地从美国回来时,有种恍如隔世的感觉。她失去了工作,也失去了过去的平台和收入,现在光是每个月几万块的房贷就够她受的。

一味地伤心太奢侈,颜玺没资格享用。她迫切地需要工作,需要挣钱,更需要证明自己。

颜玺拉下脸面,打电话,参加圈内聚会,过去的同学、同事、业主……能联系的基本上都联系了个遍,不知不觉几个月过去了,却依然毫无结果。

这一天,颜玺去书店,看看有没有新出的建筑专业书。在暂时没有找到合适工作机会的时候,只有先充实自己。一个人影挡在颜玺面前,一个熟悉的声音传了过来:"小颜姐!这么巧!我正有事要找你呢!"

颜玺抬头,眼前是一张明朗清俊的面孔,原来是夏以橙。"是小夏呀!有什么事啊?"

"想请你喝杯咖啡,咱们边喝边聊?"

书店旁就有咖啡座,俩人坐下后,夏以橙道出原委。

原来,师兄王启建从设计院辞职出来,自己成立了公司,并带走了得力干将夏以橙。目前公司已成功运作了好几个项目,很是红火。

"小颜姐,王总一直非常欣赏你的才华和敬业精神,知道你从洛杉矶回国了,很有诚意邀请你加盟公司,成为合伙人,所以让我找你,不知小颜姐你意下如何呀?"

"啊?真的吗?"颜玺有些惊喜。她举起咖啡杯在夏以橙的杯子上一碰,眉头一挑,惊喜地说:"这正是我一直在找寻和等待的机会!"

夏以橙紧锣密鼓地安排了颜玺和王启建的会面。果然,王启建对颜玺的加盟非常重视,因为公司不缺做地产之类商业项目的人才,但在文化项目和地标性建筑方面则有短板,这对公司品牌建设非常不利,而这恰恰是颜玺的长项。王启建当即邀请颜玺成为公司的"独立董事",颜玺负责的项目与公司按比例分成。

两人一拍即合,没过几天,颜玺便穿上西服套裙上班了。颜玺感觉自己又重新活过来了。她发誓要加倍努力工作,不能辜负王启建的知遇之恩，更重要的是，她更加不能辜负自己。

非常幸运，公司很快接到了 KJ 公司展销馆的项目。这个项目虽然体量不大，但造价高，有标志性，由王启建亲自挂帅，颜玺做主设计，夏以橙带着一帮实习生做助理。

一群人浩浩荡荡前往现场考察地形，这才发现设计难度很大。从地形上看，这是一块三角形用地，又地处斜坡，缺乏稳定感。从交通上来说，南邻大流量的大道，必须有完整形象才能让人识别。从尺度上说，KJ 主厂房高大笨拙，在这个庞然大物面前盖一个小房子，要想立得住，还要成为 KJ 的标志，就必须让房子有个性、耐看，在视觉效果上能一眼入心。

回到公司，王总蹙着眉头说："这个项目……不好做呀！颜工，你有什么看法？"

颜玺想了想，坚定地说："我觉得，首先应该赋予建筑一个母题。我建议，用 KJ 的标志图案作为展览大厅的屋顶来进行构思，这个图案是从一个椭圆形中切开并移动一个小三角形而读出 KJ 的 K 字母，并引申出文化含义。"

王启建表示同意："对，这个建议很好。具体怎么做，就看颜工的了。"

颜玺眉毛一挑，信心十足地说："好的，一周之后，我给你草案！"

一连数日，颜玺心中思绪起伏，一个还没有固定的轮廓在她的思绪中时隐时现。怎样抓住这个意向呢？

一周之后的项目会议上，颜玺交出了一张手绘的水彩草图。这是一个透明的建筑，上面的层次像是一个隐形眼镜片，又像是一个卫星天线碟飘浮在空中。与 KJ 公司生产的主要电子产品——名扬海外的

KJ电视机取得关联。眼睛或眼镜表达了很强的沟通意义。更重要的是,它必须飘浮在空中。

王启建没有直接发表意见,而是问夏以橙:"夏工,你对这个草图有什么看法?"

夏以橙说:"我觉得,这是一个很富有诗意的构思,谢灵运的'溟涨无端倪,虚舟有超越'的境界,在颜工的这个构思里得到了体现。我看到这幅水彩的小图,悠然远想,竟然产生出高世之志。"

闻听此言,颜玺有些惊诧地抬头望了夏以橙一眼。她在构思这个方案时,确实也想到了谢灵运的这两句诗,不想夏以橙的观感竟与她的构思不谋而合!

夏以橙看到颜玺瞪着自己,脸又红了,小声说:"嗯,这只是我的直观感受,请王总、颜工和各位同仁指正。"

"哈哈,小夏引经据典,说得很好!我也想起北宋沈括所说:'近视之,几不类物象;远观则景物粲然,幽情远思,如睹异境。'颜工这个草案很好,就照这个思路推进下去。颜工设计最重要的造型和平立剖面图,我来做工作模型和立面上色,夏工负责画环境总图。"王启建表态了。

得到了大家首肯,颜玺心里长舒一口气,朗声说道:"王总放心,我必全力以赴!"

汇报方案那天,王启建亲自率队,颜玺、夏以橙一群人浩浩荡荡前往业主的办公大楼。方案在公司内部获得认可只是第一步,要得到业主的首肯才算成功。毕竟掏钱买单的是业主。而业主的水准和审美趣味参差不齐,见到方案后,业主是否会接纳,谁也无法料定。

到了会议室,业主方所有领导俱已到齐,这是重视亦是压力。夏以橙打开电脑,调出 PPT,颜玺定定神,从容不迫地开始汇报方案:"……在这个作品中,我们的空间立场是在时间中徘徊移动的。玻璃幕墙的'虚'与建筑屋顶的'实'对立相视,像是中国画抽象的笔墨,清烟淡彩……"

颜玺滔滔不绝,一口气汇报了近一个小时。汇报结束,全场安静下来,没有任何声音。良久,才响起了热烈的掌声。

业主方古总说:"这个方案太棒了,我非常喜欢!王总啊,没想到你手下竟有这么强的兵,不单是才女,还是美女,真了不起!"古总竖起了大拇指。颜玺低头无奈地笑了笑。

方案得到了业主的极高评价,公司所有人都无比欣喜。尤其令人振奋的是,甲方竟然同意让公司来做施工图!对于王启建来说,这意味着公司将得到一笔丰厚的收入;对于颜玺来说,她将可以全程控制这个项目,弥补 HW 大厦施工图不够完美的缺憾。所以当真是锦上添花的美事。最后,古总的一句话更是让大家吃了定心丸:"这个工程是 KJ 十五年创业的标志物,一定要起到四两拨千斤的作用。所以这个项目不用考虑造价,以效果最佳为宗旨,设计得越高档越好!不用担心,KJ 不缺钱!"

杨柳岸,晓风残月。

夜晚的南明河,是这座城市的瑰宝,像一条蜿蜒的玉带,在这座城市中穿行。两岸璀璨的灯光似繁星点点,点缀着幽蓝的河水,幽蓝的夜空。

"香提雅"的包房里,公司里的中国人、美国人、澳大利亚人……汇聚一起,简直就是一个小联合国,充分展现了国际建筑设计公司的风貌。一众人举杯痛饮，共庆胜利。

每一个人都在举杯，每一个人都在欢笑。

颜玺没有吃也没有喝。望着面前狂欢的同事，只觉内心酸涩。她觉得自己比谁都高兴，比谁都伤心。

颜玺悄然起身，离开沸腾的人群，独自踱步到落地窗边，望着窗外的夜景发呆。有位作家说："白昼属于人和历史，黑夜属于灵，属于大地。"夜色降临，万物看似沉寂，却在暗中苏醒，大地恢复了灵性。

颜玺躲在一隅，悄无声息地哭了，哭得那样隐忍，又哭得那样肆意和纵情！中年离婚，损失掉所有财产，被朋友背叛和出卖……颜玺从未掉过一滴眼泪，今天，她终于痛快地哭了！

冠盖满京华，斯人独憔悴。

有一双眼睛，静悄悄地看着颜玺，看着她泪流满面，看着她拼命忍住抽泣。由于忍得太用力，她浑身颤抖着，那样美，那样可怜，那样令人不忍直视。就让她痛快地哭一场吧！他所能做的，就是站在一旁，默默地凝视着她。

他这样默默地看着她，已经太多年了。

不管是颜玺还是夏以橙，都没有想到，颜玺的欢喜和悲伤都来得太早了一点。过于乐观和天真了一点。

方案通过，只是一个开端，一个美好又虚无的开端。真正的艰辛和考验都还在后面。所谓成功仅是一个空中楼阁。

姐妹相易

项目中标之后,颜玺终于回到北京稍事休息。紫苏第一时间赶到家中陪伴颜玺。

看到紫苏的第一眼,颜玺就强烈感觉到,紫苏变了。

脸还是那张脸,五官眉眼都没有变化,但是,散落在眼角、唇边的细小皱纹、松垮的腮帮、面颊上的斑点……一切的瑕疵都不见了。这张脸,紧致、光洁、毫无瑕疵。

林紫苏去一家韩国人开的美容院做了多项美容:玻尿酸、肉毒素、美白针,还在脸颊做了苹果肌,林林总总算下来花了十万块。十万块!便让一张备受岁月和生活摧残的面容光洁如新。

最显眼的是她一头齐腰的长发,剪成了齐耳的短发,发丝依然闪亮,根根分明,但那种妩媚飘逸的女人味儿不见了。

这是张天明版的林紫苏。确切地说,这是依照张天明的审美标准,改造成的新的林紫苏。

现在的林紫苏周身名牌,颜色也经典,确实高端、大气、上档次。挑不出任何错误。但颜玺总觉得,林紫苏之所以在自己心中一直是第一美人儿,并不是因为五官,也不是因为身材,而是那种妩媚、那种生动、那种灵性、那种媚眼如丝风情万种的"态"。现在,林紫苏像一个端庄富贵的阔太太,那种百转千回周身散发着迷人气息的"态"不见了。

姐妹俩坐在沙发上,一左一右,闲适聊天。紫苏已在电视台请了长假,停薪留职,专心适应自己"张太太"的新角色。林紫苏的主要工作是管理张天明家中的"保姆团队"。张天明在城里有一栋六百平方米的别墅,请了四个保姆,两个打扫卫生,一个干粗活,一个干细活儿,两个做饭,一个做中餐一个做西餐,再加一个司机,构成五个人的"保姆团队"。

有人的地方就有矛盾。五个保姆之间经常闹矛盾,有内部的,有一致对老板张天明的,每每硝烟四起。所以,张总几乎每天早上都要给保姆团队开会,提工作要求,听各种抱怨,解决各方矛盾。现在这个工作落到了紫苏头上,每天忙着给保姆开会,四处灭火。

颜玺听着都感觉累,到底谁伺候谁呢?

"那么,除了做保姆头儿,你现在成天还干点儿什么呢?"颜玺揶揄道。

"忙着呢! 去美容院做保养、学英语、学钢琴、学插花,学礼仪……"

"啊? 学那么多? 都是你感兴趣的?"颜玺不解。

"张天明说,这是一个富豪太太必须具备的基本素质和修养。反正,只要是他认为的一切高雅的,都逼着我去学。他希望我能说一口流利的英语,熟谙西方礼仪,必要时还能弹弹钢琴,这样带出去才有面子。"紫苏轻蹙眉头,有些无奈。

"谢天谢地,他还没有逼着你去学芭蕾! 否则你这老胳膊老腿儿,还不得劈了! 张天明怎么追求起这种调调了?"颜玺忍俊不禁,哈哈大笑起来。

"你说对了！张天明现在一味追求的就是极致的贵族生活，处处严格按照贵族的生活标准要求自己，也要求我。牛排要怎么切，刀叉要怎么拿，红酒要怎么喝，都讲究得不得了。有一次我洗了红酒杯，顺手放在毛巾上，被他骂了一下午。原来，红酒杯洗干净以后，必须用干爽的口巾擦干擦亮，再倒挂在酒柜里的架子上。这些生活细节上的小错误经常被他骂。"

颜玺瞠目。

说到红酒，颜玺起身到酒柜取了一只酒杯，拿了一瓶红酒，放到紫苏面前，说："喏，女酒鬼，咱姐俩喝一杯。"

不料紫苏身子瑟缩地往后一躲，像避瘟神般，直言不要喝。

颜玺更奇怪了，"你这酒鬼不是无酒不欢的吗？今天是怎么了？难道你……怀孕了？这么快？"

"没有没有，当然没有。"紫苏脸红了。

"那是为啥？"

紫苏支吾半天，终于道出原委。原来有一次和张天明喝酒，酒至酣处，紫苏喃喃叫出了慕白的名字。张天明问：你在叫谁？紫苏忙谎称是在叫他。张天明紧接着又逼问："那我的名字叫什么？"紫苏瞪着张天明，如此熟悉的一张脸，明晃晃就在眼前，看得见摸得着，可突然间大脑断片儿，死活也想不起他叫什么名字了！无奈之下，紫苏只好去翻手机，终于查到，讪讪地说："你叫……张天明……"

鉴于紫苏喝酒断片儿的恶劣行径，从此张天明规定，紫苏只有和自己在一起时才能喝酒，别的任何场合严禁喝酒，否则，后果很严重。

"什么？就连在我家，就我们姐妹俩，也不能喝？"颜玺不可置信。

紫苏想了想，还是摇头："算了，万一他打电话来，我喝没喝过酒，声音大不一样。他要是听出来就坏了，还是别惹麻烦了。"

颜玺沉默。半晌，她才幽幽地说："你，真那么怕他吗？你忘了当年是怎么说的？'我也许不是天鹅，但你肯定是只癞蛤蟆！'现在，癞蛤蟆居然真吃到了天鹅肉，这已经够没有天理的了。怎么着？天鹅还得处处够着癞蛤蟆，怕被癞蛤蟆甩了？！"

紫苏低头玩弄着手里的茶杯，良久，才苦笑着说："姐姐，你不但对自己盲目自信，对你的妹妹也同样盲目自信。我说过那话没错，但你别忘了，那是二十年前。现在，张天明是成功人士、中年富豪，你真的以为像我这样，年近四十，离了婚，有点姿色却已开始颓败的中年妇女，还会有多少市场吗？今非昔比。所以，我想，我应该有点自知之明，应该要珍惜。"

"所以，你就扭曲了自己，处处迎合张天明？看看你现在，从打扮到个性，都扭曲成什么样了？这还是你吗？我都不认得了！"颜玺兀自愤愤然。

"我想，我已经没有了任性的权利。认命吧。"紫苏无所谓地耸耸肩，说，"还是说说你自己吧。最近去上班后感觉怎么样？私企和国企有什么区别呀？"

"哈哈！我做的第一个项目就首战告捷！方案不但获得业主好评，还让我们做施工图。最重要的是，业主不差钱，我们只管往好了做！私企和国企有什么区别？让我告诉你吧，私企自由度更大，而且，钱更多哦！我说过，我就不信离开岳子君，我就不能自己挣钱！"提到自己的项目，颜玺开始眉飞色舞。

"你自己可以拿多少？"

"五十万！五十！"颜玺伸出一个巴掌，得意地在紫苏面前晃了晃，炫耀之意非常明显。虽然那五十万还只是一张空中大饼。但是，紫苏只是出于礼貌地牵了牵嘴角，勉强算是一个回应。不屑之意同样也非常明显。

后来，颜玺回忆起当时的情形，才意识到，五十万对于当时的紫苏来说，可能只够她买一个爱马仕的限量包。虽然大半年前，她还在为一百万的"巨额欠款"崩溃绝望，甚至为此断送掉才子佳人的婚姻；而颜玺呢，大半年前还曾豪爽地试图拿出一百万去拯救紫苏的婚姻，而如今却为空中大饼的五十万而欢喜得手舞足蹈。

短短半年，姐妹俩对于金钱的概念已经颠倒过来，沧海变桑田。反之，桑田成沧海。

"姐姐，你的意思是，从此以后，你就要这样靠自己，一分一厘、流血流汗地去挣钱养活你自己？还不是过穷日子，而是体面地、有尊严地生活？"

"是的！一切，我都要靠自己，靠自己这双手，去创造美好的未来。"

姐姐你还是这么励志！你是真不知道自己挣钱的苦啊！紫苏心中轻叹，不忍心打击她，却暗自为她捏了一把汗。

"那你呢？你是决心跟着张天明这只癞蛤蟆，不不不，是张天明张总这个大富豪，退隐归家，过挥金如土锦衣玉食养尊处优的阔太太生活了？"颜玺揶揄。

紫苏也不去理会颜玺的讥讽，坦然回应："是的，我累了，我不想再自己打拼了！我已经要四十岁了，应该过点好日子了。我只想尽快和张天明结婚，再给他生个孩子，一辈子就这样安安稳稳地过了。"

颜玺张张嘴巴，想说什么，又咕咚一声，咽了回去。末了，她说："我唯一的忠告是，你可以请假，但千万不要辞职，给自己留条退路。如果……万一……最起码你还有个工作。"

紫苏本想反驳，看着颜玺担忧又焦虑的眼神，还是点头答应了。

颜玺举起茶杯，和紫苏碰了一下，说："那么，我们就以茶代酒，祝我们都好运吧！"

从颜玺家出来，林紫苏开着新买的保时捷轿车，向着紫玉山庄开去。这是北京较早开发的别墅群，在寸土寸金的城区内拥有大片的绿地、树林、湖泊，养着各种动植物，可以说是非常奢侈。那里还有一栋六百平方米的别墅，便是林紫苏的新家。

紫苏看得出来，对于自己的新生活，颜玺有些不屑。也许是颜玺享福太早，以至于不懂珍惜。又或者是颜玺太傻，对于做有钱人太太的美好生活，并没有领会其精髓。短短数月，紫苏对自己的新生活已有很多心得体会，但是，她没有对颜玺说。

紫苏没有说，自从和张天明恋爱后，偶尔去一趟电视台，从前嫌弃她、瞧不起她的同事，看到她开的新款保时捷，看到她浑身上下的大牌，脸上的谄媚之色，用手都能刮得下来。

紫苏没有说，去到美容院，张天明为她一次性买了几十万的卡，美容院的小姑娘声音甜得能滴出蜜来，林姐，你的老公好帅哦，你的老公好体贴哦……

紫苏没有说，张天明陪她到香港购物。在名牌店里，导购小姐蹲到地上为她试鞋，说，我们知道张太太的左脚比右脚稍大，所以已经提前用鞋撑把左鞋撑了一下,现在合脚了吗?

紫苏没有说,在香港半岛酒店的咖啡厅里,服务员为她送上精致的咖啡和点心,殷勤地说,从前,梅艳芳和张国荣就经常坐在这个位置喝下午茶。

紫苏也没有说,如今不管飞哪里,一定是坐头等舱。不坐头等舱,她不知道空乘人员的笑脸原来可以如此甜美,服务可以如此体贴入微……

还有每天回家时,家里的保姆团队齐齐地站在大门口夹道欢迎:欢迎张太太回家……

当然还不仅仅是物质。紫苏本就患过肾病,这是富贵病,需要富养。可长年艰苦贫困的生活,已然掏空了她的身子,一劳累就全身浮肿,眼袋像两只黑口袋,悬垂于眼睑之下。是张天明坚决要带她看病。寻了京城最负盛名的名医,专门约了时间让林紫苏上家门,耐心询问、量身定做药方……紫苏才知道,原来有钱人看病是这样的!

不仅如此,张天明还专门请了一个阿姨照顾紫苏的身体,每一顿的餐食都会按肾病患者的需求,营养搭配。听说燕窝对肾好,张天明买了一大堆昂贵的燕窝,每天光是燕窝就要喝去几百元……

紫苏有乳腺增生,虽无大碍,却经常钻心地疼。张天明带她去最高档的美容院做乳房按摩护理,一次性买了几十万的卡,按摩了几次,便有不少改善……

在如此精心的调养之下,紫苏的身体果然渐渐朗润起来。如今的面貌完全可用焕然一新来形容。不仅是因为微整形,内调加心情愉悦,让紫苏如涅槃重生。

对于一个中年女人,身体的好,是最真切的,每一天都可切实感受到。这一切的一切,不仅需要钱,更需要用心,二者缺一不可。而这两者,张天明都做到了。怎么看他都是一个合格的、负责任的、有能力的好男人,自己有什么理由拒绝他?

况且张天明从少年时就倾心于自己,来路清晰,持久执着,亦是另一段佳话呢。这是年近四十的自己最后一次"咸鱼翻身"的机会了。紫苏不但如期投入张天明的怀抱,还是以千依百顺的姿态。

紫苏没有说。因为眼下颜玺是这么个狼狈的局面。紫苏不忍刺激她。

是啊,数月之前,紫苏在租来的蜗居里为慕白的一百万欠债夜夜哭泣,颜玺在洛杉矶的豪宅里开着派对;如今,紫苏住上了紫玉山庄的别墅,而颜玺却净身出户离了婚,为了挣那尚且飞舞在空中的五十万"大饼"而张牙舞爪,当真是造化弄人。

林紫苏摇下车窗,清凉的夜风拂过她的面颊,丝丝入心。奔驰在长安街上,紫苏的嘴角上扬起来。她终于感觉自己征服了这座城市,成了这座城市的主人。

接风

走进这家名为"逸泊"的私人会所，一进门便看到一队身量高挑、年轻漂亮的姑娘从走廊尽头齐刷刷走过来。看得颜玺等人面面相觑。

进了最里面的一个包间，又是一惊。屋内陈设富丽堂皇，和会所的名字一点也不搭。

这是张天明张总为大家安排的"福利"，欢迎紫苏的母亲蓝怡夫妇移居北京发展，也欢迎梅碧云到北京探望女儿。至于张总自己，此时还在外面忙着他的大生意，而叶编剧不喜这种场合，借口身体不适没来。所以到场的就只有这一帮女人：蓝怡、梅碧云、颜玺、林紫苏、许青卿。

一个姑娘推门进来，正是刚才那一队服务员中的一个。待递上酒水单，最便宜的红酒居然也要五千多一瓶！连许青卿都有点下不去手。还是蓝怡做主，咬牙点了几瓶。

叶编剧突然间班师回国，蓝怡虽然老大不情愿，可回到北京之后，才发现各种奢华她连做梦都难以想象，不但所有世界名牌齐全，款式比美国还新！

看看今天这地方，蓝怡就吃惊不小——装修奢华精致得堪比凡尔赛宫。服务员都像模特儿，当然，消费的价格也同等惊人。

对于女儿的新成就，蓝怡全然出乎意外，惊喜莫名！女儿终于走上了正途，没辜负蓝怡遗传给她的一副好皮囊。只是女儿对自己总是爱搭不理的，反而对梅碧云这个"后妈"亲亲热热，让人好生恼火。蓝怡斜眼看着梅碧云：齐耳短发、素面朝天，毫无女人的妖娆妩媚气。不过，她也不得不承认，梅碧云身段苗条、模样端正，看上去相当年轻。

对这个地方，梅碧云显然很不习惯，坐立不安，不断地说："这个太奢侈了吧？五千多一瓶酒？谁的钱也不能这样花！"她不能阻止别人喝，但自己坚决不喝。仿佛她自己少喝一口就能少造点孽。蓝怡暗自嘲笑她，到底是小地方的人，没见过世面。

酒开了，小吃也上了，大家开始聊天，但话不投机，气氛很快陷入尴尬。正在这时，门开了，领班满面春风地欢呼："张总到了！"只见张天明气宇轩昂地踏进门来，后面还跟着一串男人。张总大手一挥，沙发前面的空地上升起一个小舞台，原来是表演区。带来的演员们开始纷纷上场，唱歌的，跳舞的，玩魔术的，讲相声的……整个一台山寨版央视春晚。

最开心的是蓝怡，不住地恭维，还是我女婿有本事；不住地赞叹，跳舞的小伙子也很年轻也很帅。梅碧云满脸不高兴，偷偷对颜玺说："张天明这小子，从小就不学好，现在还是这么不着调。太腐败了！造孽呀！我们这种正统人家，看不惯！"

许青卿感觉则颇为异样，不禁想起了自己背后的男人——"大人物"。

"大人物"是坐主席台的男人。

主席台上的人，不分年龄，不分美丑，不分高矮，甚至无关乎学识和品格，只分职位。这个分野非常明显，职务最高的坐正中间，再依次往两边排开。当然，场子不同，规格不同，坐序自也不同。"大人物"有时坐在正中间，有时只能坐在旁边，但无论如何，他总是坐在主席台上。

报社新闻部的办公室里，贴着一张纸，认真地写着坐主席台的人的职位和排序。报纸出新闻时，必须严格遵循这个顺序，如果排错了，轻则扣奖金，重则立即下课走人。"大人物"自然也在这个名单里。许青卿在报纸上经常看到他的名字。

找准自己的位置，或者说，搞清楚别人的位置，在这里最适用不过。

有一天，新闻部主任通知她参加一个饭局。饭局的座位也是有排序的。坐在正中间的正是大人物。这是主位。主位的右手是第一主宾，左手是第二主宾，如果都是男人，就和主席台一样，按职位高低排序。但有女人，就不一样了。对于女人，社会地位的标准也是有的，但还有另一个更重要的标准——外貌。同等职位下，越美丽的女人排序越高。很多时候，美貌甚至可以超越职位的限制。在这个饭局里，许青卿是最美的，自然被安排坐在大人物的右手，也就是第一主宾位。而主任甚至社长，都被远远发配到边缘地带。

许青卿不单美，还能言善道。"大人物"有点兴奋，举杯时一直说，要许青卿教自己说普通话。现在国家都在倡导领导开会时用普通话，可自己老是学不会，一口乡下口音，因此总会闹出各种笑话。领导这么幽默，大家心情都舒展了，酒喝得特别多，气氛特别和谐。许青卿以往在电视上看到"大人物"，觉得他丑得有点惊心，显得比自己爸爸还老。今天，近距离地坐在"大人物"身边，她发现"大人物"居然还算是上相——真人比电视上还要难看。但是，他莫名其妙有一种威慑力。这种威慑力，不知是他天生具有的，还是职位权势所带来的，总之是气场逼人。坐在他身边，隐隐有一种压力，更有一种荣幸——受宠若惊般。所以，几杯酒下肚，许青卿觉得"大人物"长得其实也不算很丑。再喝几杯酒，许青卿甚至觉得，"大人物"不但不算丑，甚至还有点憨厚，有点可爱。

"大人物"于是顺理成章地成了许青卿背后的男人。

许青卿在张天明和"大人物"之间牵线搭桥，才令张天明走上发财致富的康庄大道。"大人物"自己一分钱都没有拿，所有好处都是许青卿的。当然，张天明只是许青卿"帮忙"名单里的一个。短短几年下来，许青卿有了大大小小十多处房产，以及银行里的巨额存款。在大人物的安排之下，许青卿到北京的时尚杂志当了副总监。生活骄奢，满身名牌，令杂志社的同事艳羡不已。

此时，面对如此欢腾热闹的场景，许青卿想的却是，她的"大人物"有的是机会和张天明一样，出没这些场所，可他没有。"大人物"为自己做了那么多不该做的事，让自己赚了那么多不该赚的钱，许青卿愈加感受到，"大人物"对自己是真爱。而这份真爱，让此时的许青卿想起，竟有些不忍。还好，再过一个月，"大人物"就到点儿了，只愿他平安着陆，安享晚年。

紫苏的心绪更为复杂。带着家人和闺密来到这么奢华的地方，她当然是有几分自得。她是女主人啊！这是她的本事啊。大大方方地把家人和闺密都请到这么奢华的地方,就连许青卿和颜玺都咋舌惊叹,这让她心里终于舒展开来,长久以来的压抑终于得到尽情地释放。

但是,看到张天明在这种纸醉金迷的环境里如此的如鱼得水,她心里又隐隐有些厌恶和恐慌。

一个晚上,紫苏的表情一直在得意和妒意间徘徊挣扎,此起彼伏,总是归不了位。

这里的夜,那样妖娆,那样香艳,那样不可一世的奢美。坐在沙发上的一众女人,有的看到了繁华,有的看到了俗艳,有的看到了压力,有的看到了腐化堕落……

没关系,且把这万千心事,皆付与一杯浊酒。

KJ 项目

本以为稳如囊中之物的 KJ 项目，没想到在方案调整和方案报批时竟遇到了麻烦。

项目的方案由王总亲自调整。但是，由于在前一阶段王总做方案时只画了总图，没有真正吃透颜玺的方案，调整时提交给业主的模型上很多应有的效果竟然没有做出来，所以前两轮调整都被业主驳回。到了第三轮，业主终于勉强把方案报给了规划管理部门，没想到规划管理部门也不满意，方案还是没通过。

在公司内部的项目会议上，王总唉声叹气，会场上一片愁云惨雾。颜玺忍了又忍，终于没忍住，单刀直入地说："王总，这个方案的调整和深化，可否让我试一试？"

"你？"王总吃了一惊，沉吟了一下，说，"这个项目，看起来小，却实在是个烫手山芋！那么小的体量，要做出夺目的效果，这也太难了！颜玺的方案在初级阶段看起来确实新颖、有创意，可真正要实现起来实在是太难了！我亲自调整了三次都不行，我看啊，谁来也不行！"

"王总，你就容我试试如何？我有信心，我一定能调整好！"颜玺意气风发。

王启建的脸上掠过一丝不悦。夏以橙心里一惊。没想到颜玺这样不懂迂回。论资历，王总是师兄；论地位，王总是公司老大，颜玺只是一个新来的合伙人，她这样当众主动请缨，岂不是不给王总面子？实在是犯了大忌。如果她的方案调整后通不过，那是自己打脸；如果方案顺利通过，她等于是在证明自己比王总强。夏以橙心中轻叹：颜玺啊颜玺，已经四十岁了，历经风雨也不算少了，怎么还这般莽撞？

"颜玺啊，我知道你是有本事的。可是，你出国这么多年，对国内的生态和要求也生疏了，先多看看，多学习！做方案调整和模型可是细致活，不是你一拍脑袋就出创意那么简单！我劝你，别冒进，别操之过急。"王总语气有些不大开心。

颜玺却执拗地说："王总，你放心，这个创意也不是一拍脑袋的奇思妙想，我知道怎么去落地，怎么样完美地实现它，把它变成真正的建筑作品！交给我，你就放心吧！"

话说到这份儿上，王启建只好说："那好，给你半个月时间，看你的本事了！散会！"

夏以橙看着王启建拂袖而去，心想，颜玺可真是心无城府，或者说，有点缺心眼。正确的做法应该是由王启建安排给颜玺，他来做指导，有了功劳算大家的。而不是颜玺自己大包大揽。这下子，颜玺无论是做好还是做不好，都讨不着好了。可是，颜玺却兀自不觉，眼睛闪亮亮的，是自信和憧憬的光芒。夏以橙叹了一口气，也没说什么。

因为是自己的创意，颜玺找到问题，对症下药，日夜加班调整方案，很快，新的方案报到业主方和规划管理部门，均顺利通过。颜玺夸下的海口总算是没有成空。业主对颜玺赞赏有加，指定施工图也必须由颜玺亲自操刀。这下子，公司里沸腾了。关于颜玺比王总更牛更强的说法不胫而走。不管是在公司的餐桌上，还是办公室的午休时分，总是有好多员工向颜玺提问，而颜玺也不懂谦虚，有问必答。王启建见状颇有些不是滋味，但，方案通过总是好事，毕竟公司是以盈利为目的的，也就暂且由得她去。

此时的颜玺，把所有的希望和情感都投入到了展销馆的设计上，不但在空间造型上有天才灵感的构想，产生无穷的变化和趣味，而且在构造技术上实现了两大突破：第一是局部椭球体屋顶加钢管混凝土支撑体系的设计，第二是驳接点玻璃幕墙的引入。

颜玺的助手是夏以橙和三位实习生。在最后的节点设计时，颜玺一人画草图，由四个助手输入完成电脑图，紧张而又富有挑战性，大家的潜能都被最大限度地激发出来。

不觉三个月的时间过去了，施工图终于如期高质量地完成。大家终于松了一口气，这才感觉出筋疲力尽——三个月的时间竟然就像是加了一个星期的班。王启建对施工图很满意，准备第二天就提交给业主。颜玺却突然说："王总，我觉得，施工图还有些小问题，还不够完美。我想再改一改。"

"什么？这个时候你还要改？明天就是合同签订的交图时间了，你延迟不交，知道要交多少违约金吗？"王启建惊愕。

"我知道。我会去说服业主，请他们再给我们一些时间，只有施工图做得完美，施工的过程中问题才会少，最终的建成效果也才会达到最初的预期。这对业主来说也是好事啊！"颜玺寸土不让。

"那，如果业主同意，你还需要多少时间？三天？五天？"

颜玺低头想了想，抬起头来说："再给我一个月的时间，我一定会把施工图做到完美，连一颗螺丝钉都不会画错！"

"一个月？你开什么玩笑！"王总倒吸了一口冷气，"你知道我们建筑师最值钱的是什么吗？时间！业主花那么多钱，购买的就是我们的时间！我们这里是公司，不是国营大设计院，可以容忍员工慢慢吞吞磨洋工！你知道多做一个月时间我需要付出多少成本吗？你们五个人的工资、奖金，还有公司的房租和各种成本……你这么聪明的脑袋，就算不清这个账吗？我虽然是个建筑师，可我还是个老板，公司只有盈利才能生存下去，我要对我的公司负责，对我所有的员工负责！对不起，就算是业主答应，我也不会允许你这么瞎折腾！"王启建火了。

"王总，我不是磨洋工，而是这个项目的确需要画这么多张施工图。画得越细施工失误就越少。"颜玺想了想，又说，"当然，我知道公司需要盈利。这样吧，这个项目，我所有的项目提成都不要，全部用于抵除多出这一个月的成本开支，我白干，可以吗？"

"白干？白干你吃什么喝什么？餐风饮露吗？你图什么？专讲奉献？都什么年代了，你是学雷锋做好事吗？是不是还要给你发一朵大红花呀？"王启建忍不住出言讥讽。

"我不是雷锋，也不需要大红花。我只是想竭尽全力，建成一栋理想的房子，对得起自己。"颜玺对王启建的讥讽置若罔闻，仍然执拗地坚持。

王启建瞪目结舌地望着颜玺，良久才说："好，你是理想主义，你去问问你身边这几个助理，他们愿意陪着你耗吗？他们也愿意不拿钱白干吗？没有助理，靠你一个人，再多三个月，你也画不完！"

闻听此言，几个助理面面相觑，均默默地低下了头。不能怪他们，一来他们不敢得罪王总，二来三个月的日夜奋战，大家都是疲惫不堪。是啊，若没有助理，靠自己一个人，再多三个月，也是画不完的。

"王总，我愿意继续给颜老师当助理。"夏以橙不紧不慢地开口了，见众人均惊诧地望着他，夏以橙毫无惧色，继续说："我愿意协助颜玺老师，画出一套理想的施工图。并且，这几个月我所有的工资、奖金都可以不要，我也白干。"颜玺瞪着夏以橙，心中闪过一丝惊诧。四个助理中，夏以橙是主力，尤其是电脑操作极为娴熟。他一个人比那三个人加一块儿还管用。只要有了夏以橙，便不足惧。

王启建也瞪着夏以橙，良久，缓缓开口道："好，又来一个愿意白干的。行，都是活雷锋。那么你们自己去说服业主延迟交图吧！业主同意，就按你们的意见；业主不同意，就作罢。"

颜玺和夏以橙对望一眼，慎重地点点头。

当天下午，颜玺和夏以橙马不停蹄地找到业主，阐明了想法，希望对方再宽限一个月时间，以把施工图做到尽善尽美。古总听完后，大喜过望，说："好！我们建了这么多项目，和那么多建筑师打过交道，从没见过像你们这样敬业的负责任的建筑师。别的建筑师都是力求早些交差，只要业主不挑错就万事大吉。你们宁可自己多花费时间和精力为业主做事，当然是求之不得。我很感动。颜工、夏工，你们就放心好好干吧！还是那句话，钱不是问题，你们只管尽全力做出高品质来！"

拿到了业主的尚方宝剑，颜玺和夏以橙均欣喜不已。一个好的建筑作品，除了奇妙的构想以外，建筑的材质也至关重要。巧妇难为无米之炊。所以，不差钱的业主，当然是建筑师最期待的。

接下来的一个月，当真是一段刻骨铭心的传奇经历。颜玺从早到晚和夏以橙泡在一起，连教授带研究，探讨比较每一个处理的优劣和微差，每每激起灵感的火花，都欣喜不已。俩人均进入到忘我的创作境地，经常做完设计便已是东方既白。俩人索性也不回家了，带来被子褥子，夜间往办公桌上一铺，一人一张桌子，和衣而卧。第二天早上，在同事们上班之前赶紧爬起来，把办公室恢复原样。

夏以橙见颜玺在硬邦邦的办公桌上居然也能安眠，不禁暗暗称奇，便打趣颜玺说："你不是说你一直失眠吗？你对失眠是不是有什么误解？我怎么感觉你入睡比我还快？"

颜玺说："是啊，在美国的时候，有一段时间养尊处优没事干，专心睡觉，却睡不着。一做设计，忙得昏天黑地，失眠成了奢侈品，反而睡得好。有点时间的缝隙都能打个盹儿。或许，我天生就该是个劳碌命吧？工作就是我的安眠药。"

夏以橙调侃道："嗯，古人是促膝谈心，咱们呢，是促桌谈心，哈哈。"

一个月后，施工图终于完美完成。一组 3000 平方米的小建筑，竟完成了 62 张 A1 号的施工图。王启建看后不得不佩服，这套施工图的品质远远高于国内绝大多数设计院的水平。

翌日，颜玺和夏以橙带着施工图，信心满满地向业主汇报。到了公司，俩人在会议室等古总，一等就是两个小时，古总却不见踪影。

"怎么回事？古总怎么还不来？该不会是有什么变故吧？"颜玺不禁有些嘀咕。

"不会不会！我们的施工图做得这么完美，古总只会表扬我们，你等着吧！"夏以橙信心满满。颜玺一想，也是！施工图这么完美，会有什么问题？

临近十二点，古总才黑着脸走进会议室，看起来垂头丧气的。颜玺赶快把施工图呈上，古总草草翻阅了一下，说："颜工，你不知道，最近公司出现了一些问题，由于市场变化，公司的股票首次出现了亏损。公司无法再在这个小小的展销馆上耗费大量资金。所以，项目的规模要大幅度缩减。设计要尽可能地节俭。"

"什么？项目规模要缩减，设计要尽可能地节俭？可是一个月前，您亲口说钱不是问题，只要高品质的呀？"颜玺大惊。

"对，我是说过，可那是在一个月前。市场风云变幻莫测，就像地震，发生的前一刻没有人可以预测到。公司的股票瞬间出现亏损，也是十五年来的第一次，谁能料想得到？在这样的经济形势下，公司面临股票持有人指责公司浪费资金的风险，压力很大。所以展销馆的项目必须砍减，只留刚需的部分。"

颜玺有如雷击，脸色在一瞬间变得煞白，一时说不出话来。

夏以橙见状，怕颜玺说出冲撞的话来，赶快问道："古总，那接下来我们该怎么做？"

"重新做施工图，三层的建筑改为两层，出挑的门廊不要了，全部砍掉。多余的室内空间设计也都砍掉。现在的62张图，删减成20张就足够了。"在古总嘴唇的一张一合间，颜玺和夏以橙四个月的心血便被砍掉了三分之二。

"古总，这不可以！"颜玺开口，声音一瞬间沙哑了。她费劲地说："这不可以，施工图不可能重做，62张图更没法改为20张。你们这样做，是违约的。"

"违约？颜工，我们的合同签订的交图时间是一个月前，你们整整拖延了一个月，耽误了我们项目的进展，违约的是你们好吗？所以你们必须免费修改施工图，否则，我们不但不能付你们施工图的费用，还可以把你们公司告上法庭！"

"你，你怎么不讲理呢古总？一个月前，明明是你亲口答应我们，同意多一个月时间做施工图，以求做到尽善尽美。现在怎么成了我们违约？"颜玺气蒙了。

古总倒笑了："我同意延迟交图？证据呢？我们签过合同吗？你有录音还是录像？法律讲求证据，没有证据，就算打官司，你们也指定输。"

颜玺被击倒了。是啊，她一腔热血，只想着把施工图做到尽善尽美，只想到自己免费白干，何曾会想到要留什么证据？而公司也以为颜玺必定签了合同，这下陷入了两难的境地。

夏以橙见状，只能好言好语地说："古总，你们的难处我理解，但是，你这样说是不对的。我们免费多做了一个月，不是因为磨洋工耽误了工期，而是力求做到尽善尽美，受益的是你们业主。为此，颜工同意王总在这个项目上一分钱都不拿，纯属白干。现在你居然说要打官司，这太伤我们的心了。"

"当然，打官司嘛，能避免则避免。我们毕竟还是合作方嘛，何苦彼此为难呢？这样吧，各让一步。我们也不起诉你们了，你们呢，回去把施工图按我们的要求做修改，砍掉三分之二，一个月之内完成。当然了，这属于免费修改，我们不会再多付修改费用。就这样吧。我还要开会，先走一步。"古总说完，不待俩人作出反应，便扬长而去。

颜玺坐在原位，呆若木鸡。

"走吧，颜工。我们回公司再商量。"夏以橙见颜玺一动不动，走过去拉她，颜玺迟钝地抬起头来，古怪地看了夏以橙一眼，那眼神状若呆傻，又满含凄苦。夏以橙吓了一跳：天哪！这是颜玺吗？前两天她还那般神采飞扬，激情满怀，这一刻却像个被抽干了空气的塑胶人，眼神空洞，仿佛下一刻就将委顿在地。

夏以橙连拖带拽，把颜玺带回了公司。王启建兴致勃勃地过来询问情况，按照合同，甲方应该支付施工图费用了。颜玺一语不发，夏以橙只好把情况原原本本向王启建做了汇报。王启建一听立时炸了："什么？免费重新修改施工图？我的天，这么一个小项目，光是施工图就要拖我半年时间，公司还要不要生存了？就算是收到费用，也是入不敷出！太荒唐了！"

"不许！不许修改……"颜玺把图纸紧紧地抱在怀里，她抱得那样紧，就像是抱着自己稚弱的婴儿，就像是怕被别人抢去。她喃喃道："不许改，一张图都不许改，不许……"

"还不许改？颜玺，你以为你是谁呀？这一切的后果都是你造成的！要不是你执意要调整图纸，整整拖延了一个月交图，怎么会是今天这样的结果？你又自负又自私！"

"我？自私？"颜玺失神地喃喃道。夏以橙不忍，劝说道："王总，颜工她连费用都不要，怎么能说是自私呢？她无非是想做出一套完美的图纸。"

"没错？不重视公司效益，过度投资，贻误战机，给公司造成重大损失，这就是错！这就是自私！施工图是公司的项目，不是你自己写首诗，想怎么改就怎么改。你一心只想着自己出成果，出作品，置公司利益于不顾。一意孤行，恃才傲物，聪明反被聪明误！"王总的怨责之词奔涌而出，全然不顾颜玺是否能接受。一方面，他确实是气坏了；另一方面，颜玺到公司之后处处显得自己优秀，甚至要压过老板一头，早就让他不快。

颜玺一语不发，夏以橙也无从辩驳。的确，若不是颜玺执意要调整图纸，一个月前按约交付，早就万事大吉。

"那么，王总，现在该怎么办？"

"怎么办？你们自己按照甲方要求，把图纸重新做删改。记住，必须在甲方要求的工期内完成！"

"改？怎么改？"颜玺终于开口，声音完全哑了，如同老妪。她茫然地说："这一张一张，都是我们的心血，让我改，就等于是让一个母亲亲手杀死自己的孩子。对不起王总，我下不了手……"

"你呀你，怎么这么个犟驴脾气！"王启建气得发抖，"早就听说你颜玺狂妄得很，和谁都配合不好。都怪我，怎么就不听劝，非要招你进来当合伙人！事实证明，这简直就是一场灾难！"

"王总，话不能这么说，颜工她一心只想把项目做得完美，谁知道市场风云突变呢……"夏以橙帮颜玺劝着王启建。

"商场如战场，贻误战机就是最大的愚蠢和犯罪！难道一场大战在即，还要等着你慢慢把枪擦得更亮更好看吗？等你把枪擦好了，人都死光了！"王启建越劝越是火大，转身又冲着夏以橙开炮："还有你，夏以橙！我还没有和你算账呢！当初要不是你非要死荐颜玺，把她夸得天上有地下无的，我怎么会头脑发热招她进公司？要不是你非要陪着她多耗一个月修改施工图，怎么会给公司造成这么大的损失！现在这个烂摊子，怎么收场……"

颜玺在王启建喋喋不休地抱怨声中瞪大了眼睛，眼里的光芒渐渐暗淡、熄灭，她慢慢地委顿下去，从椅子上滑落，倒在地上，晕厥过去。

"不好了，颜工晕倒了！她……她已经几个月没好好休息过了，颜工，颜工你快醒醒……"颜玺隐约听到夏以橙惊慌失措的声音，但她没有力气睁开眼睛，她太累了。

"打120，快，打120……"

北京病人

颜玺病了。

120急救车把她送到医院,躺了一个星期。王启建给她罗列了三大罪状:过度投资,不重视公司效益,贻误战机。颜玺被逼离开,一无所获、满怀屈辱地离开。修改施工图的任务交由夏以橙,让他带着另几个员工干。王启建还在行业内漫天散播颜玺狂傲自负、刚愎自用的消息,没有设计公司再敢与她合作。

出院之后,身体的病好了,精神却没有。颜玺开始恐惧夜晚,因为她不相信自己能够睡着。失眠的问题,对颜玺来说是痼疾。精神一紧张或是一兴奋就睡不着,从十九岁开始,她就服用安眠药。但这次不同的是,失眠不是偶而,而是每夜。她躺在黑暗里,就像是躺在黏稠的泥淖里,浑浊、阴冷、肮脏,令人窒息。每晚当她把手伸向床头柜,抠破锡纸剥出药片时,那细微的"唰唰"声都令她心悸——她怕自己会变成痴呆。然而吃药也不管用了!她最多能睡两三个小时,睁开眼,仍是漫漫长夜。她增加了药量,从两粒到四粒到六粒……睡眠时间却没有增加。她从黑暗躺到黑暗,她在黑暗里挣扎,直至天明。

奇怪的是,白天她并无困意,反而有一种反常的兴奋。如果有朋友聚会,她总是最能闹的那个。喝最多的酒,吃最辣的菜,说最多的话。她的嘴巴跑到了脑子的前面，没有经过大脑的任何思考，话就会冲口而出，她手舞足蹈，连比带画，常常引得众人哈哈大笑，觉得颜玺怎么是这么好玩的一个人。这种时候，颜玺总是惊恐万分。她知道自己分明是一个病人！她有满身的伤口，她紧紧地抱住自己的伤，在人群中游走，竭力想伪装成正常人。可是这样的颜玺不是真实的颜玺！真实的她或者说灵魂深处的她仿佛飘荡在高处，对现实中那个胡言乱语、丢脸耍宝的她抱臂旁观。她分明在笑着说着闹着，但下一秒，她就会哭出来，撕心裂肺地痛哭。

睡不着觉之后，接着是吃不下饭。每顿饭端着碗，胃里就全堵了。除了酒，什么都灌不下去。她瘦了。体重掉到了九十斤，从上高中开始，她的体重就没下过九十五斤。梅碧云警告她：你要是再瘦，我就把你送进医院！她每一天都摇摇欲坠，游走在崩溃的边缘。

这一天，颜玺就着台灯看着一本书，突然感觉吃力。她勉力又看了几行，实在吃力，只好关灯睡觉。

第二天，颜玺在电脑上修改专著书稿，突然感觉眼镜上有一块黑斑，怎么也擦不掉，电脑屏幕上字迹一片模模糊糊。一连几天，颜玺不管看电脑还是看书，均是如此。眼前的黑斑像个阴魂，驱之不去。

这天晚上，颜玺起身去洗手间。北京的夜，从来没有漆黑一片的时候，月光和户外的灯光影影绰绰，从来无须开灯。突然间，颜玺感觉眼前一片漆黑，小时候从书里看来的一个词句终于有了直观的感受——伸手不见五指。怎么回事？难道，是自己失明了吗？颜玺惶恐地闭上了眼睛，不敢面对真相，哆哆嗦嗦摸回到床上，这样，至少有个自我安慰——闭上眼，看不见是应该的。她不敢睁眼，就怕睁开眼后仍是漆黑一片。

第二天，颜玺去医院检查，结果一切良好！对于颜玺的异常生理反应，医生也说不出个所以然，只说与心境有关。此后，颜玺眼前的黑斑怎么也无法消除，几乎不能看电脑和书。

就在此时，一件可怕的事情发生了，颜玺大学时的一位室友患了抑郁症，从二十层的高楼上纵身跳下，结束了自己年轻的生命。颜玺上网查询关于抑郁症的种种特征，对照自己，惊异地发现，十条竟有八条完全符合！天哪！自己这是患了抑郁症吗？要是得了抑郁症，自顾自死了，母亲可怎么办？

必须立即自救！不能自救就求助于心理医生！颜玺赶紧在网上找了一个心理医生，开始了每周一次的心理求助。

"我今年四十岁。离婚了。对，没有抚养费。没有固定工作，没有固定收入，没有社保……"

随着颜玺的诉说，心理医生的眼睛越睁越大，眼里明明白白写着同情。听起来，这个女人确实够资格看心理医生。

"但是，你不用同情我。我 22 岁就是清华最优秀的毕业生，只要给我机会，我会证明我自己，我一定会盖出理想中的房子，我必将是中国最优秀的建筑师……"

心理医生的嘴巴也张大了，这个女人果真是病得不轻。

"我知道，你以为我疯了是吧？你以为我在痴人说梦？不，这一切都是真的。我之所以来找你，仅仅是因为，眼下我正在黑暗里。明知是在黎明前的黑暗里，但是，我有点熬不过去，就像在一条黑暗的幽深的隧道里，明知前方有光，就是不知何时才会看到。我怕熬不过去，我怕我得抑郁症，我怕我会疯，我怕我会自杀，所以来找你，希望你能帮助我……"

颜玺神神道道，念了一下午。心理医生是个面目干净文雅的女人，有着一张让人信任的脸。一个下午，她几乎插不进话，颜玺的话语密不透风，尤其讲到建筑时，她神情亢奋，言语铿锵，不像是在向心理医生求助，而是近乎演讲……

直至暮色降临，心理医生才小心地提议："今天到此为止，我们下次继续好吗？"

"哦，好的，好的。"颜玺从亢奋中清醒过来，掏出钱夹，说，"一共五个小时是吧？一个小时六百块，给你，一共三千……"递钱过去的时候，颜玺略感心疼——正是缺钱的时候，一下午的自言自语又耗掉了这么大一笔钱。

走到门口，心理医生说："很感谢你信任我。欢迎下次再来。另外，今天的价是体验价，下一次，我们恢复到正常价好吗？一个小时一千。你已经来了四次了，我没有理由再给你体验价。你知道，这也很损耗我的精力。"心理医生面露倦容，果然疲惫。

"哦，哦。"颜玺突然驻足，扭身问道，"你可以告诉我，心理咨询究竟能为我做什么吗？"

"也许，我唯一能为你做的，就是倾听与陪伴。就像你独自待在那条长长的黑暗的隧道里，我能够陪着你，听你倾诉。这就是安慰，这就是帮助。"

"哦，哦，谢谢。"颜玺走出大楼，站在大街上打车。这里是东五环，荒凉偏远。等了半个多小时，还没见到一辆空驶的出租车。颜玺站在夜风里，穿着裙子，拎着名包。夜风撩起她的丝巾，拍打在她脸上，过往行人不断地对她上上下下地打量。

"他们不会以为我是站街的流莺吧？口红也没抹，太不敬业了！"颜玺心里自嘲。站在空荡的街头，颜玺茫然了。花了一下午的时间自言自语，花了三千元（下次还要翻倍），就为了那空洞的"安慰与陪伴"？安慰能让她摆脱困境吗？花钱买的陪伴，算是哪门子陪伴？还弄得像个流莺似的，孤零零站在夜风中打车！简直荒唐透顶！

颜玺站在夜风里，突然不可遏制地狂笑起来，在心理医生那里流不出的眼泪此刻哗哗流下。

好不容易打了一个黑车回家。颜玺倒了一杯酒，窝在沙发上，环顾四周。是的，蜗居。她曾经有过美国半山上的豪宅，被她豪迈地一挥手放弃了。如今，她却连这蜗居都快要住不起了。离婚回国快一年了，她还一分钱都没挣到，而开支却是固定的。光是每月上万元的房贷就够她受的。看着银行的存款数字直线下降，也是撑不了多少日子了。是等着银行把房子收回去，还是把房卖掉，还了贷款之后租个房苟且度日？她的经济在节节败退，她的事业看不到成功的迹象，她被王启建骂得狗血淋头，别的公司也不敢再聘用她。她四十岁的人生里，只剩下两个字：失败！

电话铃把颜玺从自伤自怜中拉了回来。颜玺一看，是夏以橙。

"小颜姐，打扰你休息了，不好意思。最近还好吗？"在工作场合，夏以橙称呼颜玺为"颜工"，私下里就直呼她"小颜姐"。

"不，不好！"颜玺冲口而出。在酒精的作用下，她叽叽呱呱把自己的遭遇说了一遍，埋怨自己：经济这么紧张的情况下，还花大价钱去向一个女人倾诉，真是愚蠢！

夏以橙沉默半晌，说："是啊，与其花钱去向心理医生倾诉，还不如说给我听。我有时间听，而且不收钱。"

"算了,我不会那般虐待你的,太不人道了。说吧,有什么事,那套施工图……完工了吗?"

夏以橙说,施工图已修改完毕,并通过了甲方验收。只是62张施工图删减到21张,曾令颜玺醉心的室内空间丧失殆尽,立面细部也十之余一……

夏以橙说,所幸屋顶和幕墙两大突破的设计意图都保留下来,所以颜玺设想的大框架效果也都还在,这个展销馆依然可以看作是颜玺的作品。如果能照施工图实现,依然会是一个有艺术意境的建筑作品。

颜玺听得心如刀绞,深深叹了一口气,说:"那,好吧,也只能这样了。你们辛苦了,谢谢。晚安。"

"等等,小颜姐,明天你有时间吗?我想面见你,有个重要的事情要跟你说。"夏以橙的口气有些急迫。

颜玺却一口回绝:"不,不行!明天一早,我要去雍和宫。"

"去雍和宫干吗?"夏以橙好奇道。

"烧香拜佛啊!祈求神灵,让我能尽快找到出路。"

夏以橙倒吸了一口冷气,沉默半晌,才幽幽地说:"我以为……你是无神论者。"

"是啊。当年在美国,那么多人给我传教,让我信基督,我怎么也信不了。但是,作家史铁生有一句话你听说过吗?绝路之人,难不信神明。听说雍和宫烧香最灵,明天是菩萨的生日,最是灵验!而且,必须一大早就去。"

夏以橙瞠目结舌。这还是他熟悉的那个颜玺吗?像只没头苍蝇,四处乱撞。找心理医生不可取,又改成烧香拜佛!他什么也没说,闷闷地挂了电话。

一大清早，雍和宫门前就挤满了人。颜玺混在人群里，买了香和蜡，开始虔诚的拜佛之旅。

此时隆冬还未结束，清晨的风依然冷得刺骨，这依然未能阻挡信徒们朝圣的决心。每一尊佛像面前都挤满了人，三五个人跪拜，其余的人就在一旁候着，一旦有人起身，旁边的人便扑通跪下，念念有词。从无一个空隙，真真是前赴后继。颜玺也在人群中左扑右闪，积极寻找机会跪拜。看到这么多人都在祈求神灵护佑，她心里也曾闪过疑虑：这么挤这么吵这么多诉求，菩萨它听得清楚、管得过来吗？但是，她立即打自己耳光：呸呸呸，对神灵大不敬，罪过罪过！

颜玺在塑像前深深跪倒，嘴里默念：求菩萨保佑，能够让我找到一条明路，能让我尽快走出困境……

突然，她的胳膊被人拽住，强行拉起。颜玺相当恼怒！她等了好几分钟才等到这个"席位"，每一次跪拜都要等这么久。颜玺抬起头来，定睛一看，竟是夏以橙！

"你，你干什么？"颜玺大为惊愕。

"别跪了，跟我来。"夏以橙从未如此霸道过，他不由分说，拽着颜玺的胳膊就往门外拉。

"哎，哎……"颜玺被拖拉着，脚步踉跄，跌跌撞撞地走出门外。

"你搞什么鬼？"颜玺甩掉夏以橙的手，十分不满。

"不要拜了。没用。你现在这副样子，任何神明都救不了你。"夏以橙望着颜玺，慢悠悠地说。

"呸呸呸，你成心跟我对着干是不是？"颜玺跺足埋怨，气得要哭了。

"因为,我们要去一个更重要的地方,那个地方,肯定比雍和宫,比世上所有的寺庙都管用!"

"什么地方?"颜玺愕然。

"到了你就知道了。快点走,一会儿赶不上飞机了!"夏以橙拖住颜玺,往寺庙外走去。

"你,你什么意思?坐什么飞机?谁叫你来的?"颜玺晕晕乎乎,如坠梦中。

"我,是我自己让我来的。"夏以橙的声音温和而坚定,"你需要疗愈。你需要重生。"

重生

从辽宁锦州驱车前往北镇,有一片葱郁开阔的群山,这便是 L 山。论绝对高度,L 山不起眼,但是,在接近海平面的辽河平原之上陡然崛起一道卓然不群的嶙峋山脉,又不得不让人叹为观止。难怪连猎尽天下美景、遍访天下名山的乾隆在一望之下也不禁啧啧赞叹:"名山插霄汉,朵朵青芙蓉。连亘数十里,隐现千里重。"

颜玺和夏以橙站在 L 山山门下。

这座山门是一个想落天外的设计:两两相对的四只"手臂"同时向前伸出,在即将交叉的一点上忽然定格,定格成一幅剪影,定格成一件镂空的雕饰。这剪影是一种真实的虚空,虚空成一个游客可以自由进出的门洞。这雕饰又是一种幻化的实体,这实体就是河北蓟州区独乐寺山门的轮廓。

夏以橙指点着山门,以颜玺从未见过的豪迈姿态激情澎湃地说:"独乐寺山门是辽代建筑的杰作,而 L 山的风流又恰好在辽代达到了顶峰。从这幢建筑里,我读出了一种现代造型艺术的理念,同时也读出了一种民族传统的文化。这些深深凝结在建筑上的虚与实、表与里、阴与阳、正与反、方与圆、点与面、古与今、朴与华等此消彼长、相克相生的信息,恰恰从不同的角度张扬和阐释了什么是经世济用的儒,什么是虚空朴拙的道,什么是智慧圆通的佛。而这三种精神的印迹正是深深影响了中华民族几千年的思想文化的根!"

颜玺惊异地看着夏以橙,一向低调含蓄的夏以橙从未有过如此神采飞扬的神情,他的眼睛闪耀着一抹奇异的光芒,嘴唇含笑,那神色几乎是骄傲的、得意的,就像一个母亲谈到自己心爱的儿子,那种无法掩饰的喜爱与自得。夏以橙不理会颜玺的惊诧,以一种不容置疑的语调继续发表着他的"演讲":"八面来风、大道至简的L山山门当然是没有围墙和门扉的。正因为这样,通过它,你几乎可以从任何一个角度抵达L山以及它自身的内部,包括流淌的风、游走的雨、舒卷的云、飘动的雾。这种开放的造型、通透的布局,本身就表明了L山特有的胸襟与怀抱:只有敞开,没有封闭;只有沟通,没有阻塞;只有接纳,没有拒绝……"

说到这里,夏以橙停下,回过头望着颜玺,若有所待。颜玺心念一动,嘴唇微启,刚要想说什么,夏以橙竖起食指,做出噤声的手势,轻声说:"别着急。走,我们再来欣赏一下山门上的浮雕。L山之门已经不仅仅是一座门,它更像是一扇窗。透过这扇窗,我们看到了L山的昨天、今天和明天。无始无终的时间流淌成一条河,顺着这条河流,我们分明看到了倒映在流水中的历史的远山、文化的云朵、人物的背影。它甚至不仅仅是一扇窗,更是一个脸面、一双眼睛、一种符号、一种象征、一部史册、一座丰碑……它的全部愿望就是让我们去欣赏、去翻阅、去破译、去解读。我想,读懂了它,就是读懂了L山;爱上了它,就是爱上了L山。"

夏以橙用诗人般的语言和激情,以滔滔江水延绵不绝之势,一口气发表完了他的长篇大论,惊得颜玺目瞪口呆。最后,夏以橙终于停顿下来，回身望着颜玺，不再说话。

时间陷入了静默。

良久，夏以橙才柔声问道："现在，你想知道，这件伟大的建筑艺术作品是出自谁之手吗？"

颜玺像是被孙悟空施了定身法，不能说话不能动，只有一股热流涌上心头，漫过喉咙，抵达眼眶，在眼眶里晃悠着，转动着。

夏以橙低沉地、缓慢地、一字一顿地说："这是一个清华大学建筑系的学生毕业设计中幸运遇到的一个真实的工程，她的天才第一次得以完美展现。她以其匪夷所思的奇思妙想完成了一个让所有人惊诧的设计方案，在竞赛中脱颖而出被选中。当年，她只有22岁。这个幸运的学生，这个天才的建筑师，她的名字叫——颜玺！"

颜玺心里一阵恍惚。看他那副熟稔的模样，好像比颜玺自己更了解这件作品。

夏以橙从包里翻出一本书，书页隐隐发黄，显然有些年岁了。但书依然平整干净，显然被主人保护得很好。封面上写着：中国五十件优秀建筑作品集。封面图片赫然便是L山山门的实体建筑，翻开内页，在建筑师简介那一栏，颜玺看到了自己年轻时的照片，高高地昂着头，那样自信、骄傲、耀眼。

颜玺心里一震。她转头仰脸假装看天，不愿让夏以橙看到自己哭哭啼啼的"怨妇模样"，生生地把眼泪憋了回去。颜玺转过脸来，故意凶巴巴地说："看不出来，你这家伙还真是处心积虑啊！"

"是的。或者，可以换一个词，用心良苦。"夏以橙那副打了鸡血般的亢奋模样消失不见了，恢复了他儒雅安静的状态，说："小颜姐，我只是想提醒你，你是一个优秀的天才建筑设计师。现在你遭遇了困境，心理医生救不了你，菩萨救不了你，世间任何一个人也拯救不了你。但是，你身上有着一件谁也给不了更带不走的利器，那就是你卓越的才华。你唯一可以相信和依赖的，就是你自己的才华。"

颜玺的眸子闪亮了一下，又黯淡下去，沉郁地说："做 KJ 项目的这几个月，是我最累最苦的一段时光，结果功亏一篑、一无所获，还捅了那么大的娄子，这件事几乎摧垮了我的信心和勇气。我真的对自己产生了深刻的怀疑，我甚至怀疑，当初不该选择建筑专业。自己的一切努力，一桩一桩看似全无心肝的放弃，是有意义的吗？"

"你这是彻底的自我否定啊！"夏以橙惊道。

"没有什么比一个人，一个一向骄傲自负的人，在自己已经四十岁的时候，对自己、对自己挚爱的专业、对自己的人生抉择，产生了全面彻底的怀疑甚至否决更为可怕。"颜玺滔滔不绝，激愤之色溢于言表。

"你确实不配打工。你天生缺乏服从和被领导的意识，你不会对老板阿谀奉承，言听计从，你才华横溢，又不懂得低调，连老板都忍不住要嫉妒你。我要是老板，我也不会聘你。你是一只猛兽，张牙舞爪，气势汹汹，谁敢聘用？"夏以橙夸张地做了一个害怕的表情。

颜玺越听越沮丧，冷哼道："这样说来，我岂不是一辈子要当无业游民了？"

夏以橙故作严肃地说："你确实不是当打工仔的材料，也不是当太太做家务的材料，当然，更不是抛弃专业去做别的工作的材料。"

"你的意思是，我什么都不行，朽木不可雕？"颜玺觉得自己在开玩笑，可是语气酸涩，眼泪几乎要涌出来。

"没有说你什么都不行啊！你只有一样才华，做建筑设计，你只有一条出路,自己开建筑师事务所做老板!"

颜玺眯缝着眼睛瞪了夏以橙半晌,才悻悻地说:"你开我玩笑是吧?我没有资金,没有团队,没有人脉。开公司?痴人说梦吧?"

"当然,只靠你一个人是不行的。你需要一个真正的助理。这个助理,他必须也毕业于名校建筑系,必须有中国注册建筑师资格证,必须熟谙中国的国情和业界规则,必须擅长与人交流沟通,以助你顺利拿到项目以及帮你应付各种人际关系,哦,当然了,他银行里还得有点小存款,在没有拿到项目之前,他必须做好不拿薪水的准备。说不定必要时还得自己倒贴一点儿钱……"夏以橙翻眼看着蓝天,还在冥思苦想,颜玺已经听不下去了,讽刺地说:"要求真不算多,说完了吗?"

"对了,最后还有一条,对你忠心耿耿,誓死相随。不管遇到任何挫折,哪怕被你痛骂一顿,也不许逃跑。"夏以橙一本正经地边想边说,终于总结,"嗯,差不多,就是这些了。"

颜玺怒极反笑:"这是在找助理吗?这是在帮唐僧找徒弟吧?孙悟空的能力、猪八戒的变通、沙和尚的忠勇,全部集于一身。世界上有这样的人吗?就算有,怎么可能跟着我这种,连自己都养不活的……狗屁老板?"

"人才明晃晃戳在你眼前,你却当作空气。"夏以橙拍拍胸口,一本正经地说,"本人,夏以橙,清华本科毕业,中国注册建筑师,有着八年从业经验,业绩不俗。性情温和,善于与人沟通,不乱发脾气。这样的人才,当你的助理,够格吗?"

颜玺半晌无语,瞪着夏以橙,倒吸着丝丝冷气:"你,准备兼职?"

"不，全职。王总那边，我已经辞了。"

"辞了？王总说准备重点培养你，明后年就要升你做副总监！"颜玺惊呼起来。

"那不重要。你这边，将来我还可以当总监。你做董事长！"夏以橙笑了，笑得那样明朗。

当总监？人家那边饼烙好了，直接开吃了，我这边连锅都没有，面也没有！颜玺暗自嘀咕。寻思半天，颜玺闷闷地说："为什么？同情我吗？我不需要人可怜。"

"心高气傲的颜玺，谁敢同情你？谁配同情你？"夏以橙望着颜玺，一字一顿，郑重地说，"我看好你，你一定会成为建筑大师。我希望能有荣幸亲自参与、见证、陪伴、支持一位建筑大师的成长。你放心，我不会吃亏，我相信，将来我会得到最美最好的回报。"

明媚的阳光下，开阔的L山山门广场上，颜玺瞪着夏以橙，表情竟有些气鼓鼓的，夏以橙也回瞪着颜玺，神情严肃。

"小夏，小夏，你又来了呀！"一个年过半百的男人走过来，热情地打着招呼。

夏以橙回应道："王老师，你好。"转头向颜玺介绍道："这是王老师，专门负责管理L山山门。"夏以橙转过身指着颜玺："这位，就是L山山门的设计者，颜玺，颜老师！"

王老师吃惊地瞪大了眼睛，毫不掩饰他的仰慕和激动，一把拉住颜玺的手，说："哎呀，你就是颜老师啊！没想到这么年轻！这座山门已经成了我们L山最好的风景，每年的游客都对山门的设计赞不绝口，都说是天才构想。还有很多人是专程为了参观山门而来的呢！今天终于见到颜老师，不，颜大师了，真是三生有幸！三生有幸！"

听到"大师"的称谓,颜玺和夏以橙不约而同地一震。颜玺脸红了,嗫嚅着说不出话来。夏以橙意味深长地看了颜玺一眼,说:"从我入校以来,L山山门就是学习的最佳范本。L山山门的方案,在建筑系的墙壁上作为范本悬挂了十年。颜玺,也是我们学习的标杆。所以,第一个寒假,我就跑到L山来朝圣,之后,我向所有喜欢建筑的人推荐L山山门,还陪很多人亲自来参观,这些年,来了也不下七八次了,和王老师他们都混熟了。"

"是的,光是我接待小夏,就不下四五回,颜大师,小夏真正是你的知音哪!颜大师,期待着你设计出更多更好的建筑作品啊!"王老师的眼睛里满含期待。

颜玺扭过头去,灿烂的阳光下,L山山门像一尊雕塑,一幅剪影,似真似幻,无声、静默,却散发着巨大的磁场。

颜玺眯缝着眼睛,内心一片酸涩和激荡。她慢慢地挺直了背脊,唇角隐隐浮起一抹嘲讽的微笑,眼睛里却闪烁着希冀的美丽光芒。这又是那个自信自负的颜玺了。

是的,颜玺是有才华的。才华或者说能力这东西,小时候梅碧云时常在颜玺耳边念叨:"各人学来各人得,白天不怕人来借,晚上不怕贼来偷。"颜玺在心里对自己说:颜玺,你不会陷入绝境,你什么都会有!

故土

公司租了一个极小的写字间,办理了各种繁复的手续后,"颜夏公司"便紧锣密鼓地开张了。可是,几个月过去了,还一个项目也没接着。

这一天,颜玺收到了母亲的来信。自颜玺读大学后,一直与母亲梅碧云保持着通信的习惯。哪怕颜玺在美国时,母女俩的交流也主要靠鸿雁传书。颜玺觉得,信件有电话不能表达的深度和力量。母亲自己都不知道,在那些个看不到方向的深夜,在那些个心碎神伤的瞬间,在那些个彷徨、迷茫、对自己几近失去信心的至暗时刻,她的书信给了颜玺多少温暖,多少安慰和鼓励。这是一束微弱却恒久的光,让颜玺看到光明,看到美好和希望。

"玺儿,有一件事我想告诉你,最近B城准备新修建区政府大楼,要求很高,希望从外地聘请优秀的建筑师来操刀,我想,你是家乡走出去的游子,在清华接受了正规的专业教育,又远赴重洋,接受了美国的职业训练,这个区政府大楼,你要不要来试一试?也算为家乡做出贡献了⋯⋯"

看到这里,颜玺心念一动,大声喊道:"小夏,小夏!你快来看!"夏以橙凑过来,看到这段文字,沉吟半晌,狐疑地说:"你的意思是，你想回 B 城去接项目？"

"为什么不呢？"

"B 城地处偏远，经济落后，你从北京到美国，绕了一大圈，却又回到 B 城去接项目，这不是在走回头路吗？"夏以橙有些不理解。

"一个建筑作品的好与坏，并不取决于项目的规模大小，也不取决于地域是中心还是边缘。只看你建造得好还是坏。而且，边缘化生存未必是坏事。大大名鼎鼎的赖特，这位影响力早就远远超出建筑界的美国历史上的文化英雄，就是边缘化生存的典范。在纽约，他只在晚期盖过一栋古根海姆博物馆，在旧金山也只盖过一个小仓库，他的作品大多在他的老家威斯康星州的农村，还有亚利桑那州的沙漠之中。这并不影响他成为建筑大师啊！"颜玺说起专业来，总是引经据典，如数家珍，"现在呢，我们在北京接不到项目，而家乡正好有这样一个机会，我们为何不去试一试呢？"

夏以橙笑了，旋即又说："但是我们都出来这么久了，在家乡一点人脉都没有，如何能接得到项目呢？"

"是啊，这倒是个问题。"颜玺的眉头也皱了起来。

任何一个建筑项目对于甲方都是重大资产，少则耗资上千万，多则数亿甚至更多，自然不可轻易交给不信任的建筑师操刀，无论是资质、资历还是品牌，各方面都有着硬性要求和规定。尤其是政府项目，更是慎之又慎，还有各种关卡，颜玺和夏以橙都离开 B 城已久，根本就是两眼一抹黑，连政府的门都摸不着，如何能找到第一块敲门砖呢？

思忖良久，夏以橙一拍桌子："想起来了，上次回老家参加高中同学会，有一个同学好像是在政府部门工作。"

"是什么职务?"颜玺也来劲了。

"好像……是个秘书。"

"啊?职位这么低?这……能管用吗?这种项目,恐怕得老大才能拍板的吧?一个小秘书……"颜玺狐疑。

"秘书当然拍不了板,但是,我们不需要他拍板,只需要他引荐一下领导,剩下的就靠我们自己了。我相信你的才华和实力。"

"嗯……对!一个有眼光的业主,选择建筑师的标准是他的才华和态度,而不是人脉!"颜玺眉毛一挑,又有了信心,"订机票,明天我们就回老家!"

回到B城,颜玺和夏以橙第一时间便来到区政府大楼,找到夏以橙的同学赵秘书。赵秘书留下了颜玺的建筑作品简介,答应一定找机会推荐给领导,让他们回去等消息。

一等数日,传说中的领导却一直未露面。颜玺和夏以橙再次跑到政府大楼。赵秘书说,领导很感动于他们建设家乡的热情,也相信他们很有实力,但是,政府已请到了清华大学设计院的"冰"教授。这么大的项目,领导压力也很大呀,所以……

俩人怏怏地回到家中,梅碧云已操持好一桌的饭菜,辣子鸡、泡菜肉末、蛋卷、凉拌折耳根……全是颜玺爱吃的家乡菜,还开了一瓶红酒,俩人却无心下箸,愁眉不展。是啊,政府工程是个大项目,对于领导来说,清华这样的大品牌,更有安全度和可信度。而颜夏这样的小公司,师出无名,根本就不在领导的考虑之列。再有才华,有什么用呢?

"这个'冰'教授到底是谁呀?这么多年,我怎么就不知道清华还有个'冰'教授呢?"颜玺嘴里念念有词。

"我也纳闷呢!刚才我还打电话给同学,他们说,清华的教授里没有一个姓'冰'的呀。"夏以橙也是一头雾水。

"难道是骗子冒充的?"颜玺突发奇想,可转念一想,哪个骗子胆大到敢骗政府?想来想去不得要领。

"先吃饭吧,工作待会儿再说,吃饭最大。我们老家话说:雷公不打吃饭人呢!"梅碧云给俩人各盛了一碗鸡汤,把各种菜肴夹到二人碗里,堆得老高。梅碧云中年时性情急躁,对颜玺要求严苛,常常赏她"干笋子炒腿筋肉"[1],可晚年却真是善解人意,洒脱豁达。颜玺的朋友都非常喜欢她。经常议论,到底是早年的女大学生,境界当真是不一样哦。

饭毕,颜玺有一搭没一搭地刷着朋友圈。突然,她看到清华的边师兄发的一条朋友圈,背景甚是眼熟,定睛一看,这不就是B城吗?边师兄怎么会也到了B城?!当年,就是边师兄一句"你是宁可用一年时间去做一个稳当但你不喜欢的作品呢,还是愿意花一年时间做一个你真正热爱的作品?",颜玺才坚持了自己的初心,才有了后来L山山门的成功。如今,边师兄已在清华被评为教授。

"冰"教授,边教授……一个模糊的概念在颜玺脑中升腾,慢慢成形,有了!颜玺高声叫道:"我知道了!我知道了!冰教授就是边教授,边玉成!"

B城有些地方方言,会把"边"念成"冰",所以,也许是赵秘书的发音带有方言口音,冰教授其实就是边教授边玉成!

---

[1] 用竹棍打人。

颜玺当即拨通了电话,真如颜玺所猜测的,冰教授就是边玉成,他就是被区政府邀请来做政府大楼的设计师。颜玺在电话中讲明,自己也是为此项目而来。边师兄沉默半晌,说:"我理解你的苦衷。但是,对于任何一个设计院来说,政府大楼都是值得争取的项目。我不会拱手相让。我能答应你的是,明天面见领导时,我会如实地向领导介绍你的情况,希望领导能给你一个见面陈述的机会。我们在同一平台上,公平竞争,至于花落谁家,就看各自的实力和本事,如何?"

"边师兄,感激不尽!"

果然,第二天下午,颜玺收到了秘书的电话,晚上肖欣书记要面见他们。俩人大喜,抱着电脑和材料当即便冲到政府大楼会议室,等待书记接见。不想这一等就是五六个小时,书记还没来!颜玺等得毛焦火辣,肚子也饿得叽里咕噜叫。

"这是在等书记吗?是在等待皇帝宠幸吧!到底靠不靠谱啊?"颜玺忍不住轻声抱怨道。

"姐姐,少安毋躁!我们可是乙方,一定要有乙方意识。有句话怎么说的?甲方虐我千百遍,我待甲方如初恋。别急别急,你饿了吧?等等啊。"夏以橙一边安慰着颜玺,一边走出会议室。一会儿工夫,夏以橙举着两杯热咖啡回来,又从挎包里翻出饼干和巧克力,说:"来,先充充饥。"

"嗬,你这小子,有先见之明啊!你怎么知道我们会捞不着饭吃啊?"颜玺好奇道。

"嗨,作为乙方,什么情况都会遇到。我早就习惯了。你以前在国营大设计院，就是当大爷当惯了，不知道当乙方的苦。地球可不是围着乙方转的。"

"我知道我知道，我们是围着甲方转的！人间正道是沧桑！"颜玺一边说，一边狼吞虎咽。咖啡饼干巧克力通通下肚，颜玺方抬起头来，说："嗯，我现在觉得，人生又有意义了许多！行了，拿出决心来，誓把牢底坐穿！"

时钟指向了夜里十一点，秘书陪着一个女人走进会议室，肖欣书记终于来了！

"对不起，颜老师，让你们久等了。刚才临时开了两个会，都是紧急事，抱歉。"颜玺看着眼前这个女人：和自己年纪相仿，肤色白净，温文尔雅，和自己想象中的出入太大，不禁咋舌。

简短的寒暄之后，颜玺打开电脑，准备向书记汇报。肖欣神色倦怠，不断打着呵欠，显然已是疲惫至极。夏以橙见此情形，暗想：坏了，书记这样倦怠的精神状态，如何能听得进去？可颜玺却毫不在意，只要一涉及专业，她就会进入亢奋状态，激情满怀地开始了演讲。夏以橙看到，随着颜玺的演说，肖欣的精力开始集中，眼睛逐渐发亮，听到最后，倦怠之情一扫而光。

末了，肖欣说："颜老师，你的理念很有新意，对我很有启发。但是，请谁来设计我们的政府大楼，这是大事，我一人也定不了。我会请建设局局长与你们深度沟通，至于最终是选择你们还是清华，要由党委、政府、人大、政协四大班子的负责人集体决定。"

接下来，艰苦的谈判开始了。这一谈，就是两周。每天建设局杨局长带着副局长，一项项，一条条，逐一洽商。谈的时间很不确定，都是在局长忙完正事工作之后，有时七点有时八点，有时甚至到了夜里十一点，颜玺都已就寝，电话催来，又赶快从床上爬起来，匆匆赶到会议室。谈话内容十分广泛，不仅仅是项目本身，包括颜玺之前的工作、经历以及对人生世事的看法，无所不及。颜玺明白，这多少有些探她虚实的意味，也不惧，索性放开来，天马行空，侃侃而谈。

清晨，颜玺站在休息室的穿衣镜前整理衣衫，准备接受四大班子的"检验"。她穿了一套紫色的西服套装，看起来挺拔、修长，知性又不失妩媚。

夏以橙赞道："这套服装很适合你，颜——老师！"

颜玺看着镜子里的自己：知性、挺拔，又不失女人的妩媚。是的，这套衣服很适合她。颜玺鼓励地冲自己一笑。

夏以橙端来一杯咖啡，递给颜玺。颜玺每次上场之前，必然要喝一杯咖啡来提神醒脑，让脑力更活跃，精神更充沛。二来，也是一种心理依赖，那股又涩又香的味道一触及味蕾，便能让她充满活力，容光焕发。

颜玺接过咖啡，连续喝了几大口，抬头看看夏以橙的脸，这张脸和咖啡一样，熟悉，亲切，提神醒脑。颜玺的心安了下来，自信和兴奋溢满全身。今天，党委、政府、人大、政协四大班子的负责人济济一堂，一起听颜玺和边教授的汇报，政府新大楼的项目花落谁家，将在今天集体作出决定。她对夏以橙点点头，俩人一起走进了会议室。

会议由肖欣书记亲自主持。边教授首先谈了清华方面对项目的理解和构想，基本属于常规操作，大约讲了三十分钟。讲完之后，边教授离开会场，等候通知。

轮到颜玺了。夏以橙打开电脑，调出PPT，颜玺从L山山门开始，把自己的作品逐一做了生动详尽的介绍，也把自己的成长历程梳理了一遍，并谈到了自己对于建筑艺术的理解。领导们来了兴趣。肖欣问道："颜老师，你放弃美国回到中国，现在又准备到我们贵州这样边远的山区做项目，这是为什么呢？"

颜玺垂下眼睑，少顷，抬起头来说："我有一个梦。"

这句马丁·路德·金的名言，此时说出，令所有人一震。肖欣书记说："愿闻其详。"

颜玺说："我说的梦，是一个中国职业建筑师的梦。二十世纪初，中国新式房屋的设计全被外国人垄断，因为当时中国人不会。一个世纪之后，历史竟然出现了惊人的相似。中国的设计竞赛成为'外国建筑师的跑马场'，许多有识之士对此表示严重忧虑。

"我们中国的建筑师缺少什么呢？如今中国的建筑工地比比皆是，我们不差机会；库哈斯称'中国建筑师效率世界第一'，我们不差汗水；神州系列载人航天飞船相继升空，我们不缺创造力；彩电、冰箱走向世界，每每遭遇'反倾销'，我们不差制造；甲方业主为了得到一个好的设计绞尽脑汁，四处奔走，我们不缺好业主。那么，我们缺什么呢？"

"是啊，你觉得我们中国的建筑师缺少什么呢？"建设局的杨局反问道。

"带着这个疑问，我到了美国，经过了多年的学习和思考，我认为，我国的建筑师问题在于职业训练的欠缺和职业构成的盲区。欠缺前期的参与，导致设计前的硬伤；欠缺方案阶段的职业逻辑，造成构思与建造的脱节；欠缺初设的方案发展，即使优秀方案也不能得到优秀建筑；欠缺施工图的针对性和表达深度，欠缺施工文件的完整性，直接造成施工的混乱。如果说以上只是欠缺，那么，国际通行的建筑师负责的施工合同管理则成为中国建筑师的盲区。这个盲区让中国建筑师背离包豪斯所提倡的'师匠合一'的原则，从而每天产生惊人的平庸建筑。"

"那么，你的梦想是什么呢？"

"我是一个贵州人，B城人，我在清华大学接受了系统的建筑学教育，也主持设计过多个项目，我到美国又接受了严格的美国建筑师职业培训，学会了美国体制下最严格最烦琐的施工文件制作方法，所以我的梦想，就是用我毕生之所学，倾尽全力建造出一栋理想的房子、让业主满意的房子，一栋具有艺术品格的、能够打动人心的房子，正如海德格尔所说：诗意的栖居。我希望首先在家乡实现这个梦想。"

另一个领导又发问道："那么你觉得，你的梦想在我们这样的穷乡僻壤就能够实现吗？"

颜玺说："诗意的房子不一定是贵的房子，也不一定非要出现在大城市。边缘化状态对于创造者并非不好，创造者需要一种平静的心态，这种心态更容易从非中心的边缘化状态中获取。在美国，我学会了如何用普通材料以低成本来营造出高品质的房子。一个好的建筑师并不是让业主多花钱，恰恰相反，是通过他的顶层设计和职业技能让业主把每一分钱都花在刀刃上，最终取得低造价高品质的效果。"

领导们纷纷点头。最后，肖欣问道："如果把这个项目交到你的手里，你会怎么做呢？"

"首先，你们要满足我三个条件！"颜玺言辞铿锵，所有人都吓了一跳。尤其是夏以橙，眼睛都瞪大了，心里想：哎呀姐姐，你的情商真是太低了！把项目接到手再说嘛，项目还没有接到，现在提什么条件！黄了怎么办？

肖欣也笑了一下，揶揄道："嚄，项目还没定谁做呢，就敢向甲方提条件了？那就说说看吧。"

"第一，工作周期。只有给我足够的创作周期，我才能交给业主满意的方案。做方案不是灵感乍现，一拍脑袋就能做的，我需要做扎实的调研，以及各种准备，只有准备充分，才能等到灵感降临。第二，充足的设计费用。我知道当地的建筑师收取的设计费用点数很低，这样低的费用不会得到高品质的设计。第三，设计合同。必须在签订合同、定金支付之后我才能开始做设计。"

肖欣说："嚄，你的要求可真不低呀！在我们这里，很多建筑师都是先做方案，等业主通过了再签订合同。你方案都没出，我们就先付费用，万一方案不符合要求呢？还有收费标准，你也是 B 城人，你的收费为何要比当地建筑师高出那么多呢？什么理由呢？"

颜玺说："只有满足了我的工作条件，我才有可能拿出令你们满意的方案。我虽是 B 城人，但我的项目小组将在北京组建，我们的人力成本和时间成本都与当地建筑师不一样。而且，我的收费标准不一样，我的设计方案必然也会不一样。我可以负责任地说，你们的付出一定会值得！"

众人哗然。这么狂妄的建筑师还当真是没见过。夏以橙也在心里捏了一把汗，乖乖，这姐姐也太狂妄了，甲方可是政府啊！

肖欣沉吟了一下，说："这样吧，请颜老师和夏工暂时回避，我们先商量一下。"

颜玺和夏以橙出了会议室,来到门外的走廊上等待。颜玺说:"给我一根烟。"颜玺平时不抽烟,只有在做设计或是喝酒聊天的时候才抽两根,此时主动要烟,可见也是压力山大。夏以橙给颜玺点上烟,调侃道:"一个有魅力的城市必须有三多,书店多,博物馆多,还有,抽烟的女人多。"颜玺吸了一口烟,望着远山,也不答言。

"颜老师,你刚才,是否不该提那么多要求?先把机会抓住再说呀。"

"不能满足我工作条件的机会就不是真的机会,也许是陷阱。宁缺毋滥。"颜玺一句话就怼了回去。

夏以橙想想,也不再劝。

再度回到会议室,肖欣单刀直入,说:"如果我们满足你的三个条件,我们也有三个条件,你能满足吗?"

"书记请讲,我必全力以赴。"颜玺答道。

"第一,造价要低。现在要廉政,政府大楼不能奢华,必须要低造价。土建造价1100元/平方米,加上中央空调、内装修和环境2200元/平方米。实话告诉你,满打满算,我们只有5800万,用于造价的只能是4400万。多一分都拿不出来。

"第二,材料要新。建筑外墙不能用面砖,因为好的面砖我们用不起,差的面砖就像公共厕所。也不能用涂料,因为B城的外墙涂料还没有做成功的,外地的涂料太贵,我们也用不起。

"第三,意义要深。建筑要表达出B城文化的唯一性和排他性。"

颜玺和夏以橙面面相觑,这样低造价的房子,之前两人都从未碰到过。造价如此之低,要求却如此之高!尤其是最后一条,用上了过去学者才使用的代码和术语。颜玺感受到沉甸甸的压力。

沉思良久,颜玺毅然说道:"这样低的造价,要想做出高品质,确实是巨大的压力和挑战。必须要研究材料以及控制施工。如果这两样做好,我愿意接受挑战,尽全力交出满意答卷。"

"好!"肖欣一掀眉,说,"颜老师,这个项目交给你了!"

清明

春天是B城最美的季节。满山满树的花开，桃红、梨白、艳粉，芳草凄美，落英缤纷，是一个潮润丰盈的世界。

自十八岁上大学后，颜玺已经很多年没有回B城长住了。这一次因做项目的缘故，颜玺得以留在B城，回到少年时养育她的家中，重新做回母亲身边备受关爱的小女儿，当真是温暖幸福的时光。

一大清早，颜玺锁上门，轻手轻脚地下楼。楼道、院里的三棵大树，满目都是少年时所见的景色，那般熟稔，又那般新鲜。

走出大院，却见一个年轻男子全身黑衣，捧着一束鲜花，靠在墙边站着，在等着什么人。他站在清晨的微风里，就像是一尊塑像，静默、安定、从容。颜玺的心犹如被重锤一击，不觉一怔！十八年前，有一个少年，也是这样站在院门口，站在春天的微风里，手里举着一枝野花，但是，他等的人不是颜玺。颜玺看着他拉着紫苏的手，欢笑着奔跑在阳光下……

少年朝着颜玺走过来，笑容温暖和煦，说："今天气色很好啊，休息得不错吧？上车吧。"

"嗯？哦！"颜玺从恍惚中回过神来，这不是那个少年，这是夏以橙。

晕晕乎乎上了车，颜玺不住地扭过脸偷偷打量着夏以橙。因为是表兄弟，他和慕白在相貌上确实有几分相似，都是清俊儒雅的类型，但气质却完全不同。慕白是内敛的、忧郁的，甚至有点神经质的。夏以橙却是开朗的、阳光的、坚定的。

"小颜姐，我们还需要备些香蜡纸烛吗？"夏以橙问。

"嗯？哦，不用，鲜花就好。我父亲是清高的知识分子，不喜俗礼。"颜玺回过神来，心里不禁有些讪讪。

车子开出城外，朝着清幽处驶去，到了李家湾的地界，停在了一座山脚下。山上有一座坟茔，长眠着颜玺的父亲颜忠。

颜玺跪在父亲墓前，用手轻轻抚摸着墓碑上的字，心中一痛，眼泪夺眶而出。父亲是颜玺一生永远的爱和痛。二十几年了，每次来探望父亲，颜玺都告诫自己绝不能哭，可每一次都控制不住。这一次，她历经了那么多，离婚、患病、创业……她真得好好跟父亲说一说，好好哭一场。

良久，颜玺终于站起来。夏以橙说："轮到我了。"作势就要下跪。

"你干吗要跪，不用啊！"颜玺去拉他。

"不，我有很多心事要跟颜伯伯说呢！"夏以橙扑通一下跪在墓前，面色肃穆，嘴唇轻轻嚅动。感动和温暖的情愫一下子盈满颜玺的胸怀。有什么比见到一个人对自己的亡父虔诚下跪而更令人感动呢？

俩人并肩下山。山径很窄，是原始的泥巴路，头天下过雨，又湿又滑。上山还好，下山则又溜又滑，鞋底吃不住劲，一个不小心，就会跌到沟里去。"来，我在你前面，你要是摔下来，我可以帮你垫着。"夏以橙站在前面，转身对颜玺伸出了手。颜玺犹豫了一下，伸过去握住。认识夏以橙这么久了，这还是第一次肌肤接触，颜玺的手不禁轻颤了一下。夏以橙的手修长宽大，有一种稳定的力量。相比之下，颜玺的手又小又软。夏以橙牵着颜玺，俩人就这样一步一步走下山路。

下得山来，俩人就近找了一个农家乐吃午饭。就在山林里支一张桌子，摆上几盘农家野菜，喝上一壶苦丁茶，呼吸着氧分充足的空气，好不惬意。

"这里真是一个世外桃源啊，'乃不知有汉，无论魏晋'。颜伯伯安眠于此，也真是极适合他高远淡泊的心性。"夏以橙叹道。

"是啊，母亲知道父亲不喜繁华热闹，专门寻觅了这一处清净地。这个墓地是双穴，母亲说，将来是要和父亲合葬的。母亲和林叔叔在一起，也是父亲的遗书中要求的，父亲说，母亲是一个感情丰富的人，一定要有一个人代替他照顾母亲。"

"当下俗世里，当真有这样高尚的人，也有这样美好的爱情，好令人羡慕。"夏以橙面露神往之色。

"是的，我没有信仰，父亲就是我心中的神。父亲和母亲的存在，让我亲眼看到这人世间的真善美，也看到什么是理想的家庭模式。所以，无论我遭遇了什么，也无论世间有多少的丑恶不堪，我依然相信人性，相信爱，相信真情和美好，我想，这就是父母给予我的最珍贵的礼物，让我终生感恩。"

"父母在一个小孩子的心田里播种下温暖和爱，这太重要了。我很幸运，今天主动请缨来给你当司机，也感受颜伯伯的情怀，学习到怎么去做一个真正的人。"夏以橙真诚地说道。

颜玺瞥了他一眼，突然想起，和一个男子来祭拜父亲，除了岳子君,这还是第一次,不觉有些异样的情愫,问道:"哎,你为什么要下跪?你给我爸说什么了?"

"嗯,这个……要保密!"夏以橙神色间突然有些不自然,"以后有合适的机会我再告诉你。"

颜玺斜着眼,上上下下看着夏以橙,看得他脸又红了。颜玺也不再说话,转脸看着眼前的春色,小草和鲜花竞相露出脸来,招摇着,颜玺感觉自己的内心仿佛有些什么,也像这些野花野草一般,冒出头来。颜玺吓了一跳,狠狠地喝了一口热茶,赶快把胸中这些乱七八糟的情愫镇压下去。

"小颜姐,祝贺你!终于把行政中心的项目拿下!"夏以橙举起一杯热茶,在颜玺的茶杯口轻轻一碰。

"哦,"颜玺一激灵,回过神来。她喝口茶,定定神,严肃地说:"不,是祝贺我们,祝贺公司!历经大半年的乱闯乱撞,我们终于有了第一个项目!"想了想,颜玺又期期艾艾地说:"不过小夏,有一件事……我想……再和你商量一下。"

"颜老师还有什么不好意思的?说吧,想要怎么压榨我?"夏以橙半认真半调侃。

"你知道,一个建筑项目的成败,方案创意只是第一步,如何做好施工图,如何监督好每一个施工环节,最后交给业主一栋实实在在的让业主满意的房子,才是关键。而不是仅仅交出一幅纸上的'蓝图'。"

"所以呢?"

"所以,我希望不但要做好施工图,还要到工地去,参与整个的建造过程。当然,如果让业主签合约付费,让我们全程服务,这显然不可能，中国的业主还没有这个习惯。所以，唯一的办法是，我们只收取方案费和施工图的费用，后面的工地管理全部免费奉送！"

夏以橙笑了，说："这次的方案费，本就收得比北京低了，再要奉送工地管理，就意味着要多花费几个月的时间。单位成本一加减，利润就所剩无几了，搞不好还要亏本呢。再说这个项目也不是我俩就能做的，还需要组建团队呢。"

"当然，与我们合作的团队绝不能亏，该付多少就付多少。我算过了，这些钱全部付给合作者是差不多的。但是，公司也就剩不下什么钱了……"

夏以橙双手抱臂，说："你的意思是，这个项目公司又是白干？"

"唉，公司的钱呢，也有你的一份。这大半年，你辞了高薪来跟着我，风里来雨里去，比给任何一个老板打工都辛苦，却基本上没拿到过什么钱……"颜玺说得吞吞吐吐，又真诚又歉意。

"你还真的是和钱有仇啊！离婚不要钱，净身出户；做项目还是不要钱，免费奉送，白干！你是大富翁吗？做慈善也得先掂量掂量自己的实力好吧？"夏以橙把颜玺一顿猛批。

颜玺翻翻白眼，说："我可不是做慈善，我是为了我的梦想，为了把项目做得完美。挣钱也不指着这一个项目，将来有的是机会。"

"哈，明日复明日，机会复机会，挣钱永远在下一个机会！"夏以橙揶揄道。

颜玺悻悻地说："行了行了，我知道，你肯定是觉得，我神经不正常，我疯了……"

"你说呢？几个月前为了拿到项目又是找心理医生，又是求神拜佛，现在天可怜见的，项目拿到了，为了效果的完美，又要奉送工地管理，自己不赚钱白干。要知道，虽然这个项目是你设计和修建的，但拥有人是甲方，你整得再完美，也是甲方的资产。"

"我就说嘛，你们肯定都会觉得我疯了……"

"当然啦！肯定的，同行会觉得你疯了，公司的人会觉得你疯了，连甲方都会觉得你疯了……"

"得了得了，别说了，我知道了！"颜玺做了一个暂停的手势，说，"要不这样，我自己可以白干，尽量把你的利润留给你，如果不够，就算我欠你的，下一个项目再补给你……"

"嘘！我的话还没有说完呢。我是说，这世间，每一个人可能都会觉得你疯了，但是，"夏以橙停顿了一下，又继续强调说，"世间只有一个人，理解你的疯，支持你的疯，和你一起疯！"

"你的意思是……"颜玺愣住。

夏以橙微笑着，点点头。

"免费奉送工地管理，这个项目，白干？"

"对！免费奉送工地管理，这个项目，白干！"夏以橙用肯定的语气重复了一遍颜玺刚才的话，两手一摊，做了一个一无所有的手势，孩子气地笑了。

颜玺望着夏以橙，感觉鼻子酸酸的，良久，才哑声问："为什么？欠你太多，我可受不起。"

夏以橙望着通透的展厅门外，泛着粼粼波光的湖水，说："我给你讲一个故事吧。一个'寻找大海'的故事。

"很多年前，有一个小男孩，到城里表哥家玩。城市很大，人很多。小男孩刚从乡下来，很怕生，很胆小。表哥有一个女同学，是一个美丽豪爽的大姐姐，经常到家里来，给小男孩讲故事。她讲的第一个故事是《白雪公主》。小男孩想，白雪公主是什么样的？大概，就是姐姐这样吧？所以，每次听说姐姐要到家来，小男孩都会乖乖地把脸和手洗干净，就怕玷污了白雪公主的衣裙。

"小男孩出生、成长在山里，从来没见过大海。有一天，大姐姐讲了一个寻找大海的故事。有一群人，生活在干旱贫瘠的大山里。山里一直很缺水。听人说，有一个地方叫大海，有无穷无尽的水，大家都想去看一看。于是，这一群人便走出大山去寻找大海。

"走出山外，见到了一口清泉，有人停了下来，说，'这里的水已经足够我饮用了，为何还要寻找大海？'他留了下来，其他人继续前行。又遇到一个小河沟，这里的水足够更多的人饮用，更多的人留了下来。就这样，一路遇到小河，遇到大江，这些水，几辈子的人都饮用不完，所有的人都留了下来，只有一个人要继续往前走。他说：'可是，我要寻找的是大海，而不仅仅是水呀。'大伙儿都笑他：'真是疯了，傻了。'

"他不听，执意孤身前行。独自寻找大海的道路上，他历经了所有人没有经历的艰险，忍受了所有人没有忍受的苦难。别人饮用甘泉的时候，他在焦渴。就这样，一直走啊走，有一天，传说中的大海终于出现在他眼前，波涛汹涌，浩瀚无边。看着大海，他热泪盈眶！是的，所有的人都在种种的诱惑下停步不前。只有他一个人抵挡住了所有的诱惑，寻找到了大海！他终于拥有了整个的海洋。找到了大海，还怕没有水吗？"

颜玺盯着波光粼粼的湖面，木然愣了半响，才开口说："这么多年了，你，还记得？"

"当然。每一个故事，每一个细节，都刻骨铭心。当时我就在想，长大了，我要追随这个讲故事的人，一起去寻找大海！"夏以橙转过身面对颜玺，说，"现在，我们已经远远地看到了大海，我们距离它只有一步之遥。所以，不必在乎手上赚到的这一桶水，把这桶水泼出去，或许，我们就拥有了整个的海洋。找到了大海，还怕没有水吗？"

颜玺愣愣地看着夏以橙，阳光下，夏以橙的脸清俊、儒雅，目光柔和而坚定。

颜玺笑了，说："小男孩长大了，成熟了！"

"大姐姐还是这样率真，单纯，理想主义。"

俩人相视而笑，内心都有一种温暖的情谊，一种"同盟"的情谊。这是一种类似于战友的情谊。同仇敌忾，并肩作战，互相支持，互相掩护，共同去争取最后的胜利。

两人同盟，携手并肩，一起寻找大海，这是一个生命与另一个生命在精神境界的高度融合。这是比男欢女爱更加深厚的情义。

高山流水遇知音。

营造

汽车开出市区，往郊外驶去，越走越偏僻，越走越荒凉，最后连路都断了。"颜老师，夏工，前面没有路了，我们只能下车步行。"建设局杨局长说。

"大概还有多远？"

"倒不算太远，有一公里多，但是山路崎岖，不大好走。"

"没问题！"

颜玺和夏以橙下了车，幸亏俩人都穿了球鞋。夏以橙担心颜玺这平日里看起来娇滴滴的大小姐走不惯山路，岂知她健步如飞，边走还边和杨局一路进行着专业探讨，兴致高昂。夏以橙暗暗称奇，只要一进入工作状态，颜玺就完全变成了另外一个人。如此，走了大半个时辰，才终于停下了脚步。杨局指着连绵起伏的大山，说，行政中心就建在那里。

颜玺暗想：在这么一个连车都不通的地方，居然要建成一座220000平方英尺[1]的大楼，当真像是天方夜谭啊。所以，如今的中国当真是可以做梦的地方。而自己，就是那个造梦的人！颜玺既感到压

---

[1] 约合20439平方米。

力,又感觉激情满怀。

回到北京,颜玺组建了工作团队,开始进入方案设计。颜玺工作十几年以来,第一次设计如此低造价的建筑,从方案阶段就必须节制,控制造价。她一反常态,没有使用她惯用的复杂构图,方案显得简单有序,四平八稳。但她还是给业主带来了许多让他们满意的人文解读:用象征性的花瓣、长廊和曲直交合的主楼造型来表达B城历史上的沙滩文化、红色文化和当今新文化。然而颜玺最着力关注的,是如何对地方材料的运用,以实现"唯一性"和"排他性"。

建筑的外墙,既要低造价又要效果好,如何做到呢?颜玺陷入了困境。B城这个地方没有什么建材工业,充其量也只能烧烧建筑用的红砖,就连青砖的产量都不高。况且黏土砖是国家开始限制使用并最终要淘汰的产品。既便宜又现成的地方材料,B城的确是没有啊!

颜玺想到了素混凝土外墙。这样可以节约成本。但是,清水混凝土要求很高的技术条件,而且,素混凝土的灰色调也不被中国人所接受。要用混凝土就必须改变颜色。怎么办呢?

颜玺冥思苦想,陷入了材料的汪洋大海,和夏以橙说话,言必谈外墙材料,夏以橙都担心她要走火入魔了。

"颜老师,先吃点东西吧。"最近俩人夜以继日奋战在办公室,一日三餐都是夏以橙点外卖。

夏以橙把外卖盒子打开,是颜玺最爱吃的川菜。辣椒色泽鲜艳,煞是诱人。颜玺却兀自瞪着一对大眼睛,一副呆傻样,对眼前的美食视而不见。

夏以橙把手放到颜玺面前晃晃,说:"喂,颜老师,吃饭了!你早餐就没吃。快吃点东西。"

"丹霞石！丹霞石！"颜玺猛然从椅子里挺身直立，欣喜大叫，把夏以橙吓得差点把外卖掉在地上。

"你在说什么呢，颜老师？"夏以橙愕然，颜玺却范进中举一般手舞足蹈，兴奋大叫："用丹霞石就可以改变颜色！哈哈，小夏，我们找到解决方案了！"

夏以橙一听，也赶快把外卖推在一边，两人讨论起来。颜玺说，由于B城当地特殊的丹霞地貌所致，那里有一种红色的石头，被称为"丹霞石"，其色泽鲜明，却又典雅沉稳，不是很刺激的艳红。如果用丹霞石做骨料来做清水混凝土墙体，颜色问题不是迎刃而解了吗？

"嗯，这样听起来还真是一个好办法呢！"夏以橙也兴奋起来。

第二天，关于外墙材料的会议在B城召开。颜玺提出了自己的设想，杨局感觉很有新意，却遭遇了包工头陈明亮的反对。"B城很容易下雨，而且是酸雨，清水混凝土的墙面很容易污染，二来，清水混凝土的表面不容易做得光洁完美，影响美观怎么办？"陈明亮说，"所以我建议，还是采用高级面砖，又美观，又保险。"

颜玺说："混凝土表面有一点不平整是有碍观瞻，如果将墙面故意打造成完全不平整，就是一种特殊的艺术效果！"见众人不解，颜玺解释道："我在美国看到有一种做外墙肌理的抛球机，可以将混凝土的墙面打毛，制造出一种意想不到的肌理效果。"

杨局说："嗯，这个办法倒是不错。"

陈明亮却叫起苦来："我一个农民，这一辈子还没有出过国呢！去美国买机器？这简直开国际玩笑嘛！再说了，我也没有美金。再说了，我们的承包价格那么低，哪里能多变出几万美金来……"

"陈总,当初没有接到工程的时候,你说什么都能做,现在接到工程就改口了,这也不能做那也不能做?"颜玺火了。

"哎呀,颜老师,我们真的是做不到啊!全B城的承包商都做不到!杨局晓得的,我们难哪!"陈明亮鞠躬作揖,却毫不让步。

杨局也为难了,说:"颜老师,去美国买机器,确实有点难度,有没有更现实一点的做法?"颜玺见状,也不能再强人所难了,低下了头。

"贴面砖!还是用面砖好。又保险又划算!"陈明亮得意了。

"不行,贴面砖是绝对不行的!那样只会得到一个平庸之作。"颜玺说得斩钉截铁。"杨局,我可以再想别的办法,但是,效果好不好,必须做出来才知道。所以我申请下工地,和施工队一起,实地做出实验墙!"

"建筑师亲自下工地,和工人一起做实验墙?这之前从未有过先例呀。"杨局犯了踌躇。

"要想得到又便宜又理想的外墙材料,就必须亲自试验。我这样做只是为了艺术效果,而不是为了个人私利,所以,我依然只收取我的方案费,下工地做实验,都属于学雷锋做好事,免费奉送!"颜玺朗声说道。

闻听此言,所有人都愣了。颜玺自己说过,建筑师最值钱的就是时间,而现在,她居然愿意把自己的时间和智慧免费奉送!夏以橙虽已知颜玺的决定,还是暗自苦笑,这个颜玺,注定是发不了财了。

杨局笑了,说:"既然颜玺老师有这个胸怀,我们何乐而不为呢?好,我全力支持!明天开始,颜玺老师下工地,做实验墙!"

第一个实验，颜玺想出的新办法是，在混凝土表面涂抹缓凝剂，等到里面混凝土完全凝结，表层混凝土90%凝结时，用水来冲刷，其原理类似于传统的水刷石，以期达到一种暴露骨料的自然肌理效果。

颜玺和夏以橙在工地上一干数日。这一天，杨局到工地来看实验墙的效果，揭开帷幕，天哪！冲刷过后的未干混凝土简直就像是蛋糕上流下来的奶油，完全没有想象中毛毛刺刺的粗糙感，而是稀溜溜癞疤疤的感觉，简直没法看！

实验墙失败了！

这时，陈明亮走过来，幸灾乐祸地说："哎哟，这就是颜老师的实验墙啊！哈哈，比农村里的猪圈还难看！我早就说不行的嘛，创新哪里那么容易的。"

夏以橙不满地说："陈总，实验墙不理想，颜老师心里已经很难受了，你就别火上浇油了。"

"第一次失败很正常，失败是成功之母嘛！"颜玺说。

杨局问："你准备怎么办？"

颜玺说："继续想办法，继续做实验墙！"

"啊哈！颜老师，你当真是不撞南墙不回头呀！"陈明亮怪叫起来。

"对，撞了南墙也不回！把墙踏平，也一定要取得最后的胜利！"颜玺说。

"好，颜老师，我支持你，继续做试验！"杨局发话了。

陈明亮愤愤走了。

"杨局，谢谢你代表的业主方对我的支持。"颜玺感动地说。

杨局说:"说实话,当初选择颜老师而没有选择大名鼎鼎的清华设计院,本身就是一种冒险。肖欣书记就是期望得到一个不同凡响的惊喜之作。大家都会不遗余力地支持你创新,你们可要争气,交出满意的答卷来,不要让领导们下不来台哦!"

一股暖流从胸膛涌过,颜玺沉默半响,才哑声说:"你们真的,敢这么信任我?不怕我做砸了,甚至会影响大家的仕途生涯吗?"

杨局说:"担忧,不是一点没有。作为一个行政领导,要对每一个项目负责,要对一方老百姓负责,出不得半点差池。但是,基于我对颜老师和小夏才华、人品和敬业精神的了解,我相信,你们联手,一定能把这个项目做好。我相信你!相信你们!"

颜玺鼻尖酸了,良久,才缓缓地、郑重地、一字一顿地说:"我这个人,最怕的就是信任。一旦你信任了我,我就把万千重担压在自己身上。我一定全力以赴,赴汤蹈火,倾尽自己全部的心力和才华,哪怕是粉身碎骨,以不辜负你的信任!"

杨局笑了,说:"我不需要你粉身碎骨,我只需要一个有创意、有新意、有品质、高水准的行政中心大楼。"

外墙材料成了颜玺心中解不开的魔咒,就连吃饭睡觉都神思恍惚,脑子里无时无刻不在想着外墙材料。不管看到什么建筑,都要琢磨一下外墙材料是怎么做的。甚至一辆汽车从身边驰过,她都要仔细看半天,夏以橙问她:"嘿,一辆车有什么好看的?"颜玺一怔,喃喃道:"嗨,我就是想看看,这车用的是什么'皮'。"夏以橙苦笑:"这是同一种皮吗?姐姐,你当真是中了'皮'的毒了!"

一天午饭后,颜玺突然叫住夏以橙,手里拿着几颗感冒药,有点不好意思地说:"小夏,这药刚才我吃过了吗?"

"嘀,你的药,你吃没吃过自己不知道,来问我?我怎么会知道。"夏以橙奇道。"我,我真的不记得了……那,现在我是吃还是不吃呢?"颜玺讪讪。

"哎哟颜老师!你的脑子能不能稍稍放那么0.01在生活上!药是能乱吃的吗?不吃病好不了,吃多了会中毒的!"夏以橙嗔怪道。想了想,夏以橙把药瓶抢过来,说:"这样吧,药我替你保管,每天由我发放到你手上,好吗?"

"嗯。好的。"颜玺很乖地答道,像个听话的小孩子。

夏以橙心中一软。是啊,工作上,她敏锐智慧,敢闯敢干,据理力争,从不妥协。生活中,她却是一个超级弱智。住什么酒店,吃什么菜,坐经济舱还是公务舱,别人安排什么就是什么,从来不计较。是的,她就是一个对建筑怀有宗教般热情的赤子。

过了几天,颜玺和夏以橙一起去天津开一个建筑专业会议,不管是开会间隙还是会议吃饭,不出三句话,颜玺准把话题绕到外墙上,每每把别人都听累了,听烦了,她也毫不自觉。

会议结束,大家去过去的天津租界,参观老洋房。看到一些老洋房的外墙用到了斩假石等传统工艺,古朴悠远,别有一种动人心魄的艺术感染力。颜玺心念一动,猛地抓住夏以橙的胳膊,说:"有了!有了!人工斧凿!"

"你想想,我们贵州除了天然石材,还有什么资源?人工啊!我们贵州虽然没有像样的建材饰品生产,但是,我们有勤劳的人民!我们经济还不发达,但是,我们人工便宜。丹霞石加人工斧凿,这就是我们无可替代的天然优势,这就是肖欣书记要求的,唯一性和排他性！看看这些人工斧凿的老洋房，这就是凝固的音乐，岁月的史诗。人工斧凿是传统工艺，越是传统的，越是经典，不会随着时间的流逝而过时，相反，岁月会给它增添别样的魅力，这就是艺术的魅力。"

夏以橙怔怔地看着颜玺，良久，一字一顿地说："颜玺，你是真正的艺术家！"

马不停蹄回到 B 城，把新的想法向杨局做了汇报，杨局也说好。但是，杨局又提到一个关键问题："那么大体量的建筑，外墙都用丹霞石，我们调查了一下，B 城周遭可能并没有足够多符合条件的丹霞石可供采用啊！原材料量不够，想法再好有什么用呢？"

颜玺一听大惊，这问题真没想到！石材若不够，一切等于零。

"杨局，我希望能够实地考察一下，确认一下丹霞石的储量再说，不到最后关头，绝不言败。希望政府能支持我，行吗？"

杨局明白，颜玺之所以不妥协，是为了替业主省钱，也是为了取得更好的艺术效果。杨局被感动了，说："好，我们指挥部的人员全力配合你，组织地质专家协助考察，尽快拿出一个准确的数字。"

一连数日，在地质专家和政府工作人员的支持下，颜玺和夏以橙风尘仆仆，驾车外出，四处奔波，寻找石矿。他们一个村一个村打听，一个一个采石场勘查，真可谓踏破铁鞋。最后，经过精准测算，答案出来了：如果外墙全部采用丹霞石，以 B 城的储量，肯定是不够！

这盆冷水当头浇下，把颜玺和夏以橙都浇得透心凉！

会议上，陈明亮不无得意地说："巧妇难为无米之炊！没有丹霞石，一切等于零！我就说嘛，想那么多没用的，浪费时间精力，还耽误工期，何必呢！还是用面砖吧！"

"用高档面砖的价格是用丹霞石的两倍，而且艺术效果与用丹霞石完全不可同日而语，所以，我坚持必须用丹霞石。"颜玺一字一顿，语气坚定。

"嗬！颜老师真是神通广大呀！丹霞石要在地下埋亿万年，不够就是不够，不要说是你颜玺了，神仙都变不出来！"陈明亮不住地出言讥讽。用面砖陈明亮驾轻就熟，而且效益可观，用丹霞石加人工斧凿，工艺复杂，利润菲薄，当真是费力不讨好，所以陈明亮一心希望用面砖。

杨局思谋半天，叹息道："颜老师，我知道你一心想把事做得漂亮。但是，客观条件摆在这里，也只能尊重现实。至于价格问题，在施工过程当中根据具体情况追加投资，也是常有的事，我们会想办法……"

"不可以追加投资！能花最少的钱做最好的事，为什么要白白追加投资？那可是纳税人的钱。有我在，就一分都不能浪费！"颜玺毫不妥协。

"嗬，颜老师，你只是一个建筑师，连政府的心你都操啊？石材不够，你还能有什么高招？"陈明亮急了。建设过程中要求业主追加投资亦是他的惯用伎俩，断了这条后路，那就是在断他的发财之路，他恨得咬牙切齿。

"有一个办法！"夏以橙此言一出，所有人都吃了一惊。在会议上，一般都是颜玺发言，夏以橙只是一个辅助的角色。夏以橙开口了，他说："这些天，我和颜老师一直在商量石材量不够的应对措施。

我们的方案是，将墙体分为两层。里层用普通的混凝土做结构层，外面挂网后用丹霞石混凝土做面层。这样，丹霞石只用于最表层，四两拨千斤。用量大幅减少，艺术效果不变。"

会场安静下来。良久，杨局鼓起掌来，称赞道："当真是化腐朽为神奇！就这么办！"

紫苏的逃亡

林紫苏穿了一件朴素的黑外套，黑长裤，平底鞋；头发绾起来，在脑后随便用卡子一卡，脂粉不施。可走在人群里，她依然感觉自己扎眼。每一束有意无意投射在她身上的目光都像是一盏探照灯，亮晃晃的，让她心惊肉跳，无所遁形。

林紫苏前所未有地感觉到，美貌确实是一种负担。以前千方百计想要打扮出众，"衣不惊人死不休"，这不易。可现在，想要打扮到混在人堆里完全隐形，完全找不出来，更不易。无论如何穿，她的气质、她的风韵，与这贵州小镇上的女人们依然大相径庭，尤其脸上那副墨镜，简直欲盖弥彰。林紫苏低着头，走得轻手轻脚，谨言慎行，深怕搅动了周遭的空气，惹人注目。

流亡。紫苏想到这个词，自嘲地一笑。没想到自己有一天会像一只过街老鼠，仓皇四窜。

一个月前，张天明回家，面如死灰，带回一个惊天的坏消息：许青卿的"顶级人脉"，张天明的"贵人"，已经退休在家、以为安全着陆的"大人物"，被警方带走。在当下反腐严打的政策下，谁都明白这意味着什么。更糟糕的是，许青卿在"大人物"被抓之前已被先行控制。这意味着和许青卿、"大人物"有瓜葛的人都可能会被牵连。作为深受"大人物""恩泽"的人，张天明清楚自己是如何发的家，当然也清楚如果被供出，会是何等下场。张天明吓得魂飞魄散，唯一的念头是，未雨绸缪——在还未被供出之前，先逃出去，躲起来，不要被抓住！

当天夜里，张天明便带上紫苏，开车一路向南狂奔。怕被查身份证，连飞机都不敢坐，酒店也不敢住，困了就趁夜在车上打个盹儿。如此躲躲藏藏，几天后终于抵达贵州黔西南一个小镇。这里地处偏远，民风淳朴，对外界之事不予关注。而他们的贵州方言基本能融入当地，不至过于显眼。张天明委托表哥在城乡接合部租了一套房，勉强安顿下来。

张天明像一只真正的老鼠，白天黑夜地拉紧了窗帘，足不出户，听到门口有脚步声都会吓得面无血色。这套一百多平方米的民房，已然成为他自我设置的牢房。紫苏每周出去一趟，买够一周所需的食物，然后每天闷在"家"里做饭做菜，真正成了"家庭煮妇"。

这租来的小民房里，只有最必要的几样家什，还都歪歪扭扭，土里土气。有豪奢一些的房子，张天明不敢租，怕暴露目标。张天明成天套着一套松垮垮的睡衣睡裤，胡子拉碴的，和这房屋倒是相当般配。紫苏自己由于走得仓促，没带几件衣服，珠宝首饰都没带，连梳妆台上的瓶瓶罐罐都没带。也不化妆了，也不穿名牌了，在家也是一套睡衣打发到底。张天明也不挑剔她"不像个贵妇人"了，反而经常拉着紫苏的手哭兮兮地说：紫苏，紫苏，我只有你了。不要离开我，千万不要离开我……

在京时，张天明每每要在外面混到深夜两三点钟才回家，大清早地又出去了。五人的保姆团队找不到主人伺候，自娱自乐。如今只剩了紫苏一个人操持家务。小镇上买不到像样的海鲜和配料，也买不到牛排和红酒，只能买些菜蔬随便一炒，怎么简单怎么来。再加上紫苏自身也没心情，自己都感觉粗陋，难以下咽。张天明也不再挑剔，赤着脚，盘腿坐在椅子上，捧着碗吧唧着嘴，吃得吸溜吸溜的，在北京吃食物不许发出声音那一套也再顾不上讲究了。

待在这套简陋的小民房里，想起北京精致豪奢的"贵族"生活，紫苏一阵阵困惑——原来生活可以如此简单，原来生活就是如此简单！一套睡衣，几棵菜蔬，一个月花不了几个钱。北京那几个月的豪奢生活，就如一场梦，还没来得及细细体味，就堕入了另一个噩梦。

紫苏买好一兜水果蔬菜，还有卷纸、牙膏等生活必备品，路遇一家小报摊，停下准备买几份杂志报纸回去打发时光。突然，报纸上一行大标题吸引了她的目光：作家慕白倾力打造长篇小说《少年的我们》轰动京城，荣登畅销书榜首，同名影视剧即将热播。

慕白！

紫苏心头一震，把东西放在脚边，迫不及待地抓起报纸细读起来，新闻说，《少年的我们》折射了当下各类现象，是"70后"一代人的心灵成长史……

紫苏看得忘我而投入，直到报摊老板敲打着她面前的报纸，不耐烦地问："喂，你到底要不要哦？"

"要，要！有关小说《少年的我们》消息的，我都要。"

提起大兜小包，紫苏跳上一辆出租车，直奔新华书店。书店不算小，可大都被各种教辅材料所占据，文学书简直不知被挤到了哪个角落。

紫苏拉住一个店员，没头没脑地问："有《少年的我们》吗？"

话一出口，紫苏暗自懊恼自己太过莽撞，正想进一步解释，店员却已一个劲儿点头，满脸堆笑说："知道知道！"一会儿工夫，便高举着一本书递到紫苏手上。

"哇，真的有啊！"紫苏看着灰紫色的封面，惊喜莫名。

"这本书很受欢迎呢！好久没有小说这么畅销了，听说作者还是我们贵州人呢！"店员的神色不无骄傲。

紫苏用食指轻轻抚摸着烫金的书名，那么轻、那么柔，仿佛在抚摸一个刚刚出生的婴儿。当划过"慕白"的名字时，一阵轻颤从指间传递过手臂，直达心扉。

回到"家"中，已是晚上七点半。张天明正躺在沙发上，手握遥控器，百无聊赖地看着电视。因不敢开大声音，声音放得极低极低，基本属于看字幕。

见到紫苏进门，张天明"噌"一下跳起来，紧张地问："怎么才回来？碰到什么情况了？有没有人跟踪你……"

"没有，我只是去书店买了几本书。"紫苏神色极度疲乏，把东西往小桌上一放，哑声说，"我累了，想进屋躺会儿。"

张天明看着紫苏提着书进了小卧室，张了张嘴，想说什么，到底也没敢说出口。这段时间，他几乎一切都在依赖紫苏，从物质到精神——靠紫苏去买吃的用的，靠紫苏去打探消息，靠紫苏宽解安慰……没有紫苏，他简直不知该怎么活。

紫苏进了卧室，反锁上门，迫不及待地掏出《少年的我们》，看到扉页上印有一行字:"谨以此书,献给青春岁月,所有不能忘的欢喜和哀愁。"

紫苏翻开书页,一页一页往下读。在书里,她看到了慕白,看到了颜玺,看到了自己。看到了他们的痛,看到了他们的爱,看到了他们共有的整个青春岁月……往事通过慕白的文字,一幕一幕浮现在眼前。紫苏看着,心痛如绞,泪水啪嗒掉在书页上,砸出一个小坑,又浮凸出来,整个书页都变得坑坑洼洼的。

世事便是如此好笑。少年时,在白马王子慕白和"癞蛤蟆"张天明之间,她毫不犹豫选择了白马王子。孰知二十年过去,白马王子沦为落魄文人,癞蛤蟆却摇身一变,成为成功商人。审时度势,她放弃了落魄文人,选择了成功商人,可怎么一瞬间功夫,成功商人变成仓皇逃犯,而落魄文人却又声名鹊起了呢?紫苏不明白,自己的每一步选择似乎都前思后想,精打细算,可为什么竟步步错呢?紫苏心里又悔又痛,又困惑又茫然。不晓得她和命运,谁讽刺了谁。

紫苏起身从抽屉深处翻出手机。这部手机自从开始"逃难"后,就再没有打开过。张天明不允许她和任何人联系,甚至连颜玺也不能。

紫苏颤抖着按下开关,翻出通讯录,找到那个谙熟无比的名字。紫苏对着手机看了又看,想了又想,到底是没有勇气拨通。

紫苏把手机一扔,颓然地倒在床上,深深的疲倦感袭涌而来,将她淹没。紫苏感觉胸口憋闷,闷得就快要窒息了!不行!必须得找一个人,必须得说点儿什么!紫苏"噌"地翻身坐起,抓起手机,不假思索地拨出一串号码,若不是那样迅速,她担心自己就再没有勇气拨出了。

电话响了，几乎是第一时间，对方就接通了，仿佛她一直就把手机捏在手上，仿佛她一直在等着这个电话。颜玺的声音传过来，充满急切的关心："紫苏，你在哪里？你怎么样了？"

这声音犹如天外之音，如此遥远，却又如此熟悉，如此亲切。紫苏鼻端一酸，眼泪"啪嗒啪嗒"地往下流。

"紫苏，怎么了？发生什么事了？天天找不着你，把我们都急坏了！要不是你留短信叫我不要找你，我就要报警了！你怎么了？怎么不说话？不管发生什么事，不许不告诉我，不许玩失踪！快，告诉姐姐，怎么了，你在哪里……"

颜玺在紫苏面前自称"姐姐"的时候，就是她要挽起袖子替紫苏遮风挡雨的时候。颜玺还是那样，动不动就想做个行侠仗义的侠女，也不管自己有没有能力，真是傻乎乎的。紫苏又想哭又想笑，抽泣着，终于喊出了声："姐姐，哦，姐姐……"

紫苏抽抽搭搭的，刚说了几句，门"砰"地被撞开，张天明急赤白脸地冲进来，呵斥道："谁？你在和谁打电话？！"

紫苏一惊，慌忙抬起头说："是姐姐。是颜玺！"

"这个时候你还敢打电话！你这是要害死我呀！"张天明一把抢过电话，恶狠狠地往地上一砸，手机顿时四分五裂。

"我……我只是给姐姐打个电话……"紫苏吓得面色苍白。

"打电话？老子不是早就跟你说过，他们盯上了我，就会盯上你，监控不了我的手机，就会监控你的！你只要一开手机，就会暴露我们的行踪，只要一被抓到，就全部玩完！你真不懂假不懂？蠢婆娘，作死……"张天明不住口地骂道，凶相毕露。

紫苏惊呆了！少年张天明就是一个泼皮无赖，她知道。可久别重逢后,张天明变成了另外一个人,一个浑身名牌、处处追求"贵族生活方式"的中年成功男士,她也就以为,张天明真的是脱胎换骨,变成了另外一个人。可是短暂的逃难生涯里,张天明那层上流社会的"皮"就像他身上的名牌衣服一样,一件一件被褪下来,愈来愈充分地暴露出他地痞流氓的本色。

"你有什么资格摔我的手机?我凭什么要陪你逃难?你犯下的那些罪,跟我有什么关系?我和你在一起才几个月!我什么都不知道,却要陪你来逃难,像只过街老鼠一样,偷偷摸摸,东躲西藏。连和自己的妈妈、姐姐都不能联系,为什么?我犯了什么罪?我为什么要这样?"紫苏捂住脸,痛哭起来。

"为什么?就因为你是我张天明的女人!你吃我的,穿我的,用我的,现在犯了事就和你没关系了?老子告诉你,现在,你和老子就是一根绳上的蚂蚱,谁也跑不脱!"张天明的眉毛凶狠地虬结起来,在这异乡的幽深的夜里,看起来尤为恐怖。

这是谁?紫苏不认识他!紫苏跳起身来,往门外冲,说:"不,我要走,我要回北京了,我要去找姐姐……"

"你休想!"张天明一把抓住紫苏,狠狠地摔在地上,顺手操起床上的一把藏刀,这把刀自从逃难开始,张天明就一直放在枕边,以作防身。

张天明把刀架在紫苏脖子上,咬牙切齿地说:"现在,你哪里也不能去!想活命就在老子身边老老实实待着!要不然,老子一刀宰了你这臭婆娘!"

幽暗的灯光下,一尺来长的藏刀发出幽蓝色的光芒。紫苏歪着头仔细地看着藏刀,就像在欣赏刀上的花纹。是的,这把刀做工精美,花纹细致,真是一把美丽的刀!紫苏抿着嘴,甜美地微笑起来。这笑容吓到了张天明。

他把刀往后一退,呵斥道:"你笑什么?"

紫苏不答,依然甜美地微笑着,把身子往前凑,看样子,就像是故意把脖子往刀口上送。

"喂,喂,你干啷个!老子可不是真的想杀你!你不要故意陷害老子成杀人犯!"张天明慌忙把刀扔回床上。

到底是个懦夫!

紫苏轻蔑地扫了他一眼,收敛起笑容。冷着脸,不发一语。张天明也一屁股在紫苏身边坐下,吭哧吭哧喘着粗气,显然也是疲惫至极。

时间陷入了静默。

突然,张天明一下子惊跳起来,伸手去捡地上的手机碎片,神经质地念叨:"不行,这个手机曝光了,必须赶快把它扔得远远的,要不然,我们的行踪就暴露了!他们就该找到我们了!"

紫苏扫了一眼墙上的挂钟,已是深夜两点半。手机都摔碎了,还会暴露行踪?张天明怕是真的疯了!是的,看他那个样子,穿着油渍渍的睡衣,胡子拉碴,眼睛血红,嘴角神经质地抽搐着,真真是个疯子!

"走!你跟老子一起走!"张天明捡拾起所有碎片,放在一个塑料口袋里,一把拉起紫苏,踉踉跄跄地往门外拖。

这辆车,是张天明的表哥帮他找的,以备关键时刻逃脱所用。此时倒派上了用场。

上了车,张天明疯狂地发动车子,车子像一个醉酒的疯汉,歪歪扭扭地向夜色深处冲去。

前面是一条单行道,只允许对面来的车辆通过,张天明却不由分说,一下子驶入单行道逆行,对面开过来一辆车,眼看就要和张天明的车头碰头。

"啊!"紫苏本能地尖叫一声。张天明车头一拐,险险地和对方擦身而过。

对方司机"嘎吱"一声停了车,探出头来破口大骂:"你疯了?敢逆行!吓死老子了!灌了几瓶猫尿?把你抓到牢里关起……"

"老子就是要逆行!死就死,有啷个了不起?老子宁愿死了,也不想遭抓起!嘿!你看,你看,老子不但逆行,还不抓方向盘,哈哈……"张天明嘴里念念有词,竟果真放开方向盘,让车子自己在街上歪歪扭扭窜行。

紫苏惊骇地扭头瞥了一眼张天明,见他眼睛发直,神情痴傻,那副神情,只能用丧心病狂来形容。紫苏想:完了,看来今天这条小命要莫名其妙葬送在他乡,葬送在这个被恐惧折磨得丧心病狂的疯子手里!

紫苏闭上眼睛,不再去看,任由张天明自己去发疯。

不知开了多久,车子"嘎吱"一声停下。紫苏睁开眼睛,四下里黑乎乎的,应该是一片荒郊野外。

"下车!"张天明打开车门。

他莫不是要把自己带到这荒郊野外弄死?此时也由不得多想。紫苏心一横,跨出了车门。

张天明左手拉着紫苏,右手提着塑料袋,跌跌撞撞地往前走。走了几分钟,面前出现了一片湖。月光下,湖水泛着可疑的亮光。

张天明停下来,说:"我的记忆没错,这里就是有个湖!"

紫苏转头看着张天明,不明所以。奇怪的是,此时她的心中已没有恐惧,只有一种听天由命的泰然。

却见张天明从塑料袋里掏出手机碎片,一片一片奋力掷入湖中。碎片迅速被湖水吞没,湖面平静,悄无声息。

张天明长长地舒出一口气,说:"这下好了!再也找不着我们了!"

原来,开那么远的车,跑那么远的路,只为了把手机碎片葬身湖底,毁"尸"灭迹!

"紫苏,现在是关键时期。答应我,不要再和任何人联系,不要再打电话了,等熬过这一阵,事情明朗了就好了。好吗?"张天明去扳紫苏的肩头,紫苏木着脸,不理他。

"你说话呀?答应我啊……"张天明使劲摇晃着紫苏的肩头,紫苏仍没有任何反应。

突然间,张天明崩溃了,"扑通"一声跪在紫苏的面前,绝望地哭泣着,说:"你可怜可怜我吧!我真的害怕呀!这一段时间,我整晚整晚睡不着觉,一做梦就是警车来抓我,我怕呀!你看,我都瘦了十几斤了,头发一把一把地掉。现在,我身边只有你了!我答应你,等熬过这一阵,只要'大人物'的案子结了,只要他不供出我,我们就结婚,我带你走,带着我们的钱远走高飞,再也没有人能找到我们……"

张天明抱着紫苏的腿,哭得涕泪交加。紫苏低头看着这团在自己脚下蠕动的东西,像条丧家之犬,既怜悯又厌恶。没错,他就是张天明。他还是张天明。

突然,张天明"噌"地一下站起,神经质地说:"不行!这样还是不行!这里不能待了,他们还是会找到我们。换地方,明天,我们立即换一个地方!"

动了谁的奶酪

夏以橙走到公司楼下,见大门口熙熙攘攘站了一大堆人,穿着短褂短裤,有的还穿着拖鞋,怠懒散漫,混在衣履整洁、步履匆匆的上班人流里,甚是突兀。

这帮人把住大门口,只要有人进楼,就说:"颜夏公司的颜玺,心太黑了,逼得我们走投无路了!""对呀,就是五楼那个建筑设计公司……"

夏以橙快步跑过去,厉声喝道:"你们是什么人?为什么在这里闹事?"

为首的人见有人问话,声音更大了:"颜夏公司砸了我们的饭碗,我们也要砸他们的饭碗!谁也别想上班!"

夏以橙心想坏了,赶紧拨开人群,匆匆跑上楼,见公司大门口也有一些农民工把着,新招的几个员工都站在门外。

"你们怎么都不进去?"夏以橙奇怪地问道。

"一大早来,这些人就堵在公司门口,不让我们进去上班。"设计师小许无奈地说。这些建筑师都是知识分子,秀才遇到兵,有理说不清。

"那颜老师呢?"

"颜老师在里面和他们谈判呢！"

"颜老师一个人在里面谈判？"夏以橙急得火烧火燎，赶快拨开人群往里冲。有几个农民工上前来阻拦，夏以橙厉声喝道："我就是颜夏公司的夏以橙！工地的事都是我经办的，我最清楚！让我进去！"人群闪开一条道，夏以橙以最快速度冲进会议室，果然，见到陈明亮带了几个大汉气势汹汹坐在会议室，另一端，孤零零地坐着颜玺一个人！

"颜老师你怎么样？他们没伤害你吧？"夏以橙飞速冲到颜玺身边，又转身对着陈明亮喝道："你们这么多男人围攻颜玺老师一个女人，不觉得害臊吗？"

颜玺却毫无惧色，说："怕什么？现在是法治社会，有理说理，又不是打架，人多力量大。"

陈明亮见状更加猖狂："行啊，夏工也来了是吧。颜玺实在太可恶了！我干了这么多年工程，就没见过她这种建筑师！成天折腾来折腾去，把我们折腾得累死就算了，现在居然怂恿甲方，不给我们付钱，这不是断了我们的生路吗？"

颜玺说："不是我要断你生路，而是你的工程报价实在太离谱了。我在北京请专业的造价师核过，水分太多，虚高太多，这些造价师都不敢相信，居然有人敢这样胡乱报价，骗政府追加投资！我只是如实反映情况而已。"

"我就不明白了，你颜玺就是个建筑师，说白了，也就是个打工干活儿的，你做好自己的设计就行了。工程报价，政府要不要追加投资，这些关你屁事啊？要你来多管闲事，绝人生路？"

"当然和我有关系。建筑师要对建成的房子负责。我们B城不富有，书记早就说过，钱不多，房子只能是低造价。我要对业主负责，不能多花冤枉钱，这是纳税人的钱。你大肆虚高报价，不亏心吗？如果最后工程花了大价钱，却不能保质保量完成，是谁的过错？谁来承担责任？"

"大道理你不要给我讲！我是农民，我听不懂。我手下这些兄弟也都是农民，我只知道我们要吃饭，要养活一家老小！政策有规定，不能拖欠农民工工资！"

"对呀，对呀。我们要吃饭。不能拖欠农民工工资！"跟来的几个人也连声附和。

颜玺轻蔑一笑，说："你不要混淆概念。你虚高报价，受益的人是你们这些老板，伤害的恰恰是下苦力的民工兄弟！蛋糕总共那么大，你们分得越多，民工兄弟就分得越少！这个道理，大家不明白吗？"

几个民工一听，均把狐疑的眼光转向陈明亮。陈明亮急了，一拍桌子，说："你这个婆娘就会诡辩！你敢绝我生路，我就抱着你从这楼上跳下去！"

夏以橙吓了一跳，指着陈明亮说："你别威胁人，别乱来啊！"

"你敢！"颜玺也一拍桌子。陈明亮迅速冲过来。"陈明亮，你不要乱来！"夏以橙立马冲上前去护着颜玺，与陈明亮扭打成一团……

"你们干什么？快住手！"

颜玺一看，竟然是警察来了！原来楼下的民工把持住进楼门口，影响了工作秩序。隔壁的公司不堪其扰，报了警。

警察问明情况，吩咐陈明亮立即带着人离开。"公司纠纷打官司去！不许耍无赖！"

"颜玺你等着！看看你有什么好果子吃！"陈明亮丢下狠话，带着兄弟伙扬长而去。

夏以橙还是挂彩了，额头破了一个口子，眼眶被打青了，眼镜也打飞了。颜玺也好不到哪儿去，头发被抓散了，衣服也扯皱了，好不狼狈！俩人你看我，我看你，不禁笑了起来。颜玺陪夏以橙去楼下医务室包扎了一下，脑门上缠着几圈纱布，活像一个打了败仗的伤兵。

"疼不疼？要不要去医院？"颜玺关心道。

"没那么娇气。"夏以橙耸耸肩，说，"上次打架还是读初中的时候呢。所以打一架，感觉自己又年轻了。"

"所以，你这算是为我打的架吗？"颜玺眨巴着眼睛，盯着夏以橙问。

夏以橙愣了："当然……不是……"

"切！连个顺水人情都不愿做。没劲！"颜玺翻翻白眼。

"难道……你希望我是为了你？"

"没有没有，我开玩笑的。我都这把年纪了，当然该有点自知之明了。"颜玺自嘲，"我只是想起当年慕白和张天明为了紫苏打架，慕白的头被打破了，到我家来的时候，头上缠着纱布，就和你现在一模一样。我那时候挺羡慕紫苏的，真的，居然有男生会为了她打架受伤。她的青春没有虚度，没有白活。"

"那……你的青春呢？难道没有男生为你打架？"

"我？一个连恋爱都没有谈过的人，怎么谈得上青春？姐姐我那时候啊，杂书看多了，哲学的历史的武侠的，满嘴都是尼采柏拉图，要不就是金庸古龙，跟周围的同学根本没共同语言。结果呢，男生没把我当女生，女生也没把我当闺密，里外不招人待见。那时我就想，如果有男生会为了我打架,哪怕是全班最丑的,我也和他好!结果呢,连最丑的男生也没看上我。唉!所以在恋爱上我一直很自卑。"

"你真的这么想,有男生愿意为你打架,你就会和他好?"

"当然了!不过这已经永远不可能了!现在能看上我的,都是老头儿了。哪个老头儿成天跑出去和人打架?除非是碰瓷,哈哈……"颜玺把自个儿逗得乐起来。

"不是……小颜姐,我,我……"夏以橙口吃了,他嗫嚅着,想说什么,恰在此时,颜玺的手机进来一条微信。

"等等!"颜玺拿起手机,看着看着,眉头皱了起来,脸色也越发难看。

"谁发的?怎么了?"夏以橙问。颜玺沉着脸,默不作声地把手机递给夏以橙。夏以橙一看,是陈明亮发的。上面写着:
"尊敬的领导:

我叫陈明亮,是红花岗行政中心的工程承包人。我要举报,项目建筑师颜玺的一系列违法行为……"

短信里列举了几条罪状:一、行政中心这么重要的项目,为何不让鼎鼎大名的清华大学设计院做,而交给一个名不见经传的小公司?这里面大有名堂。二、项目的操作过程中,一个建筑师不顾本分,竟越位操作,管起了工地,还克扣农民工工资,导致工程无法顺利推进……

原来是一封诬告信。下面还附有一则短信:如颜玺不肯妥协,就会把这封信发给B城所有的相关领导,并传到网站上。

"这个陈明亮,说他是莽夫吧,还粗中有细。刚打完架,就晓得向领导告刁状。文字呢,显然还是找人字斟句酌过的,避重就轻,猛一看吓唬人,仔细一看,又没什么具体事例。嗬,厉害。"夏以橙说。

"是啊，早就听说这个陈明亮有点背景，要不他一个外地人，怎么会在贵州接到那么多项目呢？"

"那，你怕吗？"

"怕？怕什么？我问你，在这个项目上，我们有任何亏心之处吗？我们有给领导送过礼吗？有请领导吃过饭唱过歌吗？有任何的权钱交易或是权色交易吗？都没有吧？我们拿到这个项目，是不是完全靠的是我们的实力和诚意？"

"当然了，我们是'最不懂事'的乙方，连饭都没有请领导吃过，哈哈。"

"就是，而且我们现在和陈明亮斗，是不是全心全意为了业主的利益考虑，并不是为了一己私利？所以怕什么？心底无私天地宽！"颜玺起身冲了两杯咖啡，一人面前放一杯。夏以橙一看这架势就知道，颜玺又要开始发表她长篇大论的"演讲"了。

果然，颜玺喝了一口咖啡，开讲了："我们总说建筑是科学与艺术的结合，可现实的情形往往就是，一栋房子就是一栋房子，看不见科学更看不见艺术。我觉得，现在中国之所以难以建成打动人心的好房子，不是没有好的创意，而是因为'营'和'建'脱节。方案创意是营，工地施工是建。建筑师若不能全程掌控，把工地全部交给包工头，而有些包工头又只以盈利为目的，对建筑的最终效果不负责任，偷工减料，任意篡改方案，甚至像陈明亮这样，虚高报价，而业主不是专业的建筑师，不可能对专业内的黑幕搞得那么清楚，最终的效果，当然也就是只能产生平庸之作了。"

"我明白你的意思，只有建筑师对项目全盘负责，才能建造出高品质的房子。"夏以橙笑了。颜玺的这些观点，她反反复复已讲了好多遍,可每次提起话头,都像是第一遍说,那么兴奋,那么激情飞扬,当真是不厌其烦。夏以橙所能做的,也就是当好听众,竭力保持住新鲜感,就当作是第一遍听。

"当然了!建筑师好比是一部电影的导演,而业主就是制片人。大家都知道,只有导演才能对整部电影的最终效果负责,可当年历史上的制片人也曾不厌其烦地生产出了一部又一部的业余作品。有人说,建筑项目投资大,动辄几千万几个亿,只能由业主负责,但是,电影也不乏几个亿甚至更大的投资,也依然只能是让导演负责啊!因为只有当一个导演发掘出自己内心世界的深层结构,才能集中电影的所有资源,与观众实现一对一的心灵对话。所以,任何电影都是一个人的电影。同理,希望感动和愉悦人的建筑也是由团队合作的一个人的建筑,这样的建筑期待一个敏感的灵魂来整合所有的资源,实现与每一个受众的对话,才可能实现我所说的,建成有艺术品质的、能让人感动的房子。"

"所以你要做堂吉诃德,以一己之力,向传统习俗挑战?"

"是的!总要有人去做第一个吃螃蟹的人。这次若不亲自下工地,亲自做实验,外墙早就贴面砖了,怎么可能做出人工斧凿后的丹霞石墙面那种震撼人心的效果?我不允许陈明亮虚高报价,就是为了保证要把每一分钱都准确地用在刀刃上。"

夏以橙看着颜玺亮晶晶的眼睛,胸中也升起一种豪迈的激情,说:"好!路漫漫其修远兮,我会永远追随你,亲眼见证一个打动人心的建筑作品的诞生。"

鸿门宴

第二天下午,颜玺走下楼去,只见门口停了一辆商务车,车旁站了四个膀大腰圆的大汉,身高都在一米八以上,全身黑衣,感觉像是港片里的黑帮打手,不禁吓了一跳!

夏以橙说:"颜老师,请上车。"

"什么情况?"颜玺一头雾水。

"为了您老人家的安全,我特意请了四位保镖来保护你,是本地最好的保安公司。据说这些保镖都是退伍的特警,以前都是什么散打冠军,一个打三个没问题!"

"哇,夏以橙同学!你太夸张了吧?我老人家不过是去和合作伙伴沟通一下工作,你太小题大做了吧?"颜玺捂脸佯做惊恐状。

"不夸张!你动了别人的奶酪,当然很危险。我宁可小题大做,也不能让你的安全受到一丝威胁!"夏以橙一脸郑重。

颜玺想了想,又问:"请一个人多少钱?"

"一人两千!"

"一人两千!四个人就是八千。夏以橙同学,你真舍得!请一天保镖要花八千,我要被你搞破产了!"颜玺惊呼。

"咦!这会儿又这么小气了。免费奉送工地管理,几十万没有了,不见你心疼。保障人身安全你倒是不舍得了。行了行了,放心吧,这个钱我自己出,算我对你的投资,行了吧?"夏以橙又好气又好笑。

"你对我投什么资?"颜玺一脸茫然。

"你要是出了什么事,我给谁当助理去?不是鸡飞蛋打了吗?"夏以橙一本正经地说。

"呸!乌鸦嘴!就不盼着你姐姐点儿好。"颜玺嗔怪道,"得嘞!那姐姐我就享受享受保镖待遇!"

上了车,四个大汉齐刷刷坐在后面,一语不发,颜玺感觉莫大的压力,笑着说,"找到美国大片的感觉了!就像史密斯夫妇那样,白天衣冠楚楚,出入写字楼,一到夜间就飞檐走壁,上天入地。哎哟!真没想到,我颜玺这辈子居然还用上保镖了!啧啧!原来建筑师也是一个高危行业呀……"

夏以橙翻翻白眼,说:"你别太大意了。待会儿见了陈明亮,有话好好说,千万别争执。好汉不吃眼前亏呀。"

"我知道,我的目的不是真不给他付钱,只是要他合理报价。其实陈明亮做活是不错的,就是心太贪。只要他肯把价压下来,万事大吉。"颜玺耸耸肩。

陈明亮带着工人在颜玺的公司围追堵截,搞了好几天,颜玺却毫不妥协,陈明亮的诬告信不但发给了B城的相关领导,还在公共网站上满天飞,试图造成舆论压力,颜玺也置之不理。如此,僵持了整整一个星期,陈明亮恨恨地说:"颜总,你当真是油盐不进,软硬不吃啊!你可以告诉我,你一个女人,胆子怎么就这么大,什么都不怕呢?"

颜玺回道:"自古'邪不压正',我相信我站在了正义的一方,所以，我当然不怕！"

"你这人放在过去，不是刘胡兰，就是江姐！"陈明亮讽刺道。

"谢谢夸奖。"颜玺笑吟吟的，一副照单全收的姿态。陈明亮无奈，带着手下悻悻而去。第二天，陈明亮发给颜玺一则短信，要求"心平气和地好好聊聊"，并且要到他指定的地方。夏以橙很是担心，怕是鸿门宴，颜玺却大无畏地说："放心吧，他是个商人，以盈利为目的。杀了我有什么用？他又不傻。去就去，聊就聊。聊才能解决问题嘛。"

于是，便有"保镖护送出征"这一幕。

到了目的地，竟然是一处风景优美的别墅区。陈明亮从房子里走出来，满脸堆笑，看见四个保镖，先是一愣，旋即说："欢迎欢迎！"

进了房间，里面竟然摆了一大桌酒席，陈明亮说："略备薄酒。边吃边聊。"

颜玺和夏以橙面面相觑，一时没搞懂陈明亮是何用意。陈明亮说："哎呀，都是误会。昨天领导已经批评我了，是我做得不对。所以今天呢，一是表达歉意，二呢，想看看我怎么样配合颜老师把工作干好。"

"嗬，原来你大老晚地让我们跑八十里地，就是为了喝杯酒啊？不会是鸿门宴吧？"夏以橙半调侃半认真地说。

陈明亮一愣，恍然大悟，说："哎呀，误会误会。这是我自己的房子，就想着请你们到家里，这不是显得亲切吗？地方是偏了点，我没有注意到。怪不得，你们还带了保镖呢，呵呵。"

"好，陈老板有诚意，我们就好好聊聊吧。"颜玺在沙发上坐下。

经过一番讨价还价，陈明亮同意把虚高的部分除掉，颜玺也答应只要他好好配合工作，一定说服领导立即付款。

"陈总，这个项目做到完美，是共赢的呀。业主花不大的代价，得到满意的房子，你我呢，也得到一个满意的作品。这也是你的口碑呀。将来再接项目，不是易如反掌吗？"

"是的，还是颜老师有胸怀！我们是不打不相识啊。来，一起喝杯酒吧。"

"酒就不喝了，我这边还忙着加班呢。我期待，等到工程结束，我们一起喝庆功酒！"颜玺婉言谢绝。

刚回到车上，颜玺的手机响了。颜玺看了看，淡淡一笑，递给夏以橙。夏以橙一看，是陈明亮发的："尊敬的领导，我是陈明亮。颜玺老师是一位认真负责有才华的建筑师，之前我们有些工作上的误会，我说了很多错误的话，在这里向颜玺老师道歉，也向领导道歉……"

"呵，这个陈明亮，倒也是个率直之人，这就立马给你平反昭雪了。"夏以橙啼笑皆非。

颜玺笑道："知错就改，孺子可教。起驾，回京！"

老金丝雀和老女生

三里屯太古里夜色撩人。

这个地方,已成为北京的时尚新地标。被外界渲染得灯红酒绿,激情满天飞。

颜玺时不时地在太古里转悠,一来因为她家就住在三里屯附近,方便;二来三里屯因为在使馆区,世界各国的大使馆都在周遭,因而世界各国的美食云集,都很地道。再有,这里的建筑很有特色,设计通透错落,几栋建筑相对独立,又互有牵连。作为建筑师,能置身于有品质有创意的建筑里,就像一个作家捧到一本喜欢的书,本身就是最大享受。所以,颜玺平时没事就到太古里,吃饭喝咖啡,不时也喝点酒。这些日子一直忙于行政中心的项目,一年多的时间就像是打仗,又像是加了一个星期的班,颜玺忙得晨昏颠倒,别看三里屯就在眼前,却是一年多没有来过了。

如今项目收官在即,工地上也用不上颜玺了,她这才抽出时间,陪梅碧云回京来放松一下。当然,今天的主题是,宴请新寡的叶太太——蓝怡。

这家日本料理店店面不大,倒还精致雅洁。蓝怡一身黑色丧服,帽子也是黑色的,帽檐上的黑色网纱搭下来,遮住了半张面孔。脸上依然细致地化了妆，只是眉头紧锁，神情哀戚，不似平日里那般飞扬夸张，倒是添了几分动人。

前些日子，正在北京奋力创作剧本的叶先生突然在家晕倒，昏迷过去，送医院急救，查出罹患肝癌，已是晚期。当即蓝怡陪着叶先生回到台湾，住进了医院。不想短短一个多月，叶先生便离开了他心爱的剧本，也离开了他心爱的女人，含恨离去。剩下叶太太，台湾不能待，美国的房子也没了，只好孤苦伶仃地又飘回北京。如今住在一家五星级酒店，等着向剧组讨要叶先生剩下的稿费。

手机响了，颜玺迅速扑向挎包，急切地翻出两个手机，一看，响铃的是自己平常用的手机，不由泄气，"啪"一下挂掉。而另一部红色小手机，就像一个小哑巴，毫无声息。

"紫苏……还是没有来电话吗？"梅碧云问得小心翼翼。

颜玺默然地摇摇头。

紫苏上次来了电话后，颜玺再拨她的手机，就一直关机。当然，颜玺不知道那部手机因为和她通话而永远地葬身湖底。过了些时日，有一天有人敲门，是个陌生男子，颜玺以为是送快递的，来人却递给她一个盒子，说是林紫苏给她的。颜玺打开盒子，见是一部手机，最简单最粗陋那种，街上卖两百块一个。很久没见过这么古老的手机了。颜玺疑惑地按下开关，居然有卡有电。

过了一会儿，手机响了，是一个陌生号码。颜玺一接，果然是紫苏！紫苏说，从今以后就只能用这部手机单线联系，而且只能是她打给颜玺，问她在哪里也不肯说，只说他们又搬了住处，有什么情况，不管好的坏的，她都会打电话给颜玺。颜玺憋了一肚子的话想问紫苏，可是，紫苏匆匆说完便慌慌张张地挂了。剩下颜玺瞪着一部破手机干着急。

"这孩子！老娘遇到这么大难处，想来依靠着她，她可好，躲得无影无踪了。"蓝怡不住口地埋怨起紫苏来。

"叶太太，不能这样说！紫苏遇到的难处不比你小。这难道是紫苏愿意的吗？她是无辜受害者呀！你说，她这么东躲西藏的，连亲人都不敢联系，日子有多难过，紫苏犯了什么罪呀……"颜玺哽咽了。梅碧云也抹起了眼泪。

"你们说，这叫什么事呀！紫苏这孩子，怎么这么倒霉呀！跟着这个张天明，还没享几天福，连婚都没结呢，这倒好，倒跟着他去逃难了！天哪！她要是出了什么事，我可怎么活呢？现在叶先生走了，没人挣钱了，女儿又找不着，日子怎么过呀？我……我可是什么都不会呀！我也从来没有自己挣过钱呀！"蓝怡掏出一张纸巾擦拭着眼角，动作依然优雅，像演戏。

这倒是。颜玺暗想。蓝怡到了美国之后，一直在做金丝雀，被养了二十几年，从中青年金丝雀养成老年金丝雀，哪里自己去挣过钱。

"难道叶先生没有给你留遗产吗？你们美国的房子，不是说卖了一百万吗？"颜玺扬起眉毛，有些惊讶。想到美国卖掉那么大一栋房子，还有叶先生的编剧费，蓝怡还会缺钱吗？

"唉，你们是有所不知。都是自家人，我也不怕你们笑话，就告诉你们实情好了。"蓝怡喝光了面前的清酒，红着眼睛，道出原委。

原来叶先生到了美国以后，根本没挣到过钱。他从台湾带过去的一大笔稿费，换成美金后严重缩水，远远不像他想象中那样经花，两三年后就所剩无几。所幸，他一去美国便贷款买了那栋房子，当时市场价二十几万美金，几年之后，那栋房子不断升值，涨到了九十万美金。按照美国的法律,房子的市场价和原价之间的差额,可以从银行提前取出来用,所以这么些年,俩人全靠从银行里取房子差额度日。直到去年,房子的差额已经吃得差不多了,再也无力偿还贷款,也无力维持美国的开销。剩下的只有两条路:一是自己卖掉房子,把已经吃掉的钱还给银行,能剩下多少算多少;二是把房子交还给银行拍卖,自己一无所有滚蛋。

所幸房子历经曲折终于卖掉了,还掉银行欠款,再加上房产经纪人的抽成,只剩下区区几万美金。带到北京后,这点钱也被糟蹋得所剩无几。而叶先生的电视剧编剧费还有一部分没付,现在,蓝怡就指着追回稿费来度日。

大家听完都惊得都合不拢嘴,尤其是颜玺。想起第一次在叶太太的生日晚宴上见到叶先生和叶太太的情景,那般富足、优越、风光无限。尤其是叶太太,每周都要花费三百美金来学习声乐、舞蹈,多么有情调。还有那栋大房子。洛杉矶的老人一般都住老人公寓,很少有能力住那么大的房子,因为美国的房子每年都需缴纳不少的房产税。

万没料到,风光的背后,竟是那样不堪的现实。美国的房子被迫卖掉,叶先生在美国已是流离失所,七十多岁高龄重操旧业,只是为了卖文为生。叶先生实际已一贫如洗,竟还在勉力支撑着配得上知名编剧身份的生活,支撑着叶太太花蝴蝶般满场乱飞的虚荣,怪不得叶先生总是那般沉默低落,郁郁寡欢。

看着眼前虽一身黑,脸上依然化得红红白白的叶太太,颜玺心中暗自嗟叹:这个女人,被男人呵护宠爱了一辈子,她根本还是个孩子,生生被宠成一只不知人间疾苦的老金丝雀。只是,身体不饶人,叶先生到底也没能宠她到最后。主人不在了,金丝雀谁来管呢?

叶太太兀自垂泪哀叹，看得梅碧云十分不忍，倒忘了自己曾也是死过丈夫的寡妇。而且，第二任丈夫正是被蓝怡抛弃的林沪生。以前见蓝怡，梅碧云也相当不习惯：一个老太太打扮成那样，乍一看像个少女，仔细一看，还是老太太。这不是吓人吗？

梅碧云年轻时也算得是货真价实的美女，浓眉大眼，鼻梁精巧，而且是地主家庭的小姐。但她一生的主要精力都在和自己的出身、和自己的美貌作斗争。想要揭掉地主小姐的皮。她剪成齐耳短发，穿上没有曲线的蓝布衣，在外貌上积极向贫下中农靠拢。她努力要求进步，一辈子的最大心愿就是入党。虽然受出身问题困扰，到了也没入成，却依然以一个共产党员的标准严格要求着自己。

蓝怡提起自己，总是说"我们女孩子"如何如何，而梅碧云提起自己，总是自称"女生"。蓝怡是装嫩卖萌，梅碧云却只是在借此怀念她一去不复返的辉煌灿烂的女学生生涯。

两个老太太虽说相看两厌，可如今看到蓝怡遭受重创，梅碧云仍是侠义之心顿起。

梅碧云递过一张纸巾给叶太太，关切地问："经济上有困难吗？有难处就说一声！"

蓝怡止住了哭泣，抬起头来疑惑地问："你有钱？"

"嘻！姐一个月退休工资六七千块呢，孩子们还时不时给点儿，够咱姐俩花的，不怕！"梅碧云说得豪气冲天。

蓝怡撇撇嘴，垂下头不再吭声。

颜玺在一旁看得哭笑不得，暗想：可爱的老妈，你以为六七千是个什么了不得的数字？对于蓝怡来说，那不过是一瓶进口面霜，一双跳舞的鞋，连买一件衣服都不够呢！现在，蓝怡住的那间酒店，一晚上就是八百多！瘦死的骆驼比马大。蓝怡虽在哭穷，她的存款对梅碧云而言依然是天文数字。

"叶太太，你这顶帽子真的很漂亮，真的很适合你。衬得你的肤色更白，眼睛更深邃。你还是那么美。"颜玺知道，唯一能抑制叶太太悲伤的，就是夸赞她的服饰和美貌。

果然，叶太太止住了哭泣，用纸巾揩揩眼角，抬起头来矜持地说："可不是吗？当年我陪叶先生参加电影节，大家都说我比林青霞还漂亮，还像明星呢！"

于是大家开始七嘴八舌地赞美她的美貌，说她当年确实是当明星的材料，埋没了可惜了。

"唉，都怪叶先生，当年心眼小，不允许我进演艺圈。"只要被人夸赞美貌，叶太太就像被打了强心针，阴郁之情一扫而光。叶太太说："现在，叶先生走了，我也该做自己了！从此以后，不要叫我叶太太！"

众人抬起头，惊愕地看着她。

叶太太一昂首，自信地说："从此以后，叫我蓝怡。对！我是蓝怡！我要重进演艺圈！当明星！"

叶太太，不，蓝怡，突然一下子变得如此励志，把大家都吓了一跳。

"叶先生的遗作，五十集电视连续剧《××》马上就要开拍了。剧组还欠着叶先生的稿费，现在剧组已经答应，让我演里面的皇后，我马上就要进组了，所以你们帮我找个助理吧，明星都需要助理的！"蓝怡开始变得神采飞扬，自信满满。

她能够抛却叶太太的名号，从此做自己，自立自强，听上去也不坏吧？中国影坛从此多了一个老明星也未可知。大家开始恭贺她。

蓝怡从挎包里翻出一本小台历,扬扬得意地翻给大家看,原来,是她自己找公司制作的,每一页都是她搔首弄姿的艺术照。梅碧云真心实意地惊呼起来,好漂亮!她自己一辈子都没有化过妆,也不懂什么叫晚礼服。出于礼貌,颜玺和夏以橙也真真假假地赞美了几句。蓝怡突然说:"小夏,出版界你熟,你看,这本台历是不是可以找出版社制作发行一下?"

"啊?这个……发行?"夏以橙吓了一跳,不好打击她,"现在出版社不怎么发行台历了。"

"哦,那,我可不可以写一本叶先生的传记呢?叶先生一生编剧过那么多影视剧,好多台湾、香港的大明星都是拍他的电影红的。他的经历可丰富了!"蓝怡不气馁。

"哦,传记……倒可以考虑。"夏以橙迟疑地说,潜台词没说出来——如果您老写得出来的话。

"那好!我回去就写!"蓝怡小女孩一般,拊掌大乐。她想了想,又问,"那,大概我能拿到多少稿费呢?"

"这个,出版社都是付版税,一般８％到１０％,看你起印多少册。"

蓝怡眨巴着眼睛,没大明白,换了个通俗问法:"那,如果起印五十万册,我能得多少钱?"

"五十万册?"夏以橙结结实实被吓到了,"据我所知,每年全中国的书能起印五十万册的不说一本都没有,肯定也不会有几本!"

"我是说如果嘛。"

"没有如果!"

"那,三十万册?"

"也不可能！"

"二十万册？"

"这本书如果真的写得很好，也许会有出版社可以出，起印最多一万册。"

"一万册？能拿多少钱？

"搞得好，可以拿几万元稿费。"

"才这么点儿？全中国十几亿人，才卖一万册？中国人素质真低，真不爱读书！"蓝怡抱怨。

拜托，别说你连块豆腐干都没发表过，全中国还有许多作协会员、专业作家，书都不见得能起印一万。好多作家都在出自费书呢！夏以橙暗自嘀咕，懒得和她争论。

"算了，我还是先演电影吧。写书太穷了，不干！剧组还答应给我十万块呢！"蓝怡拿出小镜子，怜爱地看着自己的脸，踌躇满志。

大家又开始恭维她的美貌，期望她演艺之路顺畅。对于一个刚丧了丈夫的新寡，女儿又不知逃往何方的孤苦老太太，说几句好听的话，让她重新鼓起生活的勇气，也是厚道吧？

果然，蓝怡心情舒畅许多，对未来充满了憧憬。

情绪扭转过来，蓝怡注意力转移，开始不住口地夸赞夏以橙长得帅，说如果叶先生在世，一定推荐夏以橙去当明星，搞得夏以橙十分尴尬。他一直以才华自傲，从来没有觉得相貌是个资本。

结完账，蓝怡声称喝多了，颜玺只好拖着夏以橙打车送蓝怡回宾馆。

车行到宾馆大门口，颜玺半开玩笑地说："委派帅哥护送美人儿进去吧，我就在车上等你们。"

俩人下了车。蓝怡娇媚地说:"小夏,我头晕,你扶着我。"蓝怡弱弱地伸出手去,夏以橙赶快扶住蓝怡的胳膊,俩人转身向宾馆大门口走去。

颜玺看到蓝怡把头靠在夏以橙肩上,整个身子就快吊在夏以橙身上的样子,心里突然生出一股莫名的别扭。是不舒服蓝怡的不检点,还是不舒服夏以橙的憨傻?反正就是堵得慌,恨不能冲上前去,把俩人扒拉开。

体会到这种酸酸的情绪,颜玺吓了一跳,莫非,自己竟然是在……吃醋吗?这实在太可笑了!蓝怡一个老太太,还是长辈,自己八成是会错了意。

夏以橙呢,这么多年了,从来没见他交过女朋友,连女性朋友都没有见到过一个。倒是不时地会有一两个男性朋友过来,大家一起吃个饭。他这个年纪,实在不正常。想着想着,颜玺"扑哧"一下笑出声来。

夏以橙正好走回车内,见状,疑惑道:"笑什么?"

"笑什么?笑你,节操碎一地。"颜玺翻翻白眼儿。

"哎,我在帮你忙,护送老太太,怎么节操碎一地了?"夏以橙一头雾水。

"师傅,开车!"

两辈人的努力

曙光透过窗帘，薄薄地洒进卧室。还是将明未明，梅碧云便翻身爬起，轻手轻脚地走进厨房，开始忙活颜玺的早餐。银耳、莲子、枸杞……逐一放进锅内，用小火细细熬煮，才会黏稠软糯。糍粑辣子鸡也要现下锅炒，才鲜香扑鼻。鸡炒好了，八宝粥熟了，颜玺也起床了。梅碧云把米粉下锅，放些蔬菜，再把鸡蛋打进煎锅里……待颜玺洗完脸坐在餐桌旁，一桌丰盛的早餐恰恰上桌。五颜六色的八宝粥，煎鸡蛋金黄冒油，尤其是一碗热气腾腾的米粉，上面盖着鲜红的辣子鸡，碧绿的蔬菜，令人垂涎欲滴，是颜玺的挚爱。水果是车厘子和草莓，这种水果梅碧云嫌贵，平时从来不买，但买给颜玺吃，就一点不觉得贵了。最后上桌的热咖啡，也是现磨现煮的。梅碧云从来喝不惯咖啡，咖啡机是专为颜玺和紫苏买的，虽然一年用不了几次，还是感觉值得。

"哇！妈妈，这也太丰盛了吧！"颜玺大乐，把辣子鸡米粉搅拌搅拌，尝了一口，大呼："嗯！还是那个味道！妈妈的味道！"

梅碧云笑了。为了这一顿早餐，她早起忙碌了两个小时！看到颜玺这般狼吞虎咽的吃相，内心越发变得柔软，软得有些发酸，又那般熨帖舒坦。

风卷残云过后,颜玺换上衣服,说:"妈妈,夏以橙带着艾里在楼下等我,我先走了。待会儿你一定要过来看典礼哦。"

"一定!"梅碧云把颜玺送出家门,在阳台上看着她的背影渐行渐远,直至不见人影,才回转身来。收拾完碗筷,梅碧云郑重其事地换上那套暗酒红色的丝绒旗袍,这还是七十大寿时颜玺给她买的,只有最隆重的场合梅碧云才舍得穿。她的头发和眼仁一样,不是黑色,而是深褐色的,夹杂着些许白发,也没染,反而有一种自然的参差斑驳的效果。脸用洗面奶洗得格外洁净,虽没有化妆,却是神清气爽。梅碧云照照镜子,镜中是一个典雅端庄的老太太。梅碧云点点头,嗯,今天这么重要的场合,可不能给女儿丢脸。

出得门来,怕误了时间,梅碧云破例没有坐公交车,而是叫了一辆出租车。林沪生因为家里有事回了上海。也好,她存有一份小小的私心——今天的这份荣耀和愉悦,与她共享的应该是颜玺的爸爸颜忠。

颜玺设计的行政中心已然竣工落成,今天,要在广场上举行盛大的庆祝典礼。

站在广场上,望着这栋凝聚着女儿心血的建筑作品,梅碧云感觉到震撼,心神激荡。学理工科出身的她知道,动和静是造型艺术在物象置陈中的两个方面。这个行政中心便是对称的布局,前面柱廊的动势感却打破了沉闷,为建筑增添了生气。动静互依互显,以动显静,静中求动。尤其是色彩,褚红色的墙面色泽沉稳典雅,鲜艳却不刺目,有着动人心魄的美。墙身上,是工人们用斧头一下一下凿出的肌理,每一个凹陷都凝聚着工人的力量,是有情感和温度的,如果说这栋建筑是一件完美的艺术品,工人们便都参与了作品的艺术创作。

典礼还未开始，梅碧云也不急着去找女儿，一个人信步穿梭在这个建筑空间里，不禁联想到水流静无声、澄江静如弦、山间乱云飞等静中欲动的神妙意境。

"这个房子太漂亮了吧！从来没在B城见过这么壮观的房子！听说是北京来的建筑师设计的？"

"不对不对，听说是专门从美国请回来的建筑大师设计的呢，是个美国人！"

"不对吧！我怎么听说是个我们B城自己的建筑师设计的呢？"

"呸呸呸，你瞎说什么，B城怎么会有这么好的建筑师……"

几个市民在肆无忌惮地议论着，是B城人特有的大嗓门。梅碧云心头莞尔，不但不嫌他们吵，反而觉得亲切可爱。

"梅阿姨，原来您在这儿呢。典礼待会儿就要开始了，您快请过去吧。"一个清俊的小伙子出现在梅碧云眼前，跑得气喘吁吁的，是夏以橙。

"是小夏呀。我一个老太婆，不用管我，我随便看看就好。"梅碧云连忙摆手。

"不行！您是贵宾，是一定要坐在贵宾席的。领导和嘉宾们都在等着您呢。来，先喝点水，把包给我提。"夏以橙递过一瓶矿泉水，顺手接过梅碧云手里的包包。

梅碧云正有些渴了，一拧瓶盖，居然是拧松开的，不觉一怔。夏以橙笑着说："小颜姐力气小，总是拧不动瓶盖，我猜想您也拧不动，就擅自给您拧开了。"

梅碧云笑了，说："这个颜玺呀，就是个生活中的低能弱智。都怪我，她小时候啊就爱看书啊画画呀，觉得她是在学习，我就不忍心打扰她,结果,她就什么家务都没学会做,又懒又笨。"

"可是,你家这个又懒又笨的颜玺却是个天才的建筑师,设计出了这么伟大的建筑作品。家务活很多人都会做,这房子,可不是谁都能设计出来的哟!"

这孩子,真会说话,真讨人喜欢。样子也好,品行也好,性格与颜玺互补,和颜玺做搭档倒当真是合适。梅碧云暗想,只可惜了,他比女儿要年轻十来岁,否则还真挺般配……嗐,自己这是在想什么呢?

到了贵宾席,颜玺正陪着艾里在聊天。艾里是颜玺在洛杉矶工作时的老板,颜玺在建造行政中心的过程中多次得到过艾里的指导和帮助,这次建成大典,也把艾里请到了现场。

"玺,你说,这是一栋低造价的房子?"艾里惊讶地问。

"是啊,这就是当地最便宜的墙体材料。"颜玺答道。

"可是,这在美国是最昂贵的做法呀,现在美国人工飞涨,这样的墙面一般房子根本做不起了。只有最花钱的房子才有可能用到人工斧凿。"艾里瞪大了他无辜的蓝眼睛,一脸茫然。

"是啊,贵州经济不太发达,好处就是人工超级便宜,不要说和美国比,就是和北上广比,也是有差距的。今后贵州人工涨起来了,这样大面积使用人工斧凿的做法,恐怕还真就是一种奢望了呢。"颜玺也恍然大悟。

"这么说,丹霞石加人工斧凿,建成了一栋低造价高品质的房子,不但具有地域特征,还具有时代特征了。"夏以橙也解读道。

艾里感慨:"以前说美国梦,现在看来,中国更可以做梦,贵州更可以做梦!"

一位面目清秀的中年女性走了过来,说:"颜老师,您的母亲到了吗?"

"肖书记,您好!"颜玺赶忙对二位介绍,"这位就是肖欣书记,这位就是我的母亲梅碧云。"

"梅女士,您好。颜玺老师设计并督建的这栋房子可真是太理想了,物超所值。每天上班都是一种享受,坐在办公室里,任何时候抬起头来,眼前都是一幅绝佳的风景画。"肖欣没有想象中官员的架子,很是亲切随和。

梅碧云说:"谢谢家乡的领导给了颜玺这个机会。"

肖欣说:"梅女士,这是我们的幸运。说实话,我这些年做了很多的事情,往往都会引起一些争议,有的说好,有的说不好。唯独这栋建筑,人人都说好,没有听到一点反对的声音。我们就是所谓的'心满意足的业主'。所以,我要谢谢颜老师,也要谢谢您。"停顿了一下,肖欣补充了一句:"谢谢您为B城培养了一个好女儿。"

梅碧云心头一热。

典礼开始了,梅碧云被安排和夏以橙坐在一起。

轮到颜玺上场了,当她身着黑色长裙走上舞台,梅碧云听到身边传来一阵阵低呼:"哎呀!建筑师居然是个女的!""这么年轻啊,还是个美女呢……"

一种复杂的情绪涌上心头。是啊,女儿长大了,成熟了,成为可以为家乡做贡献的建筑师了!梅碧云想起当年那个细细软软的婴儿,牙牙学语、蹒跚学步……当真是百感交集。

颜玺站在鲜花装点的讲话台前,开始说话了:"出国前,我在米兰·昆德拉的书里读到过一句话：一个离乡背井的人是可悲的。当时我并不理解这句话。当我在国外待得越久，我却愈加深刻地体会到这句话的含意。矶崎新是著名的后现代主义建筑大师，当年，年轻的矶崎新是在他的家乡得到事业起步的机会的，如今，我也是在母亲和家乡的召唤下回到故土，主持设计了这栋行政中心，也实现了我事业的转折，奠定了新的起点。是业主的需要和支持，是同事朋友的雪中送炭，是所有合作者共同的努力，陪我走过了这艰难的一程，才有了今天的行政中心。我铭记在心，永远感激。今天，我最亲爱的母亲梅碧云女士也到了现场，我想说，今天，我做出的这一点点成绩，也是母亲的功劳，这是我们两辈人共同努力的结果！"

听到这句话，梅碧云身躯一震，一股热浪冲进眼帘，无可遏制。

典礼结束，政府专程派车把她送回家中。梅碧云全程心神恍惚，如坠梦中，心里反反复复就只回荡着这一句话：这是我们两辈人共同努力的结果！

梅碧云在颜忠的遗像前点燃了一支香，絮絮地念叨："老颜啊，你看到没有啊，我们的小玺儿，今天办了这么一件大事，把B城都轰动了。那么多人来祝贺我，说我培养了一个好女儿，我觉得自己简直就像一个英雄的母亲。那场面啊，可惜你是没有看到。我们的遗憾女儿都给我们弥补了，我们的心愿女儿都帮我们实现了，你也开心吧……"

梅碧云是二十世纪六十年代中期毕业的本科大学生。那个年代，高中生的比例比现在的博士还要少，大学生，简直就是凤毛麟角。

梅碧云的辉煌起始于做女学生，也结束于做女学生。作为极其稀有的女大学生，梅碧云被分配到上海。为了实现与丈夫的团圆，梅碧云主动与同学对调，分到了省城贵阳。工作岗位还未焐热，因为同样的原因，又调到B城。古话说"人往高处走"，梅碧云却像水一样，不断往低处流。在这"三级跳"中，梅碧云从上海到省城再到B城，梦想已然损伤了一大半。然后，颜玺出世了——她不能再不出世了，梅碧云早已是高龄产妇了！

工厂离城里远，梅碧云不得不带着孩子住在厂里，周末再背着孩子回家。一个女人独自带着婴儿，还要应对繁重的工作，梅碧云累得走路都打瞌睡，人瘦得只剩八十斤，瘦弱得就像一只纸鸢，风一吹就要飘起来。可当她站在实验室里，稳定地把溶液倒进试杯时，当她在车间里，观察着机器的运行时，她心里是欢喜的。她是一个工程师，她在做着自己最喜欢的事。

岂知这样的"好景"也不长，丈夫患上了心脏病，随时有生命危险，婆婆天天涕泪交加，诅咒着满世界乱跑"不守妇道"的儿媳妇。为了更好地照顾家庭，梅碧云不得已调到机关，改行做了没有任何专业性可言的办公室工作，至此，梅碧云的梦想彻底灰飞烟灭。她漫长的求学生涯算是明珠暗投，完全派不上用场。迎接她的是年迈的婆婆、病中的丈夫、稚弱的女儿、日复一日繁重无边的家务……梅碧云不再唱歌跳舞，不再穿布拉吉，不再打球看书，不再对花落泪对月伤怀。她剪短了长发，穿着没有腰身的蓝布褂，每天风风火火，打仗一样干活儿。

有一天，她提着菜篮子在菜市场买鱼，邻居张妈热情地对她打着招呼：颜妈，你也买鱼啊？喊了三遍，梅碧云才反应过来，原来，"颜妈"就是她自己！那个年代，同龄的女人还是以家庭妇女居多，丈夫姓张，就叫"张妈"，丈夫姓李，就称"李妈"，至于她们自己原本姓甚名谁,那是没有人知道,也不重要的。

梅碧云辛辛苦苦读了这么多年书,她的学历比这机关大院90%的男人还高,可是,在别人眼里,她早已堕落为无名无姓与家庭妇女同等地位的"颜妈"!所不同的是,她是一个自带饭票的家庭妇女。单位的事也不比别人少,她得单位家庭两头忙。每天早上,她上班时都会心神不宁地看手表,时针一走到十点,她便会飞奔回家,把封住的炉子捅开,把米饭蒸上,又飞奔回单位继续上班;到了十一点半,分秒不能耽误地,她再度飞奔回家,炉上的米饭刚好蒸熟,马上洗菜炒菜;十二点,丈夫和女儿回家,热腾腾的一桌饭菜正好上桌……所以,她不是"颜妈"是什么?梅碧云强忍住眼眶里的一腔热泪,高昂着头,对张妈说:"对不起,我不知道颜妈是谁。我不姓颜,我姓梅,请叫我梅同志!"张妈张口结舌,没弄明白"颜妈"和"梅同志"有何分别?她难道在生气?看到梅碧云转身离开,那脊背挺得异常笔直,头高高昂起,像一只骄傲的大鹅,张妈寻思半天,闷闷地啐了一声:"神经病!"她没有看到,眼泪从梅碧云的眼中涌出,流了满脸。

颜玺从没见过母亲的青春,也没见过母亲的美丽,甚至连母亲的优异都没见过。自她记事起,母亲就是一个操劳憔悴、脾气暴躁的中年妇人。她希望女儿不要犯和自己一样的错误,不要为了家庭而牺牲掉自己。她用棍子抽着打着,逼着颜玺年年要考第一。她不允许女儿不优秀,她相信女儿的时代不是梅碧云的时代,相信女儿的时代允许女人优秀,允许女人自我实现。

颜玺在美国离婚的前夕,对于要不要和岳子君打官司分财产,犯了踌躇,不能确定。颜玺拨通了梅碧云的电话,梅碧云说:"玺儿,不是咱们自己挣的钱,争来也不光彩。你一向都是最优秀最出色的,妈妈相信你，你一定能凭你自己的才华和本事过上美好的生活，而不用依靠任何男人！"

颜玺回国之后，历经了各种打击挫折，甚至一度遭遇严重的心理危机，但是，她挺过来了，她主持设计修建了这般完美的行政中心。梅碧云的缺憾终于得到了宽慰和弥补，极致的宽慰和弥补。是的，女儿的时代不是梅碧云的时代，不仅只有相夫教子一条路；女儿的时代，允许女人自我实现！

莺莺燕燕

阔别北京大半年，再次回来，紫苏竟有恍如隔世之感。

站在检察院门口，张天明面如死灰，嘴唇乌白。死死地攥住紫苏的手，手指紧掐，就快嵌进紫苏的皮肉里。

真是一个厌包！紫苏斜瞥他一眼，又是嫌恶又是怜悯。

"不！我不进去！我不进去！我要回家！回家……"张天明惊恐地喃喃道，双腿颤抖着，就想回身逃跑。

"大哥，你必须进去履行一个程序。我都已经打听清楚了，你是没有问题的，担保你没事。好吗？"这个姓李的，是张天明的哥们儿，能量巨大。张天明逃难在贵州，一切都由姓李的帮他在上上下下打听。姓李的说，"大人物"的案子虽牵涉到张天明，但张天明的问题不大。只要去检察院问个话，销了案底，就万事大吉。所以就让张天明回京，见了检察官该怎么说，也都一一授意给了张天明。

"莫不是骗我的？把我哄进去，就把我抓起来，把我投进大牢……不，我不进去，不进去……"张天明还是紧紧地攥住紫苏的胳膊，死不撒手。

"大哥！你连兄弟都不相信了？你忘了，"姓李的附在张天明的耳边，轻声说，"我俩也是一根绳上的蚂蚱。你要栽进去，我也跑不脱。"

张天明狐疑地瞪着姓李的。良久，他终于横下心，说："好！老子信你！"转身又对紫苏说："我进去后，万一有什么事，家里都交给你了！"又招呼过他两个前妻生的三个孩子过来，说："爸爸进去后，万一出不来，今后有什么事，都听林阿姨的，啊？"张天明嗓子哽咽了，两行热泪从脸上流下来，那一刻，张天明确确实实是动了真情。

见张天明大有托孤之意——虽然他们自己的母亲都还健在，紫苏只好点点头。

张天明一步三回头，栖栖惶惶，磨磨蹭蹭地，终于走进了大楼。

两个小时后，张天明奔跑着出来，大呼："没事了！我自由了！自由了！哈哈……"

将近半年的逃难生涯终于画上了句号。生活又回到当初的模样，保姆团队重新回来，又开始了他们一丝不苟的"贵族式"高雅生活。

两个人相濡以沫的日子也一去不复返，张天明又开始忙起来，应酬、醉酒、深夜不归，撇下紫苏一个人，独守着一屋子的冷寂。

婚期定在两个月后。逃难归来，也算是共患难过。紫苏每天采买着新房所需的物品，都是些极精致、极奢侈的物品。只有看到、抚摸到这些物品时，紫苏的心里才会有一丝宽慰。是的，张天明的人每天摸不着，这些物品好歹实实在在，是自己能拥有的。只有这些物品，能够带给她安全感、幸福感。不！更加有安全感的，是腹中正在孕育着的这一个生命。

桌上摊着一纸医疗诊断书，是紫苏今天下午刚刚从医院里拿回来的。看着纸上的"+"号，紫苏几乎要喜极而泣。是啊，逃难的时日，居然有这样的意外收获，实在令紫苏又惊又喜。这个孩子，她已渴求了多年。她和慕白十几年的婚姻生活，曾经怀过孕，当时感觉条件不具备，不得已做掉了，没想到一过多年，条件还是不具备——没有自己的房子，紫苏坚决不肯生孩子。最后，这段婚姻结束了，也没留下一男半女。如今，竟然和张天明有了孩子，这是不是就是缘分呢？命中注定就该是和张天明共度余生？想到命中注定这个词，紫苏心安了一些。

紫苏给张天明发了微信，要他晚上务必回家吃饭，有重大好消息要告诉他。一个孩子！这是多么了不起的奇迹呀！虽然张天明与两个前妻已经有了三个孩子，但是，毕竟这个孩子是紫苏的。他自己说过，紫苏永远是他的女神呀！有了这个孩子，俩人的关系会更稳固和紧密。想到这里，紫苏吓了一跳，她意识到，如今渴望关系紧密和稳固的，并不是张天明，而是自己。

紫苏去厨房安排晚餐，菜是紫苏去高级超市精心挑选的，都是张天明最爱吃的。她一样一样叮嘱阿姨，要怎么做，有哪些注意事项。如今张天明已经成了她生活的全部，她所能做的，只能是尽心竭力地伺候好他，拴住他的人和心。

时钟指向六点，张天明还未回来。紫苏耐不住，给张天明打了电话。

"天明，要回来了吗？我掐着点儿，好把热菜下锅，做早了就不好吃了。都是你爱吃的菜。今天有重要的消息要告诉你哦。"紫苏说话怯怯的，自己都感觉出有讨好的意味。不知为什么，最近她开始越来越怕他了。

"哦，你们先吃，我还忙着点儿事。"张天明三言两语说完，便挂了电话。

又过了一个小时，张天明仍是音讯全无。紫苏又开始拨打电话，张天明竟然不接。若是平日里，张天明不接，紫苏也不敢造次。可是今天，紫苏倔劲上来了，一遍一遍拨打，非要接通不可。腹中的孩子给了她勇气和底气：今天可是个特殊的日子啊！他必须回来吃饭！

电话响了五六遍，紫苏还没说话，张天明便嚷嚷起来："你干吗呢？查岗啊？告诉了你有事，你以为都像你一样，在家闲着呢？不懂事！"

啪，电话挂断了。紫苏愣愣地望着哑巴一样的手机，突然感觉出自己的卑微：自己是怎么就走到这一步，居然对张天明卑躬屈膝？自己到底是爱着张天明，还是爱着他提供的锦衣玉食的生活？

逃难的那些日子，紫苏其实也看到了张天明的本质，他知道自己的财富是怎么来的。每一天过的都是刀口舔蜜的日子，所以，他才会如此穷奢极欲，纸醉金迷，与其说是享受，莫不如说是在掩饰内心的惶恐。这样的日子，真的幸福吗？他焦虑得经常半夜惊恐地大叫，医生诊断他已患上轻度的抑郁症。

那么，自己幸福吗？紫苏陷入了困惑。

当初为钱所困，那么羡慕住豪宅的女人，羡慕别人华服加身，珠翠环绕。可如今一切都有了，自己真的幸福吗？紫苏无法回答自己。

时间到了晚上八点。紫苏也没有吃饭，怏怏地打开电视机。根据慕白的同名小说改编的电视连续剧《少年的我们》最后两集马上要开演了。这部电视剧一经播出便引起轰动，成为年度热播剧，在一些电视台的访谈节目和杂志报纸上，时常可以看到慕白的身影。他终于红了！终于做到了他曾经所承诺的——成为"70后"的代表作家。紫苏内心五味杂陈。

电视上，男主人公的旁白："我们这一代，就像夹心饼干。夹在理想主义和现实俗世之间，夹在爱情与物欲之间。很尴尬，很矛盾，很不纯粹。转眼间，我们就要老了。我们失去了什么？我们还有力气找回吗？"

泪水从紫苏的面颊上滚落。紫苏肆无忌惮地抽泣起来，慢慢声音越来越大，哭得上气不接下气。这几年发生了多少事情，她真的该好好哭一次了。

正在这时，一阵小心翼翼的敲门声打断了紫苏的哭泣，管家的声音传来：太太，太太，开开门……

管家很懂事，从来不乱敲门，除非有要事。紫苏只好坐起身来，用餐巾纸把脸擦干净，打开房门："什么事？"

"殷……殷小姐带着孩子来了……"管家一脸的惊恐。

"殷……小姐？是谁？"紫苏莫名其妙。

"哎呀，你下楼就知道了。她，她非要找你。"管家表情极为尴尬。

紫苏一头雾水，跟随管家走下楼去，只见客厅里坐了一个三十来岁的年轻女人，旁边还有一个两三岁的孩子。

见到紫苏，她赶快站起身来，谄媚地笑着，说："是林姐吗？早就听张哥说起你，果然是美人儿啊！"

紫苏一头雾水，说："哦，你是……？"

"我是殷莺，你叫我小殷吧！"见紫苏还是不明所以，殷莺牵过孩子，低声说，"张哥没跟你说起过我吗？这是天天，是张哥的女儿，来，天天，叫林阿姨……"

这个叫天天的小女孩抬起脸,眉目之间,确实隐隐有着张天明的印记。她怯怯地看着紫苏,似乎清楚自己不被待见的身份,也知道面前的"林阿姨"掌控着某种生杀大权。她试图谄媚地笑,笑得像哭。

这样小的孩子,就被逼着陷入这样的窘境。紫苏暗暗为这孩子感到可悲。

"林姐,我知道,我没有文化,配不上张哥。我也知道,你是张哥的初恋,所以,你住进了别墅,你们要结婚,我都是没意见的。但是,我跟着他也这么多年了,孩子也这么大了。张哥已经有半年多没有来过家里,也没有付过生活费,这半年,我都是靠变卖包包过日子,现在连房租都要交不起了,打他电话也打不通,所以就只好过来了。虽然他平时都不许我们过来。我也是实在没办法了。"殷莺抹着眼泪。

"你是说,张天明他,半年前还经常去你那里是吗?"紫苏有点震惊。半年前她早就和张天明确定了关系,住进了这栋别墅。也就是说,与紫苏恋爱同居期间,张天明还在和别的女人勾搭?

"是啊,那时候,张哥一两个星期总要来一次,给我们一些生活费,有时住一宿,有时半夜就走了。现在半年多没来了。我已经三十多岁了,你知道,这个年纪再出去找工作也很难……林姐,你帮我说说话,他听你的……"

紫苏望着眼前这个女人,心里涌出一股子嫌恶,不单是对她,也是对自己。紫苏做梦也没有想到,自己竟然和一个完全不认识的女人共用着一个男人!但是,看她梨花带泪,又带着这么小的孩子,只得说:"好吧,我给他说。你们先回去吧。"

"嗯,好的,谢谢林姐。请张哥这周一定送点钱来。"殷莺站起身来,准备离开,忽然想起什么,又说:"还有燕燕那边,就快要生了,也是半年多没有收到过钱了。张哥知道,燕燕的脾气可不像我,她说,要是张哥再不给钱,孩子生下来,她就抱着孩子来找张哥同归于尽!"

"燕燕……又是谁?"紫苏蒙了,怎么又冒出个燕燕?

"哦。燕燕,也是我们住一起的小姐妹,比我还小几岁。比我认识张哥晚。我们的房子就租在一起了。张哥来了,方便,去谁的屋都行。你知道,女人怀孕多苦,张哥也不来看她,也不给钱,燕燕很可怜,经常哭……"殷莺眼圈也红了,似是动了真情。这小姐妹感情倒像是真的。

"哦,哦,好,好……"紫苏被惊摄住了,脑筋转不动了,像是锈住了。

管家把殷莺送出门去。

紫苏移动脚步,缓慢地挪回到卧室。抓起桌上的半杯残酒一饮而尽。又倒了一杯,同样是一饮而尽,锈住的脑筋才开了锁,重新开始慢慢转动,才明白过来殷莺说了些什么。

原来,张天明和自己"热恋"期间,还同时搭着两个姑娘,还在同一顶屋檐下,并且都有了孩子!哈哈,怪不得张天明规定,一个月只能做一次爱,原来,他那早已亏空不堪的身体,还要同时应付好几个女人,不得不省着用。

一种不洁的感觉涌上心头。紫苏感觉浑身都瘙痒起来。

紫苏跑进浴室,用热水拼命冲刷着自己的身体,冲刷得全身皮肤都红了,泛出了点点血斑。

紫苏走出浴室,呆坐在卧室的玻璃窗前发呆。她不明白,自己是怎么走到今天这一步的。

卧室门"嘎吱"响了,张天明走了进来。

"紫苏,这么晚还没睡吗?"

紫苏转过身来,狠狠地瞪着张天明,眼睛里快要喷出火来。

张天明走过来,一把扯下脖子上的领带,瘫坐在床上,说:"你别说了,管家都告诉我了。既然你都知道了,我也不瞒你。殷莺和燕燕,是在你之前就跟着我的,当然,这种女人,我是不会娶回家的,就连进这别墅住,都没允许过。但是,她们跟了我这么多年,又生了孩子,总要负责任吧?也是怪我,这半年吓晕了头,把她们完全给忘了,钱也忘了给。所以殷莺找上门来,也不能怪她。"

"是啊,找金主讨要生活费,这很正当啊!"紫苏气极反笑,看起来脸色和悦,声音轻柔。

张天明迷惑了,凑上前来,兴致勃勃地说:"要不,等我们结婚以后,换个更大一点的别墅,让殷莺和燕燕连带孩子们都一起住进来?这样更方便,她们也不用再租房子了,我也不用成天跑来跑去的了。你们几个在一起,互相之间还有个照应,平时一起逛逛街,做做饭,带带孩子,还不无聊。是吧?"

"对呀,这样很好啊!你不如再找一个进来,这样,打麻将还能凑成一桌!"

没想到事情谈判得如此顺利。看到紫苏这样"深明大义",张天明深感欣慰,"嘿嘿"地憨笑起来,有些扭捏地说:"嘿嘿,不管找多少个,你放心,你永远是正宫娘娘。她们都归你管,都听你的,好不好?"

紫苏抓起面前的酒杯,一下子给张天明砸过去,张天明本能地一躲，酒杯撞到墙上，粉身碎骨，残剩的红酒流在地毯上，像鲜血干涸后，留下的一块一块的污渍。

"张天明！你这个流氓！有了几个臭钱，你就想随心所欲玩女人！你以为你是皇帝吗？"紫苏气得浑身发抖。

"哎，你这臭婆娘，敢打老子？"张天明也气得翻了脸，"你以为你是什么东西？你是一个残花败柳，一个四十岁的老娘们儿！年轻漂亮的女人多的是，殷莺和燕燕都比你要年轻十岁，比你新鲜，比你性感，你懂不懂？你早就不值钱了！也就是老子念着当年的情分，还要你，还要和你结婚，你别给脸不要脸！"

"张天明！你怎么这么脏？你把我也弄脏了！"紫苏掩面哭泣。

"脏？你以为你干净？"张天明顺手抓起床上的一本书，正是慕白的《少年的我们》，被紫苏翻来覆去地看，已经揉得卷了边儿。张天明抖搂着手中的书，说："你以为你心里想的什么我不知道？你成天背着我，偷偷摸摸看这本书，偷偷摸摸看电视剧！你心里装的是谁？惦记的是谁？不还是慕白这臭小子？"

"对，你说得对！慕白，永远比你强一千倍，一万倍！你给他提鞋都不配！我是瞎了眼才跟你。张天明！我恨你，我恨你……"紫苏声嘶力竭地大喊。

"臭婆娘！懒得理你，老子走了，找殷莺、燕燕去！"张天明转身冲出卧室门，紫苏也扑过去抓他，俩人在楼梯上打斗，紫苏脚下一滑，咕噜咕噜滚下楼梯。血，从紫苏的下身流了出来，洇染在乳白色的地毯上，触目惊心，看上去就像是一桩谋杀案的现场。

各自花落

包房内的气氛有点凝重。

打斗中,紫苏流产了,失去了也许是她这一生中最后一个孩子——医生说,紫苏已不宜再生育。张天明看到紫苏流产,似也有悔意,答应以后好好对紫苏。紫苏还没想好要不要原谅他,他却失踪了!然后这一天,有人来收房子,原来张天明已将这栋别墅转卖给了他人,紫苏就这样被扫地出门了。后来才知,张天明早就在着手办理投资移民,如今拿到了绿卡,已经去了美国。紫苏、殷鸢、燕燕这帮女人,都像一堆过时的旧衣服,被抛弃在国内。正如他在吵架时说的:你们这些臭婆娘,老子一个都不要了!老子到美国去,找个洋妞开开荤!

紫苏就这样两手空空一无所有地离开了大别墅,离开了"保姆团队",离开了乱花渐欲迷人眼的奢华生活,孑然一身。属于她的,只有两大箱大牌衣服包包鞋子,证明那样的日子她曾经拥有过。紫苏每天从下午便开始喝酒,屋里四处都是喝空的酒瓶子,喝醉了就哭,就骂,歇斯底里地骂,骂张天明,也骂自己,骂得声嘶力竭,状若疯狂,过去那个文雅娇羞的紫苏荡然无存。颜玺看得心悸,劝也无从劝。她早就跟紫苏说过,不要对张天明那么信任,完全依赖一个人生存是危险的。可现在说这些还有用吗?无非是往她伤口上撒盐。颜玺无法,有时候只得陪着她喝,陪着她醉,陪着她一起骂张天明。

这一天,蓝怡从剧组回到北京。借着这个东风,颜玺把紫苏和蓝怡一并请到一家江浙风味的餐馆,散散心。同行的还有夏以橙。

席间,蓝怡说起自己的明星梦,满是气愤。

原来,看在叶先生的面子上,蓝怡还真的进了剧组,真的找了助理,也真的演了皇后。只是,这个皇后是个落难的皇后。非但没有像蓝怡想象当中那样,打扮得珠光宝气,端坐在皇宫大殿里等人觐见,反而像个叫花子一般,逃出皇宫,在荒郊野外仓皇四窜。哪里荒凉往哪里钻,怎么狼狈怎么来。第一天化妆时,不但没给蓝怡戴假眼睫毛,还往她脸上抹了两道煤灰,蓝怡一看镜子,非但没有化漂亮,反而苍老难看,立马就不高兴了。第二天的桥段是蓝怡被欺负了,坐在地上哭。蓝怡更是火大。第三天,听说马上要到东北去拍外景,零下十二摄氏度。可怜的皇后,不但衣衫褴褛单薄,还要躺在泥塘里打滚儿……蓝怡吓坏了,一辈子养尊处优,哪里受得起这份罪?可还不得当场冻死在那里?当夜,她就逃离剧组,钱不要了,助理也辞了。明星梦就此告吹。

蓝怡说得气愤,大家听得直发笑。世间还真没有完全可以凭脸吃饭的行业。就连世人眼中最靠脸吃饭的"花瓶演员",没有点敬业精神和专业态度,也都干不下来。

上次聚会,叶太太要求不要再叫她叶太太了,要做回蓝怡自己。现在,她又主动自称叶太太。她发现,顶着叶先生的名头,她还有个具体的坐标,抛开叶太太的头衔,蓝怡什么都没有,什么都不是。

喝了几杯酒,叶太太又开始不住口地大骂张天明,骂他没良心,落难的时候让紫苏陪着他东躲西藏,担惊受怕,还给他当免费保姆,现在没事了,就把紫苏一脚蹬了,一个人移民去了美国。什么钱财也没给紫苏留下,他早就算计好了的……

"哎呀!你不要再说了嘛!"紫苏又尴尬又恼怒。这件事经蓝怡的嘴巴说出来,更加不堪。紫苏抓起面前的半杯红酒,一饮而尽。

"还不许说呢,你看看你自己现在,成什么模样了?天天酗酒,瘦得像个骷髅,脸都垮下来了,法令纹、皱纹、斑点,全出来了,你变丑了!再这样下去,你就完蛋了!我说你呀,现在就不要再瞎折腾了,赶紧恢复你的美貌,女人哪,美貌才是唯一的本钱……"蓝怡兀自絮絮叨叨。

"叶太太,你让紫苏不要酗酒是对的。但你说美貌是女人唯一的本钱,我不敢苟同。"颜玺说。

"怎么,难道你觉得美貌不重要吗?你可也是美女呀!"蓝怡惊道。

"美貌是本钱,但并不是最重要的本钱,更不是唯一的本钱。我觉得,美貌是一把枪,当然是有杀伤力的。但是枪有生锈的时候,有缺子弹的时候,有不在身边的时候。单靠一把枪防身,太危险了。所以,你有枪就当没有枪那样想,该练棍棒练棍棒,该练拳脚练拳脚,十八般武艺,别人会的你都会,都不弱。有枪,固然是锦上添花;没有枪,依然可以所向披靡。"颜玺侃侃而谈,夏以橙的眼睛默默地追随着她,眼睛里闪烁着赞许和钦佩。

蓝怡眨巴着眼睛,似懂非懂,说:"你这个小颜玺,就是牙尖嘴利的，谁也说不过你！"想了想，又开始自怨自艾："哎呀，我们母女怎么都这么苦命。我好不容易遇到叶先生，他却就抛下我走了。紫苏更倒霉哪，跟着慕白吧，慕白是个穷鬼，欠一身债；跟了张天明吧，张天明一拍屁股跑了，慕白那小子却又咸鱼翻身了！哎哟，早知道还不如就跟着慕白呢……"

"你再说，再说我就走了啊！"紫苏脸上挂不住了，起身欲走。

"哎呀，不说了不说了，我不说了。哎，你们知道吗，妮娜最近也离婚了！"看到女儿真生气了，蓝怡及时转移了话题。

"为什么？妮娜对她自己的生活不是很满意吗？"自从离婚以后，颜玺与妮娜鲜少联系。

"哎呀，事情啊，还是出在孩子身上。杰克呢，一心想要个儿子。你知道，他之前的老婆包括妮娜生的全是女儿。后来妮娜又怀孕了，没想到，生下来还是个女儿！这下杰克翻脸了，不但疯狂找女人，把女人带回家里当着妮娜的面瞎搞，还家暴！所以，妮娜气疯了，终于起诉离婚了。反正是闹得鸡飞狗跳。现在呢，妮娜带着两个女儿租了一套房子住。听说分了一些钱，也没她自己想象的那么多。一个女人带着两个孩子，也是苦啊。"蓝怡与其说在叹息，不如说是兴奋。她总是能从别人的不幸里获得巨大快感和满足。

"杰克这个人，好歹也是在美国念过博士的，怎么还是中国老农民的陈腐观念，一定要生儿子？"紫苏也从自身的不幸中暂且解脱出来，开始关心妮娜的倒霉事。

"也许，杰克不一定想的是传宗接代，也不是重男轻女。相反，是对女儿的无奈和怜惜！"颜玺冷冷地说。众人吃惊地看着她。

"怎么说？"夏以橙问。

"因为他很清楚,这个社会上还有很多像他一样的男人,他害怕将来会有别的像他一样的男人,也这样对待他的女儿。也许,这才是他对于生女儿如此恐惧、害怕甚至绝望的根源。"颜玺喝光了杯中的红酒。

"是的,我就想问问那些男人:他们如此得意,如此肆意糟蹋、作践、侮辱女人,他们有想过自己的女儿、自己的妹妹吗?"紫苏也愤愤地喝光了杯中的红酒。

"其实我倒觉得,杰克的做法虽然过火,却也不无令人同情之处。"夏以橙慢悠悠开了口。此言一出,几个女人都惊诧地瞪着他。

"小夏,你倒说说看,杰克究竟是乱找女人值得同情呢,还是家暴值得人同情?"颜玺抱臂冷哼。

"这些行径当然是令人不齿。但是,我想说的是,每一个赤手空拳去美国闯世界的第一代移民都是相当不容易的。就说杰克,能考上耶鲁大学,本就是人中龙凤,医科大学一读七八年,比常人付出了更多的时间和努力,也经历了更多的艰辛。在美国当妇产科医生收入虽高,神经却随时都需要绷得紧紧的,那种压力,也是常人难以承受的。所以,杰克千辛万苦打拼出一片天地,妮娜却不客气地心安理得地享受,杰克心里有些不平衡,这不也正常吗?"

"这就不平衡了吗?夫妻当然是要共享生活,要不干吗要结婚呢?"颜玺依然不忿。

"杰克的不平衡不是因为结婚,而是因为,妮娜摆明了就是冲着他的钱去的。我不是替杰克辩解,我只是说,这个世界,男人也很不容易,也有很多男人被女人欺压,被女人算计。不管男人女人,怎么样做好自己,怎么样理解对方,或许才是关键。"

关于男人女人的事，夏以橙极少发言。三个女人都转过头，定定地看着夏以橙。夏以橙淡然一笑，继续说："而且，大家也不要太悲观了，并不是所有男人都像杰克那样。这世间，一定有痴情的男人，一定有纯良真诚的男人，一定有不让自己的母亲蒙羞，更可以无愧于自己的妻子和女儿的男人！"

少顷，颜玺骄傲地说："对，我绝对相信！只要有人说，世上没有一个好男人，我就会想到自己的父亲，就对这种论调嗤之以鼻。我百分之百地相信，好男人，就像天山上的雪莲，不要因为自己没亲眼看见，就否定它的存在。"

说完，颜玺对着夏以橙眨眨眼，神秘一笑，心想，我们的标准和要求是一致的，都想遇到好男人。虽然，你的选择范围更加狭小一些。——好男人，好男人在哪里？

夏以橙看着颜玺的笑容，有点愣神。

蓝怡忽然插话说："哎呀，我想去个洗手间，颜玺，你可以陪我去吗？我喝多了，有点头晕。"

颜玺巴不得有人打破僵局，赶快起身，顺水推舟地扶着蓝怡去洗手间。到了洗手间门口，蓝怡突然把颜玺拉到角落的僻静处，说："颜玺，你能不能借我点儿钱？你知道，现在紫苏又成了穷光蛋，阿姨只好向你开口了。"

"为什么？"

"哎呀，我最近去整牙，花了好多钱。而且，我以前那个助理，她爸爸生病了，这个钱主要是借给她……"

颜玺抱臂冷冷地望着蓝怡，不搭话。蓝怡也觉得自己的理由编得不充分，又自我解嘲地说："哎呀，反正，就是有急用了。阿姨以后有了钱，就还你！"

"多少？"

"一万块。"

看着蓝怡因为要借钱而堆出的一脸谄媚的笑，笑得褶子都挤成了一团，颜玺心里涌上说不出的悲哀。一万块！堂堂一个名编剧的太太，竟然堕落到为了区区一万块，不惜老着脸皮撒谎向晚辈乞求的地步！当然，这也不是第一次。最近数月，蓝怡不断在找颜玺，一会儿要把手镯卖给她，一会儿要把项链卖给她。为了帮她，颜玺家里都已收集了她一大堆破烂儿了。颜玺就不明白，叶先生离世，好歹也是给她留了一些钱的，她自己在美国每月有养老金，对付北京的生活绰绰有余了。她到底在干什么？为什么那么缺钱？

"阿姨，不是我不帮你，我只想问清楚，你拿那么多钱，干什么用？"颜玺表情很严肃。蓝怡为老不尊，她也无法把她当长辈尊敬。

蓝怡扭捏了一阵，终于嗫嚅地说："现在，行情都涨了，那些男孩都好贵……"

原来如此！

"你，难道说，你四处借钱，是为了，找男孩儿？"颜玺惊骇。蓝怡都快七十岁了，还有那么强盛的欲望吗？

"我，我有什么办法？你知道，从年轻的时候，就有一堆一堆的男人围着我转，夸我是美人儿。后来，有叶先生陪着我，还有那么多声乐老师、舞蹈老师天天簇拥着我，我也不寂寞。现在，我一个人，孤苦伶仃的，只有男人们陪着我，围着我转，夸奖我，我才觉得，我还是从前那个蓝怡，我的好日子还在。要不然，我就全完了……"蓝怡掩面，轻轻啜泣起来。

良久，蓝怡用纸巾优雅地擦去眼泪，说："但是颜玺，你别把我想得龌龊。我不会和他们干什么，我只是请他们唱唱歌跳跳舞，开开心。让我觉得自己……还活着……"

"我明天转账到你卡上。"颜玺粗暴地结束了谈话。

无声告别

初夏,一个平常的下午,久未联系的岳子君突然发来微信。点开语音,传来一个含混不清的古怪声音,舌头完全不打弯,吐每一个字都非常费劲,把颜玺吓了好大一跳。仔细辨认,才听出确实是岳子君的声音。他说:"玺儿,我终于还是发病了,在ICU躺了四天。谢天谢地,今天终于脱离险情,活过来了……"

啊?颜玺一惊!本能地,她想,岳子君会不会是在演戏?但,除非是演技高超的影帝,否则这个声音绝对装不出来。颜玺说:"呀,太险了!你的身体真得好好注意,不能再拼了!"这一天岳子君很是激动,话语虽然含混不清,但却絮絮叨叨停不下来,说:"玺儿!我真的累了!谢谢你,我想对你说,谢谢你!谢谢你当年放我一条生路,让我能够活出一条命来。玺儿,你永远是我最喜欢的一个人,在我心里面……"

这样感情色彩浓厚的语言,岳子君许久未说,颜玺也许久未听过了。乍一听,不禁有些尴尬,还有轻微不适。离婚后的夫妻说这样亲密的话,颜玺一时不知该如何接,只好说:"你大病初愈,不要再讲话了,好好休息!等出院了记得告诉我,免得我惦记啊。"

"好的,谢谢玺儿。我再呼呼一会儿。"岳子君很乖地接受了建议，甚至还幽默了一下，把"睡觉"用象声词替代。放下电话，颜玺有些愣怔。

难道，岳子君的病，竟然是真的？

颜玺不是没有怨恨过岳子君。尤其在她走投无路、濒临绝境之时。她怨恨过。但是，正是经过这一段时间的奋力拼搏，那样的艰辛，那样的狼狈，那样的有苦无处诉，她突然理解了岳子君，宽宥了岳子君。因为，在这世上，不管男女，要想成就一番事业都是相当不易的。付出的泪水汗水甚至血水，都是常人所无法想象的。

岳子君不过是一个农家孩子，带着几百美金闯美国。刚开始，他也是吃尽苦头：餐馆洗碗工，汽车旅馆服务员，摆地摊，开卡车……其间被人骗，被人抢，有一次为了做生意抢时间，连开几天几夜车，险些出车祸，命丧黄泉……最终，岳子君凭借自己的聪明和努力，还有一些机遇，终于从芸芸众生中脱离出来，可是，他的身上永远烙有底层打拼的痕迹。他自己不舍得吃，不舍得穿，不舍得任何奢侈的享受，尽管他享受得起。当他迷恋上颜玺，不惜一切代价追求颜玺的时候，他摆出了大款的姿态，任由甚至纵容颜玺享受奢侈的生活，把名牌都买成了白菜萝卜。把自己都舍不得用的血汗钱任由一个女人去糟蹋，这难道不是爱吗？

反过来颜玺自问，你自己又对这段婚姻、对岳子君奉献了什么？除了一个虚荣的名声，甚至连最起码的陪伴都没有做到。是的，凭什么一个人辛辛苦苦用泪用汗用血甚至用命换来的钱，一定要分给她一半？仅仅因为一纸婚约？是的，尽管美国的婚姻法是这样规定，颜玺自己心里却认不了这个账。她无法心安。不管是婚姻还是恋爱，你选择的是一份情感，而不是一张长期饭票。在这世上，无论男女，都应该独立，靠自己的双手去为自己打拼美好生活，而不是依赖着一份情感，心安理得当寄生虫。

离婚后的这些日子，岳子君的情形，颜玺真不清楚。有时候，在洛杉矶的微信群里，倒时不时可以看见岳子君的消息。见他衣冠楚楚地出席各种活动，总是唱主角。

在岳子君的自我描述里，他没有找新女友，更没有再婚，而是回到前妻身边，搭伴度日。对这一点，颜玺能够理解，岳子君的身体已经不允许他再对年轻女人产生兴趣，他需要的是陪伴、照顾、温暖、安全。只是岳子君也不和前妻复婚，这一点颜玺略感诧异。无论如何，确知岳子君在世界的某一个角落过得安稳富足，颜玺也就心安了。万没料到，岳子君突然进了ICU，还说了那么多动感情的话，这让颜玺有些隐隐不安。从前，岳子君说什么她都全信。后来，岳子君说什么，她都在心里打一个问号。如今看来难道他生病的事，竟是真的？！

之后的数天，每天颜玺都反复发信息，问岳子君出院了没有，手机却死寂着，没有一点反应。颜玺心里的疑问越来越多。直到四五天后，才收到一条回复：我是岳先生的助理。岳先生再度病发，陷入昏迷，正在抢救中。颜玺大惊。再问，也不多答言，只说出院之后会告诉她。

颜玺放下手机，浑身颤抖，如堕冰窖。

之后一连数日，颜玺频繁发消息，却未收到任何回应。直到这天上午，颜玺在洛杉矶的一个朋友终于来电说，岳子君昏迷数日不醒，已成植物人……

医院走廊短短十几米的路程，就像是高原严重缺氧的无人区，每前行一步都甚是艰难。颜玺拖着沉重的步伐，像个老妪，一寸一寸向前挪动。

终于站到了病房门口，颜玺一阵心慌气短。颜玺闭上双目，深深吸气，告诫自己：镇定！镇定！一定要坚强！

一张窄小的病床，安静地卧着岳子君。是的，安静，他从未这样安静过。连手指头也不能动弹。唯一能动的是眼睛，一只闭着，一只半睁着，眼神涣散，空无一物，显然，只是物理性地睁开，什么也看不见。

岳子君躺在那里，一动不动，他已经这样躺了许久，还将继续躺下去。他还在呼吸，可他人生的结局已经写好。就这样，没有思维，没有意识，悄无声息地躺下去……

颜玺宁可选择任何一种结局，也断不愿是这一种！大脑死亡了，身体还"活"着。多么悲惨的"活着"！所谓"生不如死"，便是如此。岳子君一生注重颜面，永远希望以完美形象示人，哪怕累得瘫倒在沙发上，问他累吗，他也会马上坐起，大笑着一摊手，说："我不累呀！"哪怕面对一个小朋友，他也会绞尽脑汁说几句幽默的话来逗他开心，让他喜欢自己。

如今，他被捆绑在这张病床上，身上插着各种维持生命体征的管子，任由别人帮他擦洗、翻身，花数百倍的力气"帮"他做健康人自然而然完成的小事。如果岳子君有自主权，他断不能接受。

颜玺无数次想过与岳子君再次相见的情形。她希望能有一次敞开心扉的长谈。问一句，他当初为什么要离婚？为什么会选择那样的一种方式离婚？也许他会说："当初，你不该离开美国，这是你的错。"

或者说:"对,曾经我爱过你,确实爱若性命,但是后来,我已经不爱你了。"又或者说:"在这段婚姻里,你没有半分贡献,所以,我不准备分钱给你。我为什么要分给你?"颜玺想要的就是真相。哪怕被他劈头盖脸骂一顿,只要真实,都好。

这一场敞开心扉的长谈,似乎永远都时机不成熟,但颜玺想,总有一日会实现的,也许是两人都已年迈,静静地坐在公园的长椅上,望着天边的流云,聊聊过往,一切都能说清楚,一切都能被原谅。

万没料到,人生的分别来得如此突然,猝不及防。颜玺没来得及问,更没有来得及说。是的,她最应该说的,是感谢!

想想当年,长达数年,岳子君把他的爱、他的关怀,铺天盖地地给了颜玺,把三十几岁的颜玺呵护溺爱得像一个不知人间烦忧的小公主。最重要的是,岳子君对颜玺追寻建筑理想的支持和帮助。他说,是鱼就该在海里去游泳,是鸟就该在天上飞。我不会像一般男人那样狭隘地爱你,千方百计把你捆绑在身边。我会理解地爱你,你是有才华的,我希望你有所成就。有一天,当你获得建筑大奖,当你高高地站在领奖台上,请允许我坐在台下的一隅,默默地为你鼓掌,那个时候,希望听到你说一声:谢谢!

遗憾的是,建筑之路其修远兮,颜玺一直未能取得任何像样的成就,也就还未能有一个合适的时机隆重地对岳子君说出这一声:谢谢!但是,颜玺心中一直牢牢记住了那一个约定。

岂料,这一天却永远都不会到来了。

颜玺终于明白,并不是所有的感谢都来得及说出口,并不是每一场分别都来得及好好说再见。是的,她为什么那样吝啬,为什么不能早一些把心里的感谢说出口呢？

　　面对病床上的岳子君，颜玺心中没有任何怨恨，只有哀怜，只有痛惜，只有不忍，只有心疼！人生的最后关头——他从ICU逃出来，他留语音给颜玺，他在说，谢谢，他说，你永远是我最喜欢的一个人，在我心里面！

　　这，就是岳子君留给颜玺的最后的声音，最后的话语。

慕白的选择

紫苏在穿衣镜前一套一套地换着衣服。红的太艳,粉的太轻浮,黑的太严肃,白的太寡淡……换来换去,她终于换了一条紫色的长裙,这仍是属于她的颜色。面色确实是有些憔悴了,紫苏对着镜子仔细地抹了粉底和遮瑕,才勉强把黑斑和黑眼圈压住,又抹了紫色的眼影,玫瑰色的唇膏。如果不过分追究,也还算是一个美人儿。

紫苏已经很久很久没有这样精心收拾过自己了。今天,她要去见一个非常非常重要的人——慕白。

那天聚会,蓝怡说自己还不如回头去跟着慕白。当时紫苏生气了,没想到,这话竟像是一颗种子,在她心中悄然生根发芽。最近的时日,紫苏不断地想起慕白,越想越觉得他好。真的,不如就回头跟着慕白?

紫苏知道,离婚之后,慕白一直孑然一身。据他的朋友说,他经常一个人坐在车里发呆。紫苏知道慕白没有忘了自己。她也坚信慕白永远都会爱着自己,永远都不会改变。她太笃信这一点了。上海话里,把"备胎"叫作"托底的",慕白,就是她的底。每当紫苏情感受挫,就会想:没关系,至少还可以回过头去找慕白。

张天明的背信弃义让她明白,找个有钱人也没什么意思,而慕白呢，一直对自己专一体贴，而且现在他开始好了起来，日子肯定能过得去，主要的，他绝不会像张天明那样弄些莺莺燕燕的来羞辱自己。

紫苏决心找回慕白，重修旧好。她试探地加回慕白的微信，慕白竟然通过了。紫苏大喜，在微信里问候了几句，庆祝他的新书和电视剧，慕白也礼貌地表示了感谢。第一天浅尝辄止。紫苏心里有些笃定：慕白没有拒绝她。这是好的开端。

过了几天，在微信里，紫苏看到慕白要去天津做签售活动，心思活泛了起来。她发微信说，自己恰巧也要去天津出差，但没有车，可否搭慕白的顺风车？过了几分钟，慕白回复：可以。紫苏看到回复，心里一阵得意：对慕白的判断没错，只要自己肯伸出橄榄枝，他一定会欣喜若狂地接住！

为了制造神秘感和浪漫感，紫苏和慕白约定，俩人就在京津高速路的路口见。然后一起坐慕白的车去天津。

一大早，紫苏便开始从头到脚地收拾自己。一切停当，紫苏戴上了一对香奈儿的流苏耳环，想了想，又取了下来。她不想打扮得富贵，让慕白产生不好的联想。她要清纯、妩媚、大方，就像十七岁时令慕白倾心的模样。

紫苏叫了一辆网约车，兴冲冲朝京津高速路口驶去。一路上都在想如何与慕白好好过下面的日子。他们都这把年纪了，不要再折腾了，一定要珍惜彼此。至于孩子，一定要一个，如果自己不能怀孕了，可以人工代孕，无论如何要一个……

车子渐渐接近了目的地，远远地，紫苏便看见一个男人站在路边，旁边停着一辆奥迪车，没错，是慕白！他早早地就在路边守候着了！紫苏的心里掠过一丝骄傲和甜蜜。他还是那么好看，干净、儒雅，没有一丁点油腻中年的气息，就冲着这颜值，自己也不该放弃他！

紫苏的心怦怦跳着，迫不及待地想冲下车去，可是这时，从奥迪车里下来了一个女人，站在慕白旁边，亲热地拉住了慕白的手，慕白也转过身去，回应地摸了摸她的头，就像是一对热恋中的情侣！慕白特意带了新女友来羞辱她！紫苏的血液凝固了，感觉心也不跳了。

"小姐，你的目的地到了。在哪儿停？"司机说。

"不要停，开过去。"紫苏声音木木的，没有一丝感情色彩。

"可是，您的定位就是这里呀！过了收费站就要交钱了。"

"开过去！不要停！"紫苏突然大吼，司机吓了一跳，连声说："好，好……"

汽车掠过街边的慕白和他的新女友，车内的林紫苏目不斜视，面无表情，然而，她的余光仍能看到，慕白和女友笑着、推搡着、打闹着……

汽车茫然地向前驰去，没有目的和方向。紫苏空茫地瞪着眼睛，瞪着她渺不可知的未来。

看到汽车绝尘而去，站在街边的慕白和"女友"停止了打闹。慕白赶快跳开，距离"女友"一尺多远，规规矩矩地说："谢谢你，吴编辑。"

"怎么谢呀？"

"到了天津，请你吃狗不理？"

"陪你演这么一出大戏，我还出卖色相了呢，狗不理哪成？太小气了!"

"那要怎么样?"

"下一本新书,我预定了!必须让我责编!以后,再要躲你前妻或是其他生扑你的女的,我都友情出演,哈哈。"

小世界

小世界。

世界的迷人之处，不在于大，不在于外部的喧闹与繁华，而在于小。小到偏安一隅，小到只有一个生命，面对另一个生命，坦诚、透明、不设防地，便有隐秘的欢喜从心底里生发，弥漫开来，氤氲在空气里，暗香浮动。

今天是颜玺的生日，是她极不想过的一个生日。从前每到生日，颜玺总是兴致勃勃地邀约一大堆朋友，吃、喝、唱歌，疯到半夜。营造出一种欢天喜地、蓬勃繁荣的景象。今年她却没了兴致。有什么值得庆贺的呢？是庆贺她距离更年期越来越近？还是庆贺她又增添了皱纹和白发？至于朋友，遍数北京城，真正称得上朋友的又有几人？过去那么多的聚会，有的是利益关系，有的是酒肉朋友，有那么三两个没有功利目的的朋友，却也在各自的人生途中渐行渐远。就连紫苏也变了。紫苏终于回电视台上班了。当初颜玺一语成谶："你可以请假，但千万不要辞职，给自己留条退路。如果……万一……最起码你还有个工作。"现在，谢天谢地，紫苏还有这个"最起码"。但是，这没有让紫苏感激颜玺，相反，紫苏却感觉颜玺的存在是在提醒着她的失败。最近每次见面，紫苏都喝得酩酊大醉，失态发酒疯，说话也夹枪带棒,过去的温柔得体大方荡然无存。颜玺怕了。

虚假的繁荣褪去,颜玺看清了自己人生的真相:孑然一身。是的,孤独才是人类唯一永恒的朋友。正自伤感呢,夏以橙却发来信息,说晚上一起吃个饭,给颜玺庆贺生日。颜玺几乎是愉快地答应了。谁说没朋友?至少还有个夏以橙。说到去哪里,颜玺犹豫良久,说:"也别出去折腾了,干脆,就去我家吧!"

颜玺的私人空间从未对别的男人单独开放过。表面上,颜玺是一个大大咧咧、性情豪爽的"女汉子",男性朋友不在少数,但她对男性其实有一种森严的防范。

或许因为发育得早,十一二岁的颜玺便有了轮廓分明的五官和玲珑浮凸的身段。梅碧云紧张坏了。一个孩子的灵魂藏在一个女人的身体里,她还没有学会自保,这太危险了!警钟天天在颜玺耳边敲——绝不能与父亲之外的任何一个男人单独相处,因为,他们全都不怀好意,他们全都会觊觎你的身体,伤害你,让你堕落,让家族蒙羞……

颜玺吓蒙了。从此,在颜玺心里,人多的世界才是正常的安全世界,男性都是慈祥的叔叔伯伯哥哥……但是,单独在狭小空间里相处,他们似乎全都变成潜在的强奸犯,颜玺便会像一只惊恐的小猫一般,脊背挺直,汗毛耸立,呼吸短促,一定会想方设法逃之夭夭。成年之后,已知晓男女之事,对男性的恐惧和防范不减反增。

但是,夏以橙比自己足足小了十岁,还是个稚嫩的孩子呢!自己一个四十岁的"中年妇女",结过婚,离过婚,千帆过尽,饱经沧桑。若说是怕了一个二十几岁的孩子,不是太矫情,就是太自作多情。

在楼下打包了几个精致小菜,摆在盘里,红的绿的,煞是好看,一瓶红酒让气氛升级。颜玺常常在家里这样款待闺密,可招呼一个男的，还是第一次。在"姐姐"的心理优势支撑下，颜玺一点儿没感觉到紧张和戒备，反而无比松弛和自在，真真就像是面对一个闺密。以轻松和闲适的心情看夏以橙，这才发现，夏以橙真是长得好看。之前见夏以橙，觉得他个子不高，肤色黝黑，也不爱打扮，总是一身黑，也就是略微清秀的一个男生，现在才发现是误判了。半米以内的近距离打量，就像是电影镜头，拉近，特写，五官的优点缺点，连同气质神韵，都被放大，无所遁形。绝大多数的脸经不起这样的挑剔审视。而夏以橙的脸，恰恰适合这样的特写。每一部分被放大后都更精致好看，耐人寻味。

颜玺已经很多年不曾关注过男人的相貌了。曾经有朋友说，最怕男人帅，大多是绣花枕头，尤其眼睛，像深深的海洋的，那完了，陷进去才会发现，内里空无一物。

现在，颜玺就面对了这样的一双眼睛，幽暗深邃，像深深的海洋。但是，颜玺没有躲开。为何要躲开？他只是一个男闺密，一个弟弟。当然，外表的美终归是肤浅的，五分钟后，让你还有兴趣继续聊下去，靠的便是才华、个性、人格魅力。颜玺更加惊喜地发现，像海洋一样深的，并不只是夏以橙的眼神，还是他的思想。不管是有关文学、电影还是绘画，乃至人生，夏以橙都有自己独到的见解。颜玺很奇怪，一个二十几岁的青春的躯体里竟会藏着一个老人的思想。夏以橙话不多，大多时候都是颜玺在叽叽呱呱地说，但是，每一个话题，他都能恰到好处地引领、解读、点评。对于颜玺这样表达欲极强的人来说，这正是最合适的聊天对象——最好的聊天是学会倾听，专心地倾听。

一个晚上下来，颜玺发现夏以橙就没有看过一次手机。颜玺偶尔拿起手机，夏以橙就会耐心地等着她，弄得颜玺也不好意思，三下两下回复完信息，赶紧回到小世界。没有手机干扰的世界是多么清宁、纯粹、透明。专心地吃，专心地喝，专心地说话，专心地倾听……因为专心，你才会感受出酒的浓郁、食物的甘甜、聊天的有趣。最原初的模式或许才是最符合人性本质追求的。

酒至半酣，颜玺调侃道："说说你吧，怎么这么多年，也不见你带女朋友来，让姐姐帮你把把关？"

"我嘛，或许，我倾心的对象，不符合世俗的标准，或许，我自己不符合世俗的标准，总之……"夏以橙双手一摊，表示无奈。

果然如此！夏以橙爱上了不该爱的人——难道是男人？想到这里，颜玺劝慰道："其实，爱是自己的事。无论是什么样的爱情，只要不危害到社会，不伤害到他人，都是美好的。现在的时代，已经宽容了。不管你的情感是什么样的状态，哪怕是……起码，我会理解你。"颜玺本想说"哪怕是男人"，又生生咽了回去。

"哦？是吗？"夏以橙笑了，说，"谢谢你的宽容。还是谈谈你吧！四十岁的单身女人，我猜想，你身边的追求者一定很多？"

"何以见得？"颜玺禁不住有点小得意。

"首先，你虽然不是国色天香的大美女，但也还不难看，虽然人到中年了，但看起来也就三十出头的样子。当然了，这不能归功于你，主要靠遗传。主要该感谢梅阿姨。"夏以橙一本正经，继续评说，"还有，你有才华。你的才华远远高于你的容貌。"

"这还差不多。"颜玺悻悻。

"还有，你还不穷。虽然你现在还没有多少钱，但是，你已经拥有了大海，还怕没有水吗？男人找你，起码不用担心你是看上他们的钱。而且,你还没有什么物质欲望,除了几件漂亮衣服,不喜欢豪宅也不喜欢珠宝,连车都不愿开,要养活你也不难。综上,喜欢你追求你的男人一定不少。"

"那是!谁说中年妇女没有市场?"颜玺又得意起来。她就是这样,永远对恭维话没有免疫力。

"但是!"夏以橙转折了,颜玺竖起了耳朵,警惕地瞪着夏以橙。果然,夏以橙说:"但是,你身边虽然看起来簇拥者众,细细筛选下来,却没什么合适的人选。"

"为什么?"

"首先,这帮人当中,有一大半是有妇之夫。对吧?"

"你,怎么知道?"颜玺微张着嘴,样子有点傻。

"中年的成功男士,单身的不多。这个时代又很变态,有妇之夫去追求自己老婆之外的女人,竟然理直气壮,毫无羞耻之心。虽然你不一定非要谈以结婚为目的的恋爱,但是,你肯定不想搅到别人的婚姻里,对吧?"

"那是当然!有妇之夫,滚一边儿去!"

"中年成功男士偶尔也有单身,但往往都很忙。天南海北四处飞,也许十天半月都难得见一次,就算见了,也累得像条狗,你想让他听你喋喋不休谈建筑,陪你跑步,陪你喝红酒,陪你去看展览,看话剧,看电影……门儿都没有。你最多是他生活版图里的几分之一。就这几分之一的空间,搞不好还要瓜分给别的女人,我猜,你也不大愿意和别人分享那么可怜的一点儿空间。"

"当然!最讨厌花心男人!哪怕他是真正的王子,也一脚踢到九霄云外去!"

"最后，还有一些又单身又有闲的男人，愿意什么都不做，成天围着你转。可这些男人往往又境界太低，和你谈不到一起去，当你说起贝聿铭的时候，他们想着超市里的打折蔬菜，你说起蔡文姬，他以为是文昌鸡，看个话剧还要打瞌睡。这种男人，也不合适你吧？"

颜玺听得眉头紧皱，说："你的意思，就没有合适我的人是吧？"

"等等，我说了别人的毛病，还没有说你的缺点呢，是吧？其实，你的缺点比优点还多！"

"什么？"颜玺柳眉倒竖，一股子邪火上窜。

"首先，你根本不像个女人。传统妇女温良恭俭让那一套，你基本都没学会。你对家务事缺乏最起码的耐心，做个饭洗个碗，对别的女人来说都是举手之劳，你可好，如临大敌！"

"这个，我这辈子最大的理想，就是一辈子都不要进菜场和厨房。这不是女人非要围着锅台转的时代了！我会挣钱，我能请保姆，这不用你操心！"颜玺翻翻白眼儿。

"但是，大多数有钱有势有地位的男人，都是骄傲自负的孔雀。孔雀喜欢女人恭顺，喜欢别人围绕着自己转，对女人有着各种各样的要求，像你这种连碗面都不愿煮的懒女人，能接受的男人估计不多。还有，你脾气急躁。是不是总有人对你说，怎么不能像紫苏那样温柔一点呢？你还自大，总是以自我的事情为中心，别人都要围着你转。你还粗心，丢三落四。你还依赖心重，总是要人陪着你……"

"喂喂喂，我有那么不堪吗？你的意思是，我就是一个狰狞古怪的老巫婆？还是惨绝人寰的灭绝师太？"颜玺直眉瞪眼，简直气炸了！

"你当然不是老巫婆，更不是灭绝师太。别美化自己，你哪有那么成熟老练？你呀，除了做专业像个专家，生活中，你幼稚、简单、不开窍，还是一个没长大的孩子！所以，那些看起来与你般配的后备人选，都不适合你。"夏以橙喝了一口酒，兀自好整以暇，简直有点谈笑间樯橹灰飞烟灭的意思。"好在呢，爱人嘛，只需要一个，只要有一个人可以懂得你，欣赏你的优点，最重要的是，能体谅、宽容甚至纵容你的缺点，和你在一起让你很舒服很自在，可以让你完全做真实的自己，就可以了。"

"你是说，老张，不行，老李，也不行，老王……"颜玺认真地盘算着，琢磨着，筛选着。

"你想的，还是那些现实俗世中，和你般配的！"夏以橙的眉毛皱了起来，说，"我请你转换一个思路，难道你身边站着的，只能是一个有钱有势的老男人吗？"

"老田不老啊，和我年纪差不多啊……转换思路？"颜玺望着夏以橙，迟疑地说，突然福至心灵，恍然大悟说，"你的意思，我不应该找男人，我应该考虑……女人？哇，这个，姐真的没想过，姐没这个取向……"

"什么乱七八糟的，算了算了，不说了！"夏以橙自觉没趣，打断了颜玺，口气有点粗暴。

颜玺兀自盘算："真要如此的话，我一定找紫苏！呵呵。只可惜，紫苏啊，很快就要重回慕白的怀抱了！"

"得了得了，看来你颜大小姐人气爆棚，男女通吃，老少咸宜啊！"夏以橙气鼓鼓的，抓起面前的酒杯一饮而尽。

"那是！"颜玺又开始扬扬自得，也喜滋滋地喝了一杯。突然，手机预设的闹钟响起，颜玺说："哎呀，今晚有慕白的访谈呢，我们看看吧。"

"嗬,这还卡着点儿收看呢!真爱呀!"夏以橙揶揄。

"是呀!好不容易出了个名人妹夫,与有荣焉!"颜玺抓起遥控,打开了电视机。是一档当下红火的谈话节目,主持人说:"有评论家说,《少年的我们》超越了具体的"70后"的经验,机智地呈现了整个理想主义集群的生命体验——精神的负重与救赎。对于终极价值的探寻与追求,使小说可以被看作中国社会转型期的一部心灵史。特别是围绕中心事件,描写当代知识分子在时代变迁中的痛苦和出路,非常有价值……那么今天,我们就和这本小说的原著慕白先生一起聊聊《少年的我们》……"

荧幕上的慕白深沉、严肃,还有点淡淡的忧郁,不管主持人如何引导,都难以开怀。有时,唇边孕育了一个笑意,还没有成形,荡两荡,便化成了一副尴尬的愁容。

颜玺和夏以橙都住箸,盯着屏幕看。慕白说:"我们这一代人,在时代的驱赶下,在欲望的诱惑下,一直在追逐,在狂奔,在索取,在向这个世界索要成功,成就我们的光荣与梦想。可是,我们奔得太急,以至于丢失了初衷,忘记了来路。我们是如此贪婪,却恰恰失落了人生最为宝贵的。少年的时候,我曾经喜欢过一个女孩,但是,我错过了她,往后余生,不知道是否还有机会弥补遗憾……"

颜玺看着,不知不觉,热泪盈眶。她熟悉的那个慕白又回来了。二十几年前,那个白衣少年,才华横溢,玉树临风,自己曾偷偷藏了多少幻想。不单是自己,他是多少人的幻想,多少人倾慕的偶像!然而,残酷的是,这少年的梦想和骄傲几乎被现实击溃。如今,他回来了!

"你的白马王子又回来了!"望着颜玺那痴迷的神情,夏以橙颇带讥讽地说。

"你说什么?"颜玺一惊,意识到自己盯得过于专注,不禁有些讪讪。

"表哥说的他喜欢的那个女孩,你知道是谁吗?"夏以橙喝了一口酒,唇边浮起一抹戏谑的笑容。

"那还用说吗?当然是紫苏,永远是紫苏!紫苏真幸运啊,二十几年,光阴荏苒,历经人世的沉浮,哪怕是离婚了,他爱的依然还是她!永远都是她!我看呀,搞不好他们就要破镜重圆了!"颜玺艳羡地说。

"不见得吧!"夏以橙慢条斯理地说,"其实,他说的那个他从少年起就喜欢并错过的女孩,当然不是紫苏,而是你!颜玺!"

"什么!我?你……你别瞎开玩笑了!慕白当年根本就没看上我!慕白是我妹夫!小孩子别胡扯啊!"颜玺惊得心怦怦乱跳。

"早就不是你妹夫了。其实,你们俩本来就该是一对儿。我表哥喜欢的人一直是你,这件事,我早就知道了,只是……一直不愿意告诉你。"夏以橙声音越说越低,有一种意兴阑珊的意味。

"你……你知道什么?"颜玺一阵的心惊肉跳,脸色都变了。

"好吧!那我就把知道的都告诉你,如何选择是你的事,但你有知道真相的权利。"夏以橙倒了一大杯酒,咕嘟咕嘟一口气喝完,才下决心似的说,"有一天,也就是表哥刚离婚不久,我去他家陪他喝酒,他喝多了,告诉我,其实,从上高中起,他就一直喜欢你。但是,你那时候太骄傲自负了,什么都要和男孩子一决高下,只想着要和他争第一,他很多次向你暗示,你都听不懂。然后,紫苏到了你家,也认识了表哥,因为他俩同班,总是有机会说话。表哥要紫苏带话给你，说周末在你家门口等你，是要向你表白的意思。那天表哥穿了新衬衣，还采了鲜花，在你家大院门口等你。结果，来的那个人是紫苏，她说，你不愿意，你不喜欢表哥，然后，她主动拉住我表哥的手……"

"什么？紫苏她从来没有告诉过我呀！"颜玺惊愕，喃喃道，"那天清晨，我从窗户看见慕白捧着鲜花等在大院门口，然后，看见紫苏走过去，拉起了他的手……难道，他等的本来是我？"

"是的，你被截和了！或者说，被紫苏算计了。我表哥以为你拒绝了他，也就心灰意冷了。紫苏漂亮、温柔，又娇又嗲，又懂得哄男人，表哥觉得她也不错，就和她恋爱了。但结婚后才发现她虚荣又势利，和表哥本不是一路人。所以她一提离婚，表哥立马就应允了。"

"原来是……紫苏在算计我？她……她怎么会这样做？我一直把她当作亲妹妹……"颜玺失神地喃喃，实在难以置信。

"只怪你的光芒刺伤了别人的眼睛。尤其是同性，能真心喜欢你的不多。再说，爱情面前，人都是自私的吧。后来，知道你也离婚了，当时表哥状况不好，背着债，自惭形秽，他的身份也不便见你，才给我说了这些，专程拜托我来关心你、照顾你。"

"什么？你也是你表哥安排的？怪不得哪儿都有你呢！原来，你是受人指使啊！"颜玺惊叫起来。

"什么叫受人指使？我为你披荆斩棘，呕心沥血，你看不出来吗？只是呢，我表哥也很蠢，明知道最不靠谱的事就是把喜欢的人托付给一个单身汉，却偏还要这样做！就不怕也被截和吗？"夏以橙唇边又浮起一抹自嘲的微笑，"如果我像紫苏那样，自私一点，我也不告诉你实情，我也毛遂自荐，我也乘虚而入，也许我也可以截和。可是，那样就太小人、太不君子了！所以，我选择告诉你真相，让你自己去清醒地作出判断和选择，虽然，我真恨自己，为什么要当君子！我宁可当小人！"

颜玺呆呆地望着他，酒意涌上脑门，一时没反应过来他到底在说什么。

"来吧，庆贺一下，知道你的白马王子一直喜欢你，这是你最好的生日礼物了吧？"夏以橙举起酒杯朝颜玺的酒杯一碰，颜玺却失神地呆呆坐着，毫无反应。

夏以橙大声地说："行了！现在，他又成功了，所以，他又有资格和勇气追求你了，至于你，你很快就可以结束你的单身生活，和你的白马王子幸福地生活在一起了。"他抬起手腕看看表，说："嗯，也许，这个时候就可以给他打个电话，让他过来陪你共度良宵。"

"你，你，你在说什么？你是在生气吗？"颜玺一脸茫然，样子有点可怜巴巴的。

"我不生气！我高兴我终于做了君子！我高兴终于送了你一份最珍贵的生日礼物！好了，我走了。生日快乐！"夏以橙把杯中酒一饮而尽，跟跄着往外走去。走到门边，又转过身说："另外，明天的出差，我不陪你去了。我要好好休几天假，我太累了。"

"什么？不去了？机票都订好了呀……"颜玺嚷嚷，夏以橙充耳不闻，"砰"一声关上房门，走了。

刚才还推杯换盏，笑语盈盈，突然间风云突变，夏以橙摔门拂袖而去。酒意涌上脑门，颜玺愣在当地，完全没明白过来发生了什么。这就是乐极生悲吗？

你若愿来，我定等你

颜玺独自回到酒店，这是会议安排的一个度假别墅区，一人一栋，宽敞得令人害怕。

三天了，夏以橙杳无音讯。三天里，颜玺状况百出。第一场演讲，开讲之前，她没看到那张熟悉的脸，没听到那熟悉的一句鼓励，也没喝到熟悉的咖啡，心就慌了。颜玺的演讲，向来以机敏聪慧著称，从来不拿演讲稿，江湖人称"颜铁嘴"。可这天上场后刚讲到一半儿，突然跑神儿了，呆立当地，只得翻看演讲稿，匆匆读完结尾，草草收场，简直被钉上了耻辱柱。

然后，颜玺又严重得罪了会议的组织者——一向对她器重有加的恩师曹教授。每次大家拍照留念，颜玺都怏怏不乐，称自己不愿拍照。曹教授已是大为不悦。刚才的晚宴上，曹教授说，此次应颜玺之请，请颜玺到江西来做演讲……颜玺立即当场反驳：明明是你邀请我的，怎么成了应我之请？气氛尴尬，曹教授颜面难堪，当场拂袖而去。大家都觉得颜玺不懂事，颜玺也暗自懊恼，为何夏以橙不在身边，说话就如此简单粗暴、不过脑子？连对恩师都敢出言不逊，当真讨厌。

至于细节上种种的状况百出，简直就别提了。所以别人都出去泡温泉 K 歌了，颜玺独自回到房间，又是气恼又是懊恼。

整整三天了，夏以橙杳无音讯！

在生日的当天，颜玺获知了那个巨大的秘密——慕白心仪的人其实是她！这秘密让她震惊得不能自已。她自以为的不成功的"单恋"，没想到竟是"相恋"，是紫苏的横刀夺爱，让她错失。现在，单身的慕白等在那里，只要她愿意，错过的遗憾的仿佛都可以弥补。但是，颜玺却并没有自己想象当中那般激动。相反，却隐隐有些惴惴不安。她发现自己对于慕白的情感有些"叶公好龙"。龙在墙上画里，尽可以欣赏爱慕，意淫一番；龙走到生活中，则要吓得逃之夭夭。

少女时代，她对慕白的情感是炽烈的、真挚的，但是，慕白选择了紫苏，成了她的妹夫，这关系历经二十年岁月的洗礼，已经成型，再难改变。若说此时两人要变成情侣关系，无端有一种"乱伦"的感觉。他不是他，她也不是她了。

这番心事，她很想与夏以橙聊聊。这几年来，她已养成习惯，大事小事都得与夏以橙聊聊，清理一下思路。没想到这个时候，夏以橙却失踪了！

三天了，没有一个电话也没有一条短信，微信上也看不出夏以橙的任何行踪。夏以橙虽然不爱在朋友圈里发布消息，但颜玺发的朋友圈消息他都会点个赞。两人也时常通过微信交流、沟通。可如今都三天了，夏以橙却没有一点动静，颜玺发过去询问的、问候的信息，也都不回。

到底什么意思？

颜玺百无聊赖地打开电脑，查看一封政府发过来的邀请函。如今有了微信，邮箱也上得少了，只有正式的官方的文件，才会通过邮箱传达，所以也难得看一次邮箱。

颜玺匆匆浏览着未读邮件，大部分是各类推销广告。突然，有几个字跳入眼帘：夏以橙的信。

颜玺心里"咯噔"跳了一下，迅速打开邮件。

颜玺：

请原谅我，没忍住，还是决定给你写一封信，是第一封，也许也是最后一封。

讲一个小男孩的心愿吧。这个小男孩，在他五六岁的时候，认识了一个会讲故事的姐姐，当时他就认定，这就是他的"白雪公主"。他决心一生追随姐姐。但他太小了，小到说任何话都会让人觉得可笑。十几岁的距离是他难以跨越的鸿沟。所以，他非常努力认真地长大，长到十八岁，过了成人礼，他或许就有资格表白了。

小男孩终于长到了十八岁，姐姐却突然嫁人，远走美国。小男孩无比痛楚和失落。但是，他追随姐姐，读了同一所大学同一个专业，仿佛这样，也是一种"追随"。

又过了些年，小男孩想，也许，是该放弃这个梦了，毕竟，自己也快三十岁了。这个时候，却听闻他的"白雪公主"离婚、从美国回来了！

当他在北京第一次看到她，她刚离婚，有点狼狈。可在他眼里，却依然是"白雪公主"——世上最美的那个女人！他发现，自己的震撼如此巨大，以至于几次打翻了果盘刀叉。他决定，以朋友和助手的姿态站在她身边，尽一切努力,支持她,成就她。诚然,他受了表哥的委托,然而,更多的,是来自他自己心灵的召唤。

这几年,他目睹她的苦痛、疲累、挣扎、绝望,也亲自参与和见证了她的坚韧、努力、奋斗、拼搏,看到她终于成就了自己的光荣与梦想。这样的她,更加让他心痛,让他心折。她曾问他,那天在她父亲坟前,他说了什么?他说的是:希望有一天,自己可以替她父亲,替天下所有男人来照顾她、关心她、爱她、陪伴她……

是的。他以为自己长大了,就有了资格表白,但他发现,依然不能。在世俗眼里,他并不是她理想的伴侣。他没有她年长,没有她有名,没有她有钱。无论他如何暗示甚至明示,她的眼光从来没有瞥向过他。就算偶尔看到了,也许,不过是把他当作了另一个人的替身。他知她从少女时代起,一直喜欢的人是谁,而这个人,如今亦是自由身,并且已功成名就。最重要的是,那个人喜欢的人,其实是她。所以,真是一段良缘,错过的都来得及挽回,遗憾都来得及弥补,一切都很美好。她的事业亦已逾越瓶颈,打开局面,必将走向辉煌。是的,她已经找到了大海。所以,他想,他该退场了。

把清静和自由还给她,把选择的自由还给她。愿她幸福、健康、快乐。至于他,不要担心。世界很大,他很年轻。他会活下去。

祝福你,亲爱的白雪公主。

以橙

颜玺看得目瞪口呆,她缓缓地踱步到窗边,心中激荡,不能自已。

对于夏以橙的心意,她虽然愚钝,也不是一点不能体会,固然有取向的误会,更多的,是不敢相信。她比夏以橙大了十几岁,又离过婚,而夏以橙,年轻俊朗,有才,又开朗诚恳,正是很多年轻女孩的梦中情人、丈母娘心中的乘龙快婿,自己怎敢做如此奢望呢?只好强压住内心的渴望,以免落得为老不尊。但是,万没料到,夏以橙对自己的一腔痴情,竟是从二十几年前,还是一个小男孩开始,便深种心田!

那时的自己,是什么模样?看旧照片就知道,满头的乱发逆立,戴着一副厚厚的近视眼镜,"校园八怪"之首,是的,这就是她得到的评价。然而,却有一双孩子的眼睛,能够穿越世俗对于一个女性相貌的评价标准,直接抵达她的灵魂。她不漂亮,却是他心中的"白雪公主"——世界上最美丽的女人。

她一直自认是没有青春的人。一个女孩子,当她青春年少的时候,她以为从不曾有一双异性的眼睛热烈地注视过她,倾慕过她,她便不曾有过真正的青春。她的青春早已遗失在那个雨夜,把紫苏郑重托付给慕白的那个雨夜,她用眼泪送别了自己的青春。从此,她关闭了自己爱的心门。虽然进入清华之后,她摘掉眼镜,减了肥,学会了打扮和化妆,成为大众眼中的"美女",她的心门却从来没有彻底打开过。如不是百分之百的把握,她万不愿主动迈出一步。

至于与岳子君的婚姻,固然,岳子君在大众眼里是成功的中年男士,但真正打动她的是岳子君所表现出来的无畏的痴情与执着。这份痴情让她感觉安全。结婚，离婚，都是被动。她损失了财产，但并没有损失情感。她的情感并没有受伤，因为没有投入。

今天，她终于明白了，她的青春没有虚度，有一双眼睛一直在热烈地注视着她，仰慕着她，追随着她。这份凝视穿越了几十年岁月，坚定地追随着她。当她遭遇人生的绝境、最狼狈落魄的时候，他坚定地站在了她的身边。

在她初初回国没有工作时，是谁力荐她去公司做独立董事？又是谁放弃了自己的利润，陪着她一再修改施工图？在濒临绝境胡乱找心理医生、求神拜佛的时候，是谁将她带到 L 山山门面前，明确地告诉她，你是天才，你必将凭借自己的才华站立起来？在扑腾挣扎的那些年，是谁不拿一分钱工资，陪她南征北战，摸爬滚打，替她扫除了前进道路上的各种障碍？在成功拿到"行政中心"项目之后，是谁放弃自己应得的分红，把所有的利润让出来，赞许她投入管理工地，终于寻找到理想中的大海？……

是他！她最坚定执着的追随者——夏以橙！他用自己的行动，证明了什么是真正的"追随"。

最极致的爱是什么？不是谁挣钱多谁挣钱少，也不是谁做饭来谁洗碗，而是在精神的领域，彼此理解、懂得、欣赏，并且，彼此扶持与成就。

想到这里，颜玺无比地骄傲，无比地自豪！是的，她曾暗暗羡慕过紫苏，暗地里自伤自怜，却没想到，自己所获得的情感是如此的纯美、厚重、丰盈。她是多么幸福啊！可是，她又是多么的愚钝！幸福就在身边，就像空气一样，每分每秒地环绕着她，她却不自知，还在徒劳地寻寻觅觅。直至他黯然离去。

天哪！她失去了他吗？

颜玺跳将起来，抓起手机，慌乱地拨打着夏以橙的电话。这几天，颜玺赌着气，不愿给夏以橙打电话；发信息过去，也都是凶巴巴的语气：你在干什么？为什么不回电话？你到底什么意思……

颜玺迫不及待要告诉他，我愿意做你的白雪公主！如果你不嫌弃我年老，我也不嫌你年轻！

然而，对方手机传来生硬的语音：您所拨打的电话已关机！

颜玺愣住，似乎不相信！她早已习惯，不管任何时候拨打过去，哪怕是凌晨两三点，对方都会第一时间接听，她从来没有想过，有一天这个电话会关机，会联系不上！

颜玺拨打了一遍又一遍，电话依然没有开机。一股灼热之气涌上心头。颜玺不顾夜深，厚着脸皮骚扰了所有可能认识夏以橙的人，朋友，同事，甚至客户，然而，这几天，他没有和任何人联系过，没有一个人知道他去了哪里！

颜玺扔下电话，颓然瘫坐在床上！

颜玺从没有想到，一个人一关手机，竟然就从这人间蒸发了！跌落于茫茫人海，到哪里去找寻？

第二天，颜玺依照计划前往Ａ市汇报方案，参与竞标。一路失魂落魄到了现场，汇报时魂不守舍，词不达意，惹得市长皱眉，相当不满。本是属于委托的项目，评标不过是一个过场，没想到，在评论方案的时候，市长对颜玺的方案颇有微词，专家们也见风使舵，开始纷纷对方案提出各种批评的声音，听得颜玺七窍生烟，火冒三丈！若是夏以橙在场，会谦逊地听完意见，给足领导和专家面子，最后把标拿到也就大功告成。如今,夏以橙"失踪了",颜玺毛焦火辣,本就是强撑着过来汇报方案,谁想到被市长这一番挑剔,被一帮专家简直开成了批斗会,一腔怒火怎么压也压不下去,颜玺终于忍不住拍案而起,对着市长怒斥:"一个市长有什么了不起?世上市长多的是,可颜玺只有一个!"

会场安静下来,所有人都惊呆了!一个建筑师,居然敢这样对自己的甲方——堂堂一市之长这样说话!虽然这不是她的原创,拷贝于贝多芬的名言:公爵多的是,贝多芬只有一个!

市长也惊呆了!素闻颜玺老师才华卓越,就是脾气不太好,万没料到坏到这个地步!市长颤抖着手,说:"你你你……今天不议了,散会!"

会议不欢而散,与颜玺联络此事的蒋工恨铁不成钢地说:"颜工啊!这可是一个多亿的工程,好不容易进展到这个地步,你这样出言不逊得罪领导,这个项目肯定丢了!"

"丢就丢!人都丢了,还怕丢一个项目吗?"颜玺字字喷出来,都像一颗颗火药!

"你你你!夏工没来,你就这样拎不清轻重。真是情商为零!照你这个样子,今后一个项目也接不着!"蒋工也气坏了,扔下颜玺走了。

颜玺失魂落魄地走出会议室,走到大街上,路经一家发廊,老板热情地招呼:"美女进来洗一下头嘛,看,你的头发该修剪护理了。"

颜玺一想,自己的确好几天没有心思洗头了。走进发廊,坐在椅子上。老板帮她围了一块布,把剪刀伸过来准备帮她修修刘海,剪刀刚刚轻触到她的额头,那冰凉的寒意让她头皮一凛,突然间,内心涌动了几天的悲痛顺着这凉意奔涌而出,眼泪从颜玺眼中哗哗流下。

"什,什么情况?"老板吓坏了,停下了动作,"我,我没伤到你吧?你哭什么?"

颜玺不答,眼泪奔流得更加汹涌。老板扔下剪刀,结结巴巴地说:"怎,怎么了?你这人,别害我啊!我可没怎么着你!你走吧,走吧!"

颜玺站起身来,一抹眼泪,夺门而出,老板的声音遥遥传来:"我真的没有伤到你哈!真的没有……"

回到酒店,颜玺把自己关在房内,再不敢乱跑乱动,深觉自己确实是在四处"丢人"。

颜玺掏出手机,又开始拨打那个烂熟于心的号码。这几天,她每隔几分钟就要拨打一遍,已经成了一种机械运动。

颜玺麻木地把手机贴在耳朵上,手机里传来音乐声,颜玺竟没有意识到这是拨通了的声音,然后,听筒里传来了那熟悉不过的男声:"喂……"

颜玺吓了一跳!她根本对于拨通没抱任何希望,也没做好任何思想准备,听到这声"喂",竟然惊呆了!

"是颜玺吗?怎么不说话?"信号不算好,但是,真真切切,确实是夏以橙的声音!

颜玺从震惊里反应过来,急迫地说:"是,是我!以橙,你在哪里?你不许挂电话,不许……"

信号时断时续,夏以橙的声音断断续续,听不真切,颜玺拼命地对着听筒大叫:"不许挂断电话,不许……"

折腾了半天,夏以橙的声音终于清晰了,说:"我在山里,信号不好。现在站在山头，会好一些。"

"山里？你去山里干吗？"

"我在山里，有一座很小的庙。"

"山里，庙里？"难道夏以橙是要出家当和尚吗？颜玺不由着急地大喊："喂喂喂！你可不许出家啊！你要是出了家，我也出家……"

"我说过我要出家吗？我只是来反省一下自己而已。你这么大吼大叫，就不怕冲撞了神灵？"

"我不管！你现在在哪座山里？我去找你，立刻！马上！"

夏以橙沉默了片刻，说："你确定……真的想要见我吗？"

"当然，必须，马上！从来没有这样确定过！而且，我要告诉你，如果你不嫌这个白雪公主太老，脾气太暴躁，我也不嫌你年轻！我这个满身缺点的人，你摊上了，就跑不了了！"

对方又是一阵的沉默。

"喂，怎么了？你是不是反悔了？就算我不是白雪公主，就算我是老巫婆，你也得接着，知道吗？因为，本来我是白雪公主，都是因为你把我宠坏了，害得我变成刁蛮任性的老巫婆。你得负责！最严重的后果是，因为你，我看全天下的男人都不顺眼，我再也爱不上世间其他的任何男人了！"

"难道，连慕白表哥也看不顺眼了吗？我可不想当替代品。"夏以橙慢吞吞地说。

"二十年前，慕白选择了紫苏，我们的关系就已定型。他就是我的妹夫，准确地说，是前妹夫，永远不会改变。至于你，我要的是独一无二的最珍贵的你，绝不是任何人的替代品。我不会对自己这么不负责任。"

缓缓地,夏以橙的声音传来:"其实,我已经准备从山上下来了,一会儿就去机场,几个小时后,就会到北京。"

"你等着!就在机场等着,等着啊,我马上回来!不许关机,不许失踪!"

下午的活动,颜玺本是主讲嘉宾。颜玺做了十分钟的发言,不顾现场所有惊诧和不满的目光,火速离场。小地方没有机场,须得坐两个小时的长途汽车赶到省城坐飞机。

下午四点,颜玺已坐在候机厅的咖啡厅里。航班是五点的。颜玺看看手表,终于长吁出一口气。虽是隆冬,却是一头一脸的汗。

想到夏以橙已抵达首都机场。颜玺心头涌起一股甜蜜,更有深深的庆幸和感激!想到再过三个小时,就能见到那张熟悉的脸,嗅到那醉人的气息……颜玺把头靠在沙发椅背上,微闭着眼睛,犯着小花痴。这时,耳朵里传来刻板的女音:您乘坐的××航班因天气原因延误,到二十一点起飞。

什么?!颜玺猛地睁开眼睛,跳将起来,动作太猛,碰翻了桌上的咖啡,黑褐色的液体尽数泼洒在颜玺的衣裙上,还有几滴溅到了身边的一位男士身上。男士面露不悦,抓起一张纸巾去擦拭自己的笔挺西服,正想数落颜玺几句,却见颜玺愣愣地直立着,任身上的污渍漫延,滴落,也不去理会,脸上神色痴傻,就似快要哭出来。男士吓了一跳,吃不准什么来路,不敢吭声,拎起包,悄无声息地溜了。

从来没有感觉时间如此难熬过。颜玺魂不守舍地离开了咖啡馆,游魂般在机场内四处转悠。兜兜转转,转转兜兜,终于挨到晚上九点,登上了飞机!

"终于登机了！到北京该是十二点了，太晚了。你先回去休息，明天见？"颜玺给夏以橙发了一条微信。

回复只有两个字："等你。"

少顷，夏以橙又发来几个字：北京下雪了。

美男在雪中等我！温暖漫上来，四肢百骸都暖洋洋的。

颜玺在空姐的叮嘱下关了手机。对着黑黑的屏幕，兀自咧嘴傻乐。

"男朋友？"左侧的一个姑娘善解人意地问。

"是的，男……朋友。"

几年了，除了晚上睡觉，俩人几乎分分秒秒在一起，可能比领过证的夫妻相处的时间更多，更紧密。可是，直至此刻，夏以橙，这个名字才具有了全新的意义。夏以橙，这个名字如此让她心颤，让她充溢着无可遏制的喜悦与激情，让她迫不及待地想扑进他的怀抱……

这种冲动，这种激情，二十几年前涌动过，但是，她受伤了。她的心门紧锁，再不曾真正开启。

她接受了岳子君的求婚，因为很安全。她以为这是爱。但是，她从不曾从内心涌动过如此激烈的情感。

颜玺结过婚，离过婚，但是，她依然是一个情感的白痴。三个小时的旅程，二十几年的光阴流转，此时，她回到少年时，对爱有着那样纯洁又那样炽烈的憧憬和向往。最重要的是，这不是自作多情，他深深地爱着她，如此长久，如此执着。

飞机抵达了北京上空，地面上，是等候着她的恋人。颜玺的一颗心怦怦跳着，就快要蹦出胸膛。

飞机在北京的上空盘旋，迟迟不肯降落。

空姐的声音传来：北京因降大雪，地面无法降落。地面人员正在紧急处理，飞机将在北京上空盘旋一段时间，请耐心等待。

飞机剧烈地颠簸起来，机舱里乱了，旅客们惊呼起来，有小孩吓得哇哇大哭。颜玺坐了几十年飞机，从未遭遇过如此剧烈的颠簸，有种飞机要坠毁的感觉。

颜玺心里生出了一种不祥的预感，她把脸捂在手心，辗转地悔恨。

空姐紧急通知：北京机场已无法降落，现在，紧急迫降天津机场！

颜玺匆匆打开手机，给夏以橙发了一条信息：飞机降不下来了，你先回家休息吧。

回复很快过来：等你！

飞机掉头飞往天津，到了天津机场上空，又是一阵盘旋，过了好一阵，空姐再次通知：天津机场也无法降落，紧急迫降呼和浩特。

到了呼和浩特，已是凌晨三点。大家被拉到一家小旅馆，等候通知。颜玺早已是筋疲力尽，一丝力气都使不出来了。

进了房间，也是冷如冰窖。白白兴奋激动了一天，已经到了北京上空，与夏以橙相距不过几千米，万没料到，到鬼门关转了一圈，半夜三更，居然被拉到了这个鬼地方！与夏以橙的距离又是遥不可及！

颜玺疲乏地打开手机，万幸，还有信号。几条信息汹涌而至，都是夏以橙发的。夏以橙说："从没有在这个时分，在机场，欣赏到雪景。你不觉得，这个时候，景色很美吗？就像你说的童话故事里，白雪公主降生的那个大雪纷飞的夜晚。"

"亲爱的，我在这里等你。我已经等了二十几年，我很有耐心，你也不要着急。只要你愿意来，我一定会在原地等你。不管多早或多晚，都是刚刚好。"

后面是几张夏以橙随手拍的图片，玻璃窗外，大雪漫天飞舞，树枝银装素裹，周遭安谧寂静，真是一个宁静美丽的世界！

看着看着，颜玺抿嘴笑了。胸中郁结的躁闷之气，连同所有的沮丧、失落、恐惧、不安……都一并消散，内心就像这些图片，回复了安谧宁静。

世界那么大，可是，颜玺所需要的，只是一个小世界。小到一隅，小到只有一个生命面对另一个生命。对内，这个世界完整、饱满、活色生香，对外，两个生命联手，共同对抗这个纷繁复杂、风云诡谲的大千世界，衣袂飘飘、笑傲江湖。

夏以橙是上天送给颜玺的礼物。这两年，两人其实已经构筑起了属于他们的小世界。构筑小世界，最重要的关系便是平等，精神世界的平等。这样才能结成同盟。在岳子君面前，她只是一个被宠坏的任性妄为的孩子。失去岳子君，她也伤心，伤心的是失去了另一个爸爸，失去了引领与呵护。但是夏以橙不同。

这就是颜玺曾心心念念的小世界！一个生命与另一个生命的依赖陪伴，那种坦诚、透明、全心托出、无所掩饰、无所遮盖。是的，她又有了同盟。在这个喧闹纷繁的大千世界，两个生命构筑起一个小世界，它是封闭的、温暖的、安宁的，是仅仅属于两个生命的。他们就是同盟，就是知音！他们在小世界里，却心怀高远梦想。他们携手并肩，循着正北方，共同寻找大海！

颜玺把手伸出去，穿越茫茫夜空，穿越二十几年时与空的距离，穿越了层层迷雾，穿越一切阻隔，轻轻地搭在夏以橙的肩上，那一刻，她回到少年，回到了十八岁……

2019.01.25 修订于遵义医科大学水木 QH 园

2020.02.07 于北京，正月十四，有雪的午后

2020.04.16 定稿于北京

图书在版编目（CIP）数据

小世界 / 汪一洋著 . — 北京：北京联合出版公司，2020.11
 ISBN 978-7-5596-4495-4

Ⅰ.①小… Ⅱ.①汪… Ⅲ.①长篇小说—中国—当代 Ⅳ.①I247.5

中国版本图书馆 CIP 数据核字（2020）第 156009 号

小世界

作　　者：汪一洋
出 品 人：赵红仕
责任编辑：夏应鹏
策划出品：一未文化
版权统筹：吴凤未
监　　制：魏　童
执行编辑：张爱宁
封面设计：Abook-Aseven
内文排版：麦莫瑞

北京联合出版公司出版
（北京市西城区德外大街 83 号楼 9 层　100088）
北京联合天畅文化传播公司发行
天津中印联印务有限公司印刷　新华书店经销
字数 228 千字　880 毫米 ×1230 毫米　1/32　10.5 印张
2020 年 11 月第 1 版　2020 年 11 月第 1 次印刷
ISBN 978-7-5596-4495-4
定价：59.80 元

版权所有，侵权必究
未经许可，不得以任何方式复制或抄袭本书部分或全部内容
本书若有质量问题，请与本公司图书销售中心联系调换。
电话：(010) 64258472-800